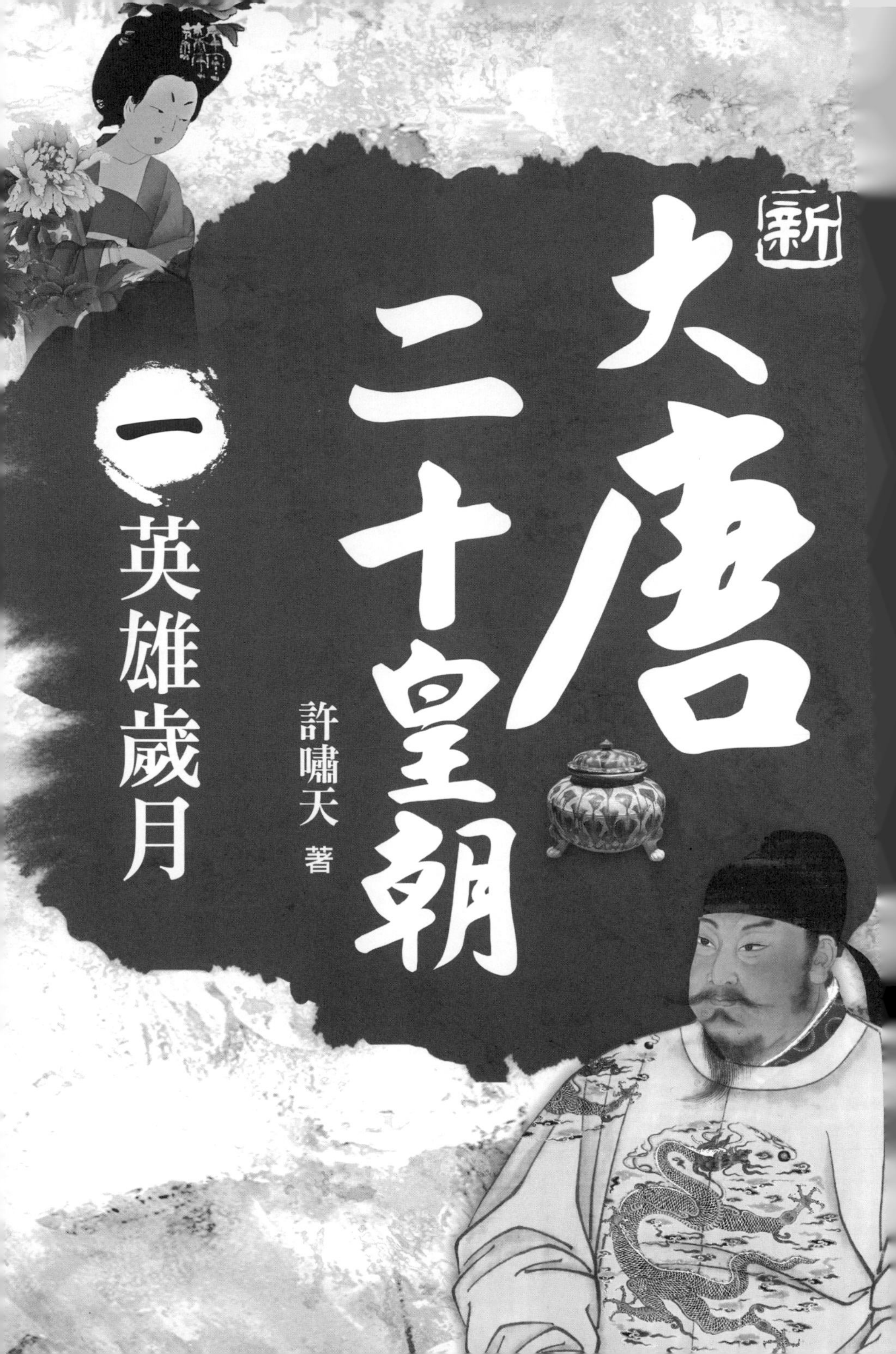
新
大唐二十皇朝
一
英雄歲月
許嘯天 著

前言

《大唐二十皇朝》是以唐朝歷代宮闈故事為主線的講史作品，文字的綺麗，情節的生動，涵概的廣泛，層次的分明，在通俗講史著作中，實可列為上上之選。

「南海商船來大食，西京祆寺建波斯，遠人盡有如歸樂，知是唐家全盛時。」唐代這種四夷來朝、萬賓雲集的盛世氣象，雖然隨著天寶繁華的凋逝，而逐漸成為不堪回首的夢憶；然而，前代累積既厚，夕暉殘霞中的唐代社會，畢竟還要經過一段漫長而曲折的發展歷程，才會真正走上分崩離析的窮途。有時，當政治結構趨於鬆弛之後，民間社會的伸展空間相形擴大，在學術、文化、宗教、文學、藝術方面，反而可能有更輝煌的表現，中唐與晚唐的情況即是如此。

但唐代自開國以來，宮闈政治一直是主導時局變化的重要因素。玄武門事變、武則天攬權、韋皇后干政、馬嵬坡悲劇，一連串影響深鉅的大事，全部都與宮闈秘辛有關，而這種種「明眸皓齒今何在？血污遊魂歸不得」的強烈反諷與現實教訓，於中唐以後，已經步入衰颯局面的當政諸帝，卻似乎全然不曾發生啟示作用。

事實上，安史之亂平定後，幾件決定唐代政治命運的大事，如宮廷宦官迫害革新諸臣的所謂「二王八司馬事件」，如恩怨糾結長達四朝以上、牽連幾及所有高級官員的「牛李黨爭」，如宦官公然劫持皇帝，一次屠殺千餘大臣的「甘露事變」，追根究底，仍然均與宮闈風潮、帝后暗爭，脫離不了關係。

宮闈秘辛，當然有其浪漫的一面，通常不外乎權力與美色的結合，以及這結合所投射出來的瑰麗表象，所以，唐代的文士與詩人，都頗樂於鋪敘宮廷生活的旖旎華燦。然而，宮闈秘辛的另一面，卻往往是暗潮洶湧的利益角逐。帝王與后妃之間、皇子與公主之間，各自形成了錯綜複雜的微妙關係，必須分別援引廷臣、宦官與藩鎮的勢力，以為呼應；於是，宮闈政治、宦官擅權、藩鎮割據與官僚結黨，交互滋長，也交互激盪，終於磨蝕了唐室殘餘的政治力量。

「甘露事變」之後，唐代整個朝廷元氣大傷，正直敢言之士，幾已殺戮一空，藩鎮勢力已驕橫到根本無視於皇室的尊嚴，而迷戀美色的文宗與僖宗，仍一味耽溺於春日觀花、秋夜賞月的逍遙歲月之中，而無心面對現實。所以，一旦河洛發生大旱，社會秩序動搖，將近三百年的唐代帝業，就當真到了「無可奈何花落去」的落幕時分。膚淺而殘景的黃巢，居然能夠攻破長安，可見唐室軍力已經全然不堪一擊；所以，後來朱溫篡唐，帝國分裂，也就不足為奇了。

前言

在中國歷史上曾綻放眩目光芒的大唐王朝，產生過無數的英雄傳奇與文化偉蹟，然而，最終還是「綺羅堆裏埋神劍」，在溫柔而又淒涼的宮闈鬥爭中，走完了它的歷史行程。或許，在後人的感懷中，這是一段始於美麗、終於哀愁的歷史行程，正是：「**水流花開，清露未晞，要路愈遠，幽行為遲**」。

大唐二十皇朝

目錄

第一回　煬帝東巡

繡戶微啟，湘簾半捲；那戴黑頭巾的男僕，在門外來來往往，手中托著盤兒，把一碗一碗熱氣薰騰的山珍海味，儘向門邊送去。簾內伸出纖細潔白的手兒來，把餚饌接進去。屋子裏一陣嬌嫩的歡笑聲，夾著一個男子的哈哈大笑聲，飛出屋子外來。

原來今是中秋佳節，范陽太守朱承禮，在內室中會集他的妻妾兒女，舉行家宴。這朱太守約有五十來年紀，長著白淨臉兒，三綹長鬚。

他夫人榮氏，只生有一個女兒；長得嬌嫩不過，取名便是嬌娜兩字。今年十八歲，正是女孩兒發長的時候；加上她花一般的容貌，玉一樣的肌膚，腰肢嬝娜，身材苗條，真是行一步也可人意兒，看一眼也使人魂銷。這是朱太守夫婦二人的一顆掌上明珠，嬌生慣養，輕憐熱愛；這位小姐也讀得滿腹詩書，行坐端莊，全不見半點輕狂。

朱太守有一位如夫人，小名飛紅；年紀二十四歲，性格兒完全和嬌娜相反，談吐鋒利，行為敏捷；一張嘴說得鶯聲嚦嚦，滿屋子只聽得她的說笑聲音。她說的話，又有趣味，又叫人歡喜。

朱太守共有六位如夫人：什麼醉綠，眠雲，漱霞，楚岫，巫雲，卻沒有一個能趕上她的。外加飛紅在六年前，又生下一位公子哥兒，取名安邦；這一下，莫說朱太守把個飛紅寵上天去，便是夫人榮氏想起朱門有後，也便把個飛紅另眼相看。

這飛紅原也有可寵的地方，面龐兒俊俏，眉眼美秀，固然可以顛倒夫主；便是她知書識字、能算會寫，偌大一座府第，上上下下，裏裏外外，全是這位如夫人看管照料。那全家三四十個丫鬟小廝，外至門公奴僕，不敢徹一句誑，漏一點水兒，這是何等的才幹！那由得朱太守不寵愛她？

如今在內室家宴，朱太守正中坐著，左肩下是安邦公子，右肩下是嬌娜小姐，榮氏坐在上首，飛紅坐在下橫頭，那醉綠、眠雲、漱霞、楚岫、巫雲五位姬人，一字兒陪坐在下面，傳杯遞盞，說說笑笑。吃過幾巡酒，上過幾道菜，那楚岫便抱著琵琶來；眠雲吹笙，漱霞吹簫，巫雲拍板。醉綠便頓開了珠喉唱道：

清明寒食踏青遊，生小嬌憐未解愁；買得揚州花線髻，時新樣子門梳頭。曲檻低垂湘竹簾，分明窺月見纖纖；叢頭鞋子紅三寸，金線編成小鳳尖。叢桂中秋始作花，一宵香露浸冰紗；不嫌風露中庭冷，坐向三更看月華。小庭雨過碧萋萋，採擷群芳各自攜；鬥草歸來香徑裏，裙花處涴芹泥。

她唱一段，朱太守讚一聲：「好鮮豔的句子！」醉綠把四闋唱完，朱太守便問：「是誰做的新詩？譜在這『金貂換酒』的曲子裏，分外覺得婉轉動人。」

醉綠見問，不敢隱瞞，便站起來說道：「這是嬌娜的新詩，譜在曲子裏，婢子們在三日前才唱得上嘴呢。」

太守聽說是自己女兒做的詩，喜得他笑逐顏開；忙伸過臂兒去，握住嬌娜的手，笑說道：「好孩子！難為妳做出這好句子來。」說著，回過頭去對飛紅說道：「妳去把那翡翠硯兒拿來。」那飛紅聽說，便帶了一個丫鬟，轉身進房去；過了一會，見果然捧出一個黃緞子包裹的匣子來，交在太守手裏。太守隨手遞給嬌娜，嬌娜接過去，打看包裹來看時，見裏面一個玉匣，匣子裏面，端端正正的嵌著一方翡翠硯兒，光潤翠綠。

嬌娜拿纖指去撫摸著說道：「這可愛的硯兒，爹爹賞了孩兒吧！」

朱太守含笑點頭說道：「好孩子！妳拿去好好的用著，多做幾首好詩吧。這是我在五年前，從海南得來的；雖算不得稀世珍寶，也可算得貴重的品物了。藏在箱子裏，幾年來不捨得拿出來，如今便賞了妳吧。」

嬌娜聽了，喜得忙嬝嬝婷婷的站起身來，向她父親道了萬福。

飛紅在一旁接著說道：「小姐得了這硯兒，從今以後做起詩來，不但是句子精，意思新；將來嫁了姑爺，眼見妳兩口兒酬和到天明呢！」

嬌娜聽了，羞紅滿面，低低啐了一聲；朱太守忍不住哈哈的笑了起來。

在這笑聲裏，便走上一個大丫頭來，說道：「汴梁申家的公子來了！」

榮氏聽了，由不得歡喜起來，一疊連聲的說：「快請進來吃酒！想他千里迢迢的跑來，肚子也餓了。」那大丫頭聽了，急轉身傳話出去；這裏五位姬人和嬌娜小姐聽說有陌生人來了，忙迴避進去。

過了一會，軟簾一動，只見玉立亭亭的一位哥兒，踅進屋子來；搶步上前，向朱太守夫婦兩人請下安去。

榮氏伸手拉在懷裏，一邊捏著手，一邊喚著：「好孩子！」又問他：「路上辛苦嗎？家裏父母都健康嗎？」那哥兒一一都回了話。

飛紅送上椅子來，他便在榮氏肩下坐著；丫鬟送上杯筷來，榮氏不住的勸酒勸菜。

吃過幾杯，朱太守說：「甥兒在此，都是一家人，快喚他姊弟二人出來，陪表兄吃酒。」飛紅聽了，急進裏屋去，把安邦拉了出來。

他表兄弟二人拜見了，榮氏指著飛紅，對她外甥說道：「這是你舅父的愛寵，也便是我家的潑辣貨！好孩兒，你也見識見識。」

這哥兒聽說，知道是庶舅母，便也上去行了半禮；慌得飛紅拉住袖子，連說：「哥兒折殺我了！快莫這樣。」又笑著說：「六年不見，哥兒出落得這樣風光了！可記得六年前在我家作客的時候，常常愛溜進屋子來瞧人梳頭，又在鏡子裏看人搽胭脂？我那時初來，見了哥兒還十分怕羞呢；現在我孩兒也養得這般大了，哥兒若再來瞧我梳頭兒，我便把哥兒如抱自己孩兒一樣，抱在懷裏呢！」

榮氏聽了笑道：「了不得！潑辣貨又顯原形了！」一句話，引得滿屋子人哈哈大笑。笑聲未止，只見兩個丫鬟捧著一位嬌娜小姐出來；上下穿著錦繡衫裙，打扮得珠圍翠繞，粉光紅豔，把人耀得眼花。

榮氏說：「快過來拜見了申家哥哥！」

那申厚卿聽說，早不覺站起身來搶步上前，在嬌娜小姐的裙邊，深深作下揖去；他兩人對拜著。這一對玉人兒，面貌都長得俊俏動人；厚卿抬起頭來，禁不住在嬌娜臉上，深深的溜了一眼，嬌娜小姐被他看得不好意思，忙去母親肩頭坐下。

厚卿也歸了座，說道：「我們五六年不見，妹妹越發長得如天仙一般了！怪不得我家三妹子天天在家裏，少也要唸三五回嬌娜妹妹呢！」

飛紅接著說道：「哥兒既說我家小姐是天仙，方才你為什麼不多拜她幾拜呢！」一句話說得朱太守和榮氏也忍不住笑了。嬌娜羞得坐不住身子，悄悄的扶了丫鬟，退進內房去了。

這裏朱太守問些路上的情形，厚卿說：「此番出門，一來是奉父母親的命，特意到舅父舅母前來請安的；二來，待到明年春天，就近去趕一趟考。但是甥兒一路下來，看了種種情形，把我肚子裏的功名之念，也揮去了大半！」

朱太守聽了詫異起來，忙問：「外甥，你為什麼要灰心？」

厚卿回答說：「舅父諒來也是知道的，如今聖天子，一味耽玩聲色，任憑那班奸臣播亂朝政，把國事弄得糟而又糟。這還不算，從來說的，『民為國本，本固邦寧』；如今，據甥兒沿途目擊的情形，那百姓們吃的苦，勝過落在十八層地獄裏。這樣的糟蹋人民，不是甥兒說一句放肆的話，恐怕這隋朝的天下，也是不久長呢！」

朱太守聽了，不禁嘆了一口氣說道：「這情形，老夫做到命官，豈有不明白之理？無奈上有楊素、虞世基一班奸臣，橫行當道，愚弄天子；老夫區區一個太守，也是無能為力。但話雖如此，朝廷昏亂，外甥功名也是要緊；將來得了一官半職，正可以替朝廷整頓國政。」

厚卿聽了，只是搖頭。

榮氏伸手撫著厚卿的肩頭，說道：「好孩兒！你路上到底見了些什麼，叫你灰心到這步田地？」

厚卿說道：「舅母卻不知道，甥兒住在汴梁，耳目甚近；所有皇上的一舉一動，甥兒都知道。當今煬帝自從第一次遊幸江都以後，回宮去，日夜不忘記揚州的風景，再加一班后妃奸臣的慫恿，便要第二次遊幸江南。又因皇帝受不得路上的寂寞，要盡將宮中妃嬪帶去，預備盡情遊玩；又因嫌京城到揚州一路旱路，來往辛苦，便打算從水路走去。

從京城到揚州，並沒有河道可通；若要走水路，除非漂海過去。皇帝帶了后妃漂海，究竟是一件危險事情；便有那湊趣的國舅蕭懷靜，出了一個主意：說大梁西北方原有一條舊河道，秦朝時候，大將王離曾在這地方掘引孟津的水，直灌大梁，年深日久，如今壅塞不通，現在只須多招人伕，從大梁起首，由河陰、陳留、雍兵、寧陵、睢陽一帶地方從新開掘，引通孟津的水，東接淮河，不過千里路程，便可以直達揚州。

煬帝心中正因司天監臺官耿純臣，稱睢陽地方有王氣隱隱吐出，上沖房屋，須天子親臨壓制；如今聽說可掘通睢陽地方，可以掘斷王氣，將來臨幸到睢陽，又不愁不把王氣壓住；便立刻下詔，傳征北大總督管麻叔謀做開河都護，又傳蕩寇將軍李淵做開河副使。這位李將軍，正是正直君子，他知道開河的事是要坑害生靈的，便推病辭職；皇上又補傳了左屯衛將軍令狐達，充了副使，在汴梁地方立了開河公署。

又在各處頒發文書，號召人伕，不到半年工夫，已招得丁伕三百六十萬人；另選少年有力的人，充節級隊長，監督工程。可憐連那老人小孩和好人家婦女，都被官家拉去，專做燒飯、挑水、縫衣、洗濯等事務；一共擄去五百四十三萬人，一齊動工。

那班丁伕既被官家提去，有那節級隊長手裏提著刀棍督看著，日夜不休的做著苦工；只得拚著性命一鍬一鍬掘去，一天到晚，不敢偷懶，個個弄得腰酸背折，力竭筋疲。若稍稍遲延，不是綑了重打，便是綁去斬首。看他們在那裏做工，人人臉上露著驚慌的顏色。

每日天未大亮，便要動工，直掘到天色烏漆般黑，才許住手；夜間又沒有房屋居住，河邊草地，隨處安身。晴天日暖，還勉強可耐；若遇到雨雪天氣，那班工人便直立在大雨地下，不住的向爛泥地上爬挖，弄得渾身沾滿了泥土，好似泥鰍一般。不多幾天，那班工人究竟都是血肉之軀，如何能敵得風寒雨雪？早不覺一個一個的病倒了。

無奈那管工的官員，兇狠萬分，任你病倒像鬼一般，也不能逃避工作；而且，越是害病的工人，越是無力工作，那班隊長見了無力工作的，越是打得兇惡。皮鞭下去，一條一條的血痕，打得那班工人像鬼一般的嘶叫著。

那河道裏，每天倒下去死的人，橫七豎八，滿眼都是；這情形看在過路人的眼裏，任你是鐵石人也要下淚的。可恨那班督工的官員，只顧官家工程，不顧百姓性命；那班丁夫死了一批，又補拉上一批，後來死的愈多，拉的人也愈多了。

一處地方，能有幾多精壯的男子？看看那男子拉完了，只得將那老幼婦女一齊拉來搬泥運土；便是住在鄉僻小地裏的小家婦女，也沒有一個人能免得。那班老弱婦女越發熬不起苦，不多幾日，便死了無數；那屍身填街塞巷，到處哭聲不絕。

甥兒一路下來，只在死人堆裏走出。有那心腸軟些的縣官，便另僱人伕，借用開河道裝泥土的車子，先將屍骸搬運到荒野地方去埋葬；一天裏邊，還是埋的少，死的多。一路來，北起河陰，南至雍丘；那抬死人的和抬泥土的，相伴而行。

舅母請想想，這種悽慘的情形，雖然是那做官員的兇狠暴厲；但若遇到聖明當道，不貪遊樂，雖有奸臣，也無可憑藉了。如今昏君在上，奸臣在下，甥兒是生性憨直的，便是考取了功名，得到一官半職，在奸臣手下討生活，也絕弄不出什麼好處來；倒不如埋頭讀書，不求功名，養得才華，待他日去輔佐聖明。不啊，仗著書生的本色，去上他一本萬言書，盡言竭諫，也不失為一個忠義的秀才。」

朱太守聽了，拍著他外甥的肩頭，說道：「好一個有志氣的孩子！只怕舉世渾濁，一人獨清，你上了萬言書，非但得不到好處，反惹下大禍來，倒不是玩的。我勸你還是莫問是非，多喝幾杯酒吧！」說著，招呼丫鬟替申厚卿斟上酒，舅甥兩人傳杯遞盞，歡笑痛飲起來。

朱太守這時有了七分醉意，便吩咐把五位姬人喚出來，說：「今日甥兒在此，不可不求一樂。甥舅如父子一般，原不用什麼避忌，你們快揀那好的曲兒彈唱起來。」

一句話未了，那巫雲、楚岫、醉綠、漱霞一班姬人，一齊調弄樂器；眠雲趁著珠喉，唱一曲「醉花枝」，巫雲也唱了一折「凌波曲」。

這「凌波曲」是說甄后的故事，朱太守作了，親自教給眠雲的。曲詞道：「燃荳萁，釜中泣；乘飛鳧，波中立，有心得，無心失。殺賊今年為此奴，沈水神交夢有無？父兄子弟爭一偶，獨不念彼亦袁家之新婦！」一句一折，折到高處，餘音娓娓，繞樑不斷。

朱太守聽唱自己做的詞兒，襯著嬌喉，愈覺得意；早不覺連喝三大觥，酩酊大醉。飛紅上來，扶著太守進臥房睡去。

這裏榮氏見丈夫出了席，便招呼五位姬人一齊坐下吃酒。這一群姬人，個個都是綺年玉貌，愛說笑遊玩的；見了申厚卿是一位公子哥兒，品貌又美，性情又和順，誰不要和他去兜搭？大家搶著你一杯，我一杯勸他的酒。

申厚卿原是大酒量，越是多吃了酒，越是愛多說話兒。那班姬人問他：「哥兒在京城地方，可有宮裏的新鮮故事，講幾樁給我們聽？」

申厚卿聽了，忙丟下酒杯，連說：「有，有！如今的煬帝，原是一個好色之徒，他在宮中幹的風流事情可多呢！文帝原有兩個兒子，都是獨孤太后所生；大兒子楊勇，早年立為太子，第二個兒子，就是當今皇帝。當時取名楊廣，先封晉王，出居晉陽。

無奈煬帝久有謀奪皇位的心思，他雖封藩在外，卻時時行些賄賂，盡些小心在文帝的近臣身上；那班近臣都替煬帝說好話，煬帝也時時進宮去，在父王跟前盡些孝道。獨孤皇太后原是寵愛小兒子的，又時時在文帝跟前替煬帝說話，煬帝又結識上了越國公楊素，裏外合力，生生的把一位無罪的東宮廢了，改立如今的皇上做太子。那煬帝改往東宮，天天在先帝宮中廝混。

當時有一位陳氏宣華夫人，原是先帝所寵愛的，夜夜召幸；先帝已是年老了，又在色慾上面不免有些過度，不多幾天，弄出一身病來。宣華夫人和先帝正在情濃，見先帝有病，便日夜不離，侍奉湯藥；那煬帝也要博一個純孝的名兒，時刻在父皇龍床前周旋。

這時煬帝和宣華夫人天天見面，他見宣華夫人的打扮，黛綠雙蛾，鴉黃半額；蝶練裙不長不短，鳳綃衣宜寬且窄。腰肢似柳，金步搖曳翠鳴珠；鬢髮如雲，玉搔頭掠青拖碧。雪乍迴色，依依不語；青山脈脈，幽妍清倩，依稀是越國的西施。婉轉輕盈，絕勝那趙家合德。豔治銷魂，容光奪魄；真個是回頭一看百媚生，六宮粉黛無顏色。」

榮氏聽了，笑說道：「痴孩子！美便美罷了，唸這一大段酸詞兒做什麼？」

中厚卿自己也覺好笑，說道：「甥兒也是隨嘴唸唸罷了；總之一句話，煬帝是一個好色的人，他在宮裏天天和美人廝混，豈有不動心的道理？有一天，煬帝進宮去問候先帝病情，正在分宮路口，遇到宣華夫人；他便搶上前去深深一揖，趁勢把袍袖在宣華夫人的裙邊一拂，裙底下露出宣華夫人的小腳兒來。

宣華夫人見這情形，知道煬帝來意不善，急回身找路走時，早被煬帝上前來把身子攔住；嘴裏說什麼：『我楊廣久慕夫人仙姿，今日相逢，實是天緣！倘蒙夫人錯愛，我楊廣生死不忘！』這些醜話。他竟涎皮涎臉的向宣華夫人懷中撲去；嚇得宣華夫人不敢從分宮路走，依舊轉身向文帝的寢宮中逃去。

文帝這時正病得氣奄奄，昏昏沉沉的睡著；宣華夫人被煬帝追得慌張，急忽忽的逃進寢宮，不料頭上一支金釵，被簾鉤抓下，巧巧落在一隻金盆上面，噹的一聲響，猛的把文帝從睡夢中驚醒過來。這時宣華夫人已走近龍床，見她氣喘吁吁，紅暈滿臉；文帝是久病的人，易動肝火，見了這情形，便怒聲喝問。

宣華夫人知道事情重大，便低著脖子不敢做聲；文帝看了，愈加怒不可抑，顫著聲兒喝道：『什麼事如此驚慌？快快說來！妳若不說，便當傳內侍，立刻賜死！』

宣華夫人見自己到了生死關頭，沒奈何，只得跪倒在龍床前，一面淌著眼淚，慢慢的把煬帝調戲她的情形，一五一十的說了出來。

文帝不聽猶可，聽了這話，氣得他目瞪口呆，半晌說不出話來；掙了多時，才掙出一句：『這淫賤的畜生！』一口氣轉不過來，便暈倒在龍床上。

宣華夫人慌得忙抱住文帝的身體，大聲哭喊起來；一時裏，那獨孤皇后和三宮六院的妃子，統統趕進寢宮去。煬帝也得了風聲，只是不敢去見父皇，卻躲在寢宮門外探聽消息。

這裏文帝隔了多時，才轉過一絲悠悠的氣來；見了獨孤太后，便拿手指著太后的臉，氣急敗壞的說道：『全是皇后誤我，枉廢了吾兒楊勇！』又一疊連聲說：『快傳旨，宣楊素進宮！』」

申厚卿說到這裏，覺得口乾了，便拿起酒杯，要向嘴裏倒；榮氏忙攔住說：「冷酒吃不得，快喚熱酒來！」這才把他的話打斷。

第二回　宣華夫人

范陽太守府的內室裏，正排家宴；一群姬妾們，正圍著一個少年哥兒坐著，聽那哥兒嘴裏，滔滔不絕的說著隋煬帝的風流故事，說得有聲有色。那姬妾們都聽怔了，滿桌面排列著好酒好菜，也忘記去吃它；那兩旁站立著的奴僕丫鬟，也聽出了神，忘了傳酒遞菜。直到這少年申厚卿說得嘴乾了，才把話頭打斷；榮氏便勸他吃些酒菜。

其中一個醉綠，最是急性人；她正聽到好聽處，如何肯罷休，便一疊連聲的央告著道：「好哥兒，快講給我們聽！那文帝要宣傳楊素，後來便怎麼樣呢？」

申厚卿吃乾了一杯熱酒，眠雲湊趣兒，夾過一片膗肉兒來，送在申厚卿跟前；申厚卿忙站起來道了謝，拿筷子夾起來吃了。又接下去說道：

「這時煬帝在偏殿候信，文帝傳喚楊素，自有他的心腹太監前去報信；煬帝便吩咐他，去候在朝門外，『若見楊素到來，千萬先引他到偏殿裏來見我。』

此時文帝臥病日久，百官無主，日日齊集在朝房中問安；忽見皇帝有旨意，宣召越國公楊素，便一齊到午門外來探聽消息。

那楊素早已和煬帝通了聲氣，聽得一聲宣傳，便隨兩個內史官走進宮來；到大興殿前，早有幾個太監上前來圍住，嘴裏說：『東宮有請。』

楊素何等奸雄，他豈有不明白之理？待到得偏殿，見煬帝滿臉慌張之色；見了楊素，便上去一把拉住袖子，低低的說道：『公倘使孤遂大志，定當終身報答大德！』楊素聽了，只說得『殿下放心』四個字，便匆匆隨著內史官，走進文帝寢宮去。

文帝一見了楊素，便大聲說道：『卿誤我大事！悔不該立楊廣這個畜生！』

楊素聽了，故作詫異的神色道：『太子一向仁孝恭儉，並無缺德，今何故忽違聖心？』

文帝氣憤憤的說道：『好一個仁孝恭儉！這全是平日的假惺惺。如今他欺朕抱病，竟潛伏宮中，逼佔庶母；似這樣的禽獸，豈可託付國家大事？朕病勢甚重，眼見不能生存；卿是朕的心腹老臣，諒來決不負朕。朕死後，必須仍立吾兒楊勇為嗣皇帝，千萬勿誤！』

楊素聽到這裏，陡然變了臉上的顏色，冷冷的說道：『太子是國家的根本，國本豈可屢易？老臣死不敢奉詔！』

文帝聽楊素說出這個話來，早氣得渾身打顫，戟指罵道：『老賊！明明與畜生同謀，叛逆君父；朕被你們欺瞞，生不能處你們於極刑，死去變成厲鬼，也不饒你們的性命！』

聽他喉間一絲氣兒，越說越促；說到末一句，聲嘶力疾，喘不過氣來，他還死掙著大呼：『快喚吾兒楊勇來！快喚吾兒楊勇來！』一口血噴到羅帳上，猛把兩眼一翻，便把身子挺直，不言不語了。

文帝死後，楊素真的幫助煬帝登了皇帝大位；從此楊素的權勢，便壓在煬帝上面，他引進了許多奸臣，什麼蕭懷靜、麻叔謀一班人，橫行不法，鬧成如此的局面。好在這煬帝自從即了皇帝位以後，從來不問朝政；他這時有了三宮六院、八十一御妻，儘夠他淫樂的了，但他總念念不忘那位宣華夫人。

他做天子的第三天，見各處宮院、妃嬪夫人都來朝賀過，獨不見那宣華夫人前來朝賀；他便忍不得了，把預備下的一個金盒兒，外面封了口，御筆親自簽了字，打發一個太監，拿去賜與宣華夫人。那宣華夫人自從那天違拗了煬帝，不肯和煬帝做苟且之事；如今見文帝死了，煬帝又接了皇帝位，知道自己得罪了新皇帝，將來不知要受怎麼的罪，便獨自坐在深宮裏愁腸百結，又羞又惱。

後來她橫了心腸，準備一死，便也不去朝賀；她又想：自己究竟是新皇帝的庶母，諒也奈何我不得。正是迴腸九曲的時候，忽見一個內侍，雙手捧了一個金盒子走進宮來；說道：『新皇帝賜娘娘的，盒內還有物件，皇上吩咐，須娘娘親手開看。』

宮女上去接來，宣華夫人看時，見盒子四周都是皇封封著；那合口處，又有御筆畫押。宣華夫人疑心是煬帝賜她自盡的毒藥，想自己綺年玉貌，被文帝選進宮來陪伴年老皇上，已是萬分委屈的了；如今卻因為要保全名節，得罪了新皇帝，不想便因此斷送性命。一陣心酸，早不覺兩行珠淚，直向粉腮兒上落下來。

宮中許多侍女見宣華夫人哭得淒涼，便也忍不住陪著她淌眼抹淚，整個宮中哭得天昏地暗；那送金盒來的太監，守候得不耐煩了，便一疊連聲的催她開盒。宣華夫人延挨一回，哭泣一回；到末一次，她被內侍催逼不過，把牙齒咬一咬，小腳兒一頓，『嗤』的一聲，揭破封皮，打開盒兒來一看，轉不覺把個宣華夫人看怔了。

這金盒裏，原來不是什麼毒藥，卻端端正正的放著一個五彩同心結子；左右宮女都圍上去，一看，一齊歡喜起來，說道：『娘娘千喜萬喜！』倒把個宣華夫人弄得嬌羞無的。她把盒兒一推，轉身去坐在床沿上，低頭不語。那內侍見宣華夫人既不收結子，又不謝恩，便又催她說：『娘娘快謝了恩，奴才好去覆旨！』

兩旁的宮女，誰不巴望夫人得寵，大家也可以得點好處；便你一句我一句，勸她說：『娘娘正在妙年，難道竟在長門深巷中斷送了終身？如今難得新天子多情，不但不惱娘娘，還要和娘娘結個同心，娘娘正可以趁著盛年，享幾時榮華富貴。』

這宣華夫人原是個風流自賞的美人，如今聽了眾人的勸，由不得嘆了一口氣，說道：『新天子如此多情，我也顧不得了。』當下嬝嬝婷婷的站起來，伸著纖指，把結子取出，又向金盒拜了幾拜；那內侍接過盒子，覆旨去了。

這裏宣華宮的侍女，知今天新皇上要臨幸太妃，便急急忙忙把宮中打掃起來；放下繡幅，撤下御香，那一張牙床上，更收拾得花團錦簇，大家靜悄悄的候著。看看初更時分，不見御輦到來；過了二更時分，也不見動靜。快到三更了，大家正在昏昏欲睡的時候，忽聽得遠遠𠲎𠲎喝道的聲音，大家驚醒過來，一齊搶到宮門外去守候著；只見御道上一簇紅燈，照著一位風流天子步行而來。

原來煬帝初登帝位，六宮新寵，真是應接不暇；在蕭后跟前，又須周旋周旋，又因子佔父妾，給旁人看見，究屬不妥，故意延挨到夜靜更深時候，悄悄的來會宣華。這宣華夫人在宮中又驚又喜，又羞又愧，弄得情思昏昏，不覺和衣在床上朦朧睡去；忽被宮女上來悄悄的推醒，也不由分說，簇擁著走出宮來，在滴水簷前，和煬帝相遇。

身旁的太監高擎著紅燈，照在宣華夫人臉上，宣華夫人不由得俯伏在地，低低的稱了一聲『萬歲』；煬帝見了，慌忙上前用手攙住，領著走進宮去。這時屋內紅燭高燒，階前月色橫空；映在宣華夫人臉上，嬌嬌滴滴，越顯紅白。

煬帝把宣華的手兒一引，引在懷前，低低的說道：『今夜，朕好似劉阮入天台！』宣華夫人只側著頸兒，不言不語。

煬帝又說道：『朕為夫人寸心如狂，前日之事，幾蹈不測，算來都只為夫人長得美麗風流，使朕心蕩；如今天緣湊合，疏燈明月，又見仙容，夫人卻如何慰藉朕心？』

煬帝連問數次，宣華不覺落下淚來，說道：『賤妾不幸，已侍先皇，名分所在，勢難再薦；前日冒犯之處，原出於不得已，萬望萬歲憐恕！況陛下三千粉黛，豈無國色，何必下顧殘花敗柳？既污聖身，又喪賤節，還望陛下三思。』

煬帝聽了笑道：『夫人話原是好話，無奈朕自見夫人以後，早已魂銷魄散，寢食俱忘；夫人倘不見憐，誰能治得朕的心病？』

好個隋煬帝，他說到這裏，便深深的向宣華夫人作下揖去；慌得宣華夫人忙把煬帝的袖兒拉住，便情不自禁，抬頭向煬帝臉上一看，月光正照在皇帝臉上。見他眉清目秀，好一個風流少年；自古嫦娥愛少年，煬帝如此軟求哀懇，宣華夫人心中早已下了一個肯字，只是羞答答說不出口來。

正在這當兒，左右送上筵宴來，煬帝吩咐，把筵席移在簷前，今夜陪伴娘娘賞月；便攙了夫人的手，同步出簾帳來。此時宮禁寂靜，月光如水，花影樹陰，參差庭院；煬帝和宣華夫人相對坐在席上，真好似月宮神女，蓬島仙郎。

煬帝滿斟一杯，遞與夫人道：『好景難逢，良緣不再；今夜相親，願以一杯為壽。』

宣華接著酒杯，含羞說道：『天顏咫尺，恩威並重；今夜定情，但願陛下保始終耳！』說著，也斟了一杯，送在煬帝手裏。

他兩人一言一笑，漸漸親熱起來；宣華夫人薄醉以後，風情畢露，輕盈旖旎，把個煬帝弄得神魂顛倒，一時裏搔不著癢處。淺斟低笑，看看已是月移斗換，宮漏深沉；煬帝站起來，握住宣華夫人的手，在月光下步閒了一回，方才並肩攜手，同進寢宮去。一個墜歡重拾，一個琵琶新抱；他兩人你憐我愛，早把先帝的恩情、一生的名義置之度外。

那時甥兒在京裏，聽得有人傳下來兩首詩兒，專說煬帝和宣華夫人的故事，道：『月窟雲房清世界，天姝帝子好風流；香翻蝶翅花心碎，嬌嫩鶯聲柳眼羞。紅紫痴迷春不管，雨雲狼藉夢難收；醉鄉無限溫柔處，一夜魂銷已遍遊。不是桃夭與合歡，野鴛強認作關雎；宮中自喜情初熟，殿上誰憐肉未寒？談論風情直暢快，尋思名義便辛酸！不須三復傷遺事，但作繁華一夢看。』」

榮氏聽她甥兒說完了，笑道：「孩子這樣好記性，嚕嚕囌囌說了一大套，又把詞兒也記上了。」眠雲接著說道：「這一段故事，敢是哥兒編排出來的？怎麼說來活靈活現，好似親眼目睹的一般！聽哥兒說來，當今天子如此荒唐，我卻不信。」

醉綠也接著說道：「咱老爺常有宮裏的人來往，怎麼卻不聽得說有這個？」申厚卿說道：「諸位姨娘有所不知，舅父這裏來往的，都是宮中官員，怎麼能知道內宮的情事？便是略略知道，於自己前程有礙，也決不肯說給外邊人知道。我家裏新近來了一個老宮人，他是伺候過宣華夫人的，空閒無事的時候，他便把皇帝的風流故事，一樁一樁的講給我聽；這情形雖不能說是我親眼看見的，卻也和親眼見的差得不遠。」

大姨娘說，不信當今天子有如此荒唐；厚卿笑道：「妳不知道，當今天子荒唐的事正多著呢！這樣糊塗的天子，滿朝都是奸臣，我便趕得功名，有何用處？」說著，不覺嘆了一口氣。

楚岫接著說道：「好哥兒！你說當今天子荒唐的事情多；橫豎老爺不在跟前，再講一二件給我們聽聽吧。」

說道之間，飛紅也悄悄出來，接著說道：「好哥兒，你說的什麼，我不曾聽的呢。如今求你快再說一個給我聽聽，我替哥兒斟一杯酒吧。」說著，從丫鬟手裏接過酒壺來，走到申厚卿跟前，親手把整杯中的冷酒倒去，斟上一杯熱酒，把酒杯擎在厚卿唇前；慌得厚卿忙站起身來，接過酒杯去，連說：「不敢！」

榮氏攔著說道：「妳們莫和哥兒胡纏了，哥兒一路風霜，想也辛苦了；再他話也說多了。哥兒在我家日子正長呢，有話過幾天再談，妳們勸哥兒多吃幾杯酒，卻是正經。」

飛紅聽了，把紅袖一擄，說道：「勸酒麼？還得讓我呢！」說著，回頭喚丫鬟，在榮氏肩下排一個座兒坐下，趁著嬌喉，三啊六啊和厚卿對猜起拳來。

看她一邊說笑著，一邊猜著拳兒，鬢兒底下的兩掛耳墜兒，如打鞦韆似的亂幌著；那管上的玉釧兒，磕碰著叮叮咚咚的響起來。看看飛紅連輸了三拳，吃下三杯酒去，一時酒吃急了，那粉腮兒上頓時飛起兩朵紅雲來；一雙水盈盈的眼珠，卻不住的向厚卿臉上溜去。

榮氏在一旁說道：「大姨兒總是這樣蠻幹的，要勸酒，也須斯斯文文的行一個令兒，慢慢的吃著，才有意思。」

眠雲聽說行令，她第一個高興，忙說道：「太太快想，咱們行一個什麼令兒才有趣呢？」

榮氏略低頭想了一想，說道：「我們來行一個『女兒令』吧。第一句要說女兒的性情和言動舉止都可以；接一句，要用詩書成句。說不出成句的，罰一大觥；說成句不對景的，罰一中杯；說得不錯的，飲一小杯門杯繳過令，挨次說出。」

飛紅聽了說道：「太太快飲一杯發令，我預備著罰一大觥呢！」

丫鬟上來，先替榮氏斟一杯；榮氏拿起酒杯來飲乾了，說道：「女兒歡，花須終發月須圓。」

接著便是厚卿說道：「女兒妝，滿月蘭麝撲人香。」說著，便飲過門杯。

坐在厚卿肩下的，便是安邦；他年紀小，不懂得這個，厚卿說道：「我代弟弟說一個吧。」

眠雲搶著道：「我有一個了，代安哥兒說了吧。」

榮氏點頭道：「妳說！妳說！」

眠雲道：「女兒裳，文采雙鴛鴦。」

安邦聽眠雲說了，也飲了門杯繳令；安邦肩下，便是飛紅，聽她說道：「女兒嬌，鬢雲鬆，繫裙腰。」

下去便是醉綠，說道：「女兒家，綠楊深巷馬頭斜。」

緊接著醉綠坐的，便是漱霞，說道：「女兒悲，橫臥烏龍作妒媒。」

接著巫雲說道：「女兒離，化作鴛鴦一隻飛。」

榮氏聽了，不覺向漱霞、巫雲兩人臉上看了一眼。

巫雲肩下才是眠雲，她想了一個替安邦說了，輪到自己，卻一時想不出好的來了；只見她低著脖子，思索了半晌，說道：「女兒嫁，娥皇女英雙姊妹。」

飛紅第一個嚷道：「三姨兒該罰一大觥！」

眠雲聽了，怔了一怔，說道：「我說得好好的，為什麼要罰呢？」

飛紅把嘴一撇，說道：「虧妳還說好好的呢！妳自己聽，聽那嫁字和妹字，敢能押得住韻嗎？」

眠雲這才恍然大悟，連說道：「我錯，該罰該罰。」

榮氏說道：「罰一中杯吧。」說著，丫鬟斟上酒來，眠雲捧著酒杯，咕嘟咕嘟的吃乾了。

這時席面上只剩下了一個楚岫，飛紅催她快說；楚岫便說道：「女兒怨，選入名門神仙眷。」

眠雲聽了，笑說道：「五姨兒也該罰。我說的，只是不押韻罷了；五姨兒說的，竟是不對景了。」

楚岫問她：「怎的不對景？」

眠雲說道：「妳自己想吧，做女孩子選入了名門，又做了神仙眷，還要怨什麼來？」一句話說得楚岫自己也笑起來，連說：「我罰！我罰！」自己拿了一個中杯遞給丫鬟，滿滿的斟了一杯吃了，又全座飲了一杯完令。

忽然，飛紅跳起來說道：「這法兒不妙，我們原是勸外甥哥兒的酒來的，如今鬧了半天，外甥哥兒只飲了一小杯門杯，我倒和他猜拳輸了，反被哥兒灌了三大杯，這不是中了反間計嗎！」說得滿桌的人，都不覺好笑起來。

眠雲接著說道：「這也怨不得人，是妳自己沒本領，敗了下來；妳有志氣，還該再找外甥哥兒報仇去。」

飛紅忙搖著手說：「我可不敢了！」

眠雲說道：「妳不敢，我卻敢呢！」說著，喚丫鬟斟上兩杯酒來，笑說道：「外甥哥兒請！」這三姨兒的指甲，是拿鳳仙花瓣兒染得，點點鮮紅；她伸著指兒猜拳，一晃一晃的煞是好看。

正嬌聲叱吒，嚷得熱鬧的時候，忽見一個大丫鬟走進屋子來，說道：「老爺醒了，喚三姨兒和六姨兒呢！」

那眠雲聽了，只得丟下厚卿，和巫雲二人，手拉手兒的離席進去了。

這裏安邦也朦朧著眼皮兒，拉著他媽的袖子，說要睡去了；丫鬟正送上湯果來，榮氏說道：「也是時候了，外甥哥兒一路辛苦了，吃些湯果，早些睡去，有話明天再談吧。」

一場家宴，直吃到黃昏人靜；厚卿便站起來告辭，退回客房去安睡。從此，厚卿便久居住在他舅父朱承禮家裏作客，有他舅父的六位如夫人和他做伴，天天說笑著，倒也不覺寂寞。

朱太守的六位如夫人，飛紅進門最早，合府上下喚她大姨兒；喚醉綠作二姨兒，眠雲做三姨兒，漱露做四姨兒，楚岫做五姨兒，巫雲做六姨兒。大姨兒為人最是鋒利，模樣兒也最是風騷；只因朱太守日久生厭，故只把家務交給她管理。那床笫之歡，卻讓三姨兒和六姨兒專夕去；只因三姨兒弄得一手好絲絃，唱得一腔好曲子，朱太守到沉悶的時候，非她不可。

六姨兒進門最遲，年紀也最小，舊愛果然奪不得新歡，因此六姨兒房中，時時有朱太守的歡笑之聲，不知不覺，卻把那其餘的如夫人冷落了下來。如今，卻半天裏落下一個申厚卿來，大家見他是一位年輕貌美的公子哥兒，性情又和順，又會說話；便終日圍著他說說笑笑，解著悶兒。其中那位大姨兒，更是愛鬥嘴兒的；她見了厚卿，風裏語裏，總帶著三分取笑的話兒。

厚卿終日埋在脂粉堆裏，心中卻念念不忘那位表妹嬌娜小姐；原來這厚卿自幼兒在舅家養大的，他和嬌娜小姐只差得兩歲年紀。只因厚卿生母死了，九歲時便寄住在舅家，直到十四歲時，因他父親調任嶺海節度使，便道把厚卿帶在任上，親自課讀；如今厚卿的父親年老多病，告老在家，厚卿和嬌娜小姐足足有六年沒見面了。

在這六年裏面，厚卿雖說小孩兒心性，但他卻無日不記念嬌娜；只因兩地相隔得又遠，無事又不能到舅父家裏來。厚卿屢次想借探望舅父為名，來和嬌娜見面，卻屢次不敢和他父親說明；如今幸得父親作主，打發他出門趕考，順路來探望舅父，把個厚卿歡喜得忙著趕路。卻巧遇到沿路上萬的人伕開掘河道，他眼見那人伕的困苦情形，又處處受工人的攔阻，害他不得早日和嬌娜見面；因此，他心中把個隋煬帝恨入骨髓。

好不容易千辛萬苦，冒霜犯露，趕到了范陽城；他不曾見得嬌娜的面，想起六年前和嬌娜在一塊兒，那種嬌憨的樣子，真叫人永遠忘不了的。後來在筵席前，見嬌娜打扮得端端莊莊出來，看她越發出落得花玉精神，天仙模樣；不說別的，只看她一點朱唇，粉腮上兩點笑渦，真叫人心醉神迷。只可惜當著舅父舅母跟前，不便說什麼心腹話兒。

他滿心想趁沒人在跟前的機會，把別後的相思，盡情的吐露一番；誰知自從當筵一見以後，五七日來，不能再見一面，反是那些什麼大姨兒啊、三姨兒啊，終日被她們纏得頭昏腦脹。只因厚卿在娘兒們身上，是最有功夫的；他心中雖掛念著嬌娜，那嘴裏卻一樣的和她們有說有笑。

到了第十天時，厚卿走進內堂去，正陪著他舅父舅母談話，嬌娜小姐也伴坐在一旁；她見了厚卿，也只是淡淡的招呼了一聲，低著脖子，在她母親肩下坐了一會，便起身回房去了。厚卿見了這情形，真是一肚子寃屈，無可告訴；便即立刻向他舅父舅母告辭，說明天便要動身回家去了。

嬌娜正走到門簾下面，聽厚卿說要回去的話，不由得把小腳兒略停了一停；只聽她父親對厚卿說道：「甥兒多年不來，老夫常常記念；好不容易千里迢迢的趕來，正可以多住幾天。況你父親也囑咐你，順便明春赴了考再回去，也不算遲；怎麼說住了不多幾天，便要回去了。敢是我家簡慢了你，使你動了歸家的念頭？甥舅原是和父子一般的，甥兒你肚子有什麼委屈，不妨直說出來。

好孩子！你在我家千萬捱過了明春的考期回去，使我在你父親面上也對得起。你有什麼不舒服的地方，老實對我和你舅母說出來，我們總可以依你的。再者，朝廷新近打發內官許廷輔南下辦差，老夫在這幾天裏面，便要趕上前站，迎接欽差去；這衙署裏，還託甥兒代為照看，怎麼可以說歸家去的話呢？」

第三回　宮闈酷艷

申厚卿住在他舅父內衙裏，一連十多天不得和他表妹說一句知心話兒，心中鬱鬱不樂，便起了歸家之念；當時向他舅父告辭、被他舅父說了許多挽留他的話，又說自己要趕上前站迎接欽差去，託他甥兒照看衙署。這一番話，不容厚卿不留住下了。

他舅母榮氏，也把厚卿攬在自己懷裏，一手摸著他脖子，嘴裏好孩兒長、好孩兒短的哄著他；又說：「外甥哥兒住在外面客房裏、清靜寂寞，怨不得你要想家了。」說著，便回過頭去，對一班丫頭說道：「妳們快把外甥哥兒的舖蓋，搬進花園裏西書房去！住在裏面，咱娘兒也得常常見面，熱鬧些，免得冷落了我這孩子。」只聽得一班丫鬟「噢」的答應了一聲。

當天晚上，申厚卿果然搬到內廳的西書房裏住，到二更時分，忽聽得紗窗上有剝啄的聲息；厚卿急開門出去看時，見嬌娜小姐扶著一個丫鬟，站在月光底下。看她含著笑，向厚卿點頭兒，月色映在她粉龐兒上，嬌滴滴越顯紅白；厚卿癡癡的看出了神，也忘了邀她們屋裏坐。

倒是那丫鬟「噗哧」的笑了，說道：「客來了，也不知道邀咱們屋裏坐，只是目灼灼似賊的瞧著人！」一句話提醒了厚卿，道：「啊喲！該死！」忙讓嬌娜屋裏坐下。

這時厚卿坐在書桌前，嬌娜背著燈兒坐，兩人默默相對，滿肚子的話，抓不住一個話頭兒；半晌，厚卿便就案頭紙筆，寫成七絕兩首。嬌娜轉過身去，倚在桌旁，看他一句一句的寫道：「亂惹洋煙倚粉牆，絳羅斜捲映朝陽；芳心一點千重束，肯念憑欄人斷腸？嬌姿豔質不勝春，何意無言恨轉深；惆悵東君不相顧，空留一片惜花心！」

厚卿才把詩句寫完，嬌娜急伸著手，去把箋兒奪在手裏；笑說道：「這是說的什麼？」

厚卿道：「這是我昨天在花園裏，倚著欄杆看花，隨嘴謅的爛詩；如今妹妹來了，我便不怕見笑，寫出來請妹妹修改修改。」

嬌娜聽了，由不得把她的朱唇一撇，說道：「哥哥哄誰呢！這上面的話，明明是怨我冷落了你。」一句話說得厚卿低頭無語。

過了一會，厚卿便說道：「妹妹自己想吧，六年前我住在妹妹家裏，陪妹妹一塊兒讀書的時候，我兩人何等親熱？如今六年不見，誰知妹妹人大志大，見我來了，給你個五日不理，十日不睬，這叫我如何能忍得？妹妹知道的，我母親早已死了，父親自從娶了繼母以後，漸漸的把我冷淡下來；我在家裏，一個親人也沒有，這六年裏面所念念不忘的，只有一個妹妹。如今妹妹又不理我，我沒得別的望了，只有回家去悶死罷了！」厚卿說到這裏，不由得他聲音酸楚起來。

嬌娜聽了，只微微的嘆了一口氣，說道：「我冷淡哥哥，這原是我的不是；但哥哥也須替我想想；一來，我做女孩兒的年紀大了，處處須避著嫌疑；二來，我如今家裏也不比從前了，自從爹爹娶了幾位新姨兒在家，人多嘴雜，我平日一舉一動，處處留神，還免不了她們說長道短。如今哥哥來了，她們打聽我和哥哥是自幼兒親熱慣的，便處處看冷眼留心著；倘有什麼看在她們眼裏，不說別的，只是那六姨兒，是我爹爹最得寵的，只須她在我爹爹跟前吐出一言半語，那我便休想再活在世上了！

哥哥卻不知道，如今我家裏已是顛倒過來了；我母親雖說是一家的主母，卻拉不住一點權柄。大姨兒當了家，我母女二人便須在別人手下討生活；那六姨兒又愛在我爹爹跟前，拿我母女湊趣兒。自從她進了門，全家裏攪得六神不安，我父親和我母親，常為這個生了意見；他兩老人家，面和心不和，撇得我母女二人，冷清清地！」嬌娜小姐說到這裏，便也把脖子低了下去，停住了說話。

屋子裏靜悄悄地半晌，那丫頭催著道：「小姐來的時候久了，怕老夫人查問，我們回房去吧。」嬌娜小姐才站起來，說了一句：「明天會！」慢慢的走出房去。厚卿好似丟了什麼，急站起身來，要上去留住，心想又不好意思；嬌娜小姐已走出屋子去了，他還癡癡的對著燈光站在屋子中間，動也不動。

從這一晚以後，嬌娜小姐便常常瞞著她母親，由丫頭伴著，在黃昏人靜時候，悄悄的到書房裏來會厚卿。他二人見了面，不是談一會從前年幼時候的情景，便是談談家務；談來談去，他二人總覺得不曾談到心坎兒上。

嬌娜小姐又是多愁善悲的人，她談起自己在家裏的孤單和身世來，便慘悽悽的十分可憐；厚卿聽了，也找不出話來勸她，只是大家默默的坐一會便散去了。厚卿見嬌娜去了，便萬分牽掛，待一見了面，又找不到話說；嬌娜又怕母親知道，只略坐一坐，便告辭回房去了。

厚卿偶然到內堂或花園裏走走，遇到了飛紅或是眠雲、漱霞這一班姨娘，大家便如一盆火似的向著他，拉著他，便向他打聽隋煬皇的故事。厚卿便說起隋煬帝西域開市的故事，道：

「煬帝自從奪了皇帝座兒，強佔了宣華夫人以後；日夜窮奢極慾，在宮中行樂。無奈他做晉王的時候，在外面遊蕩慣了；如今他困住在深宮裏，任妳成群的美人，終日陪伴他嬉笑狎蝶，他總覺拘束得心慌。

這時隋朝正在興旺的時候，西域各路鎮守的將軍，齊上文書，報說西域諸國欲和中國交市；煬帝打聽得西域地方出產奇珍異寶，便欲親自帶著妃嬪，到西域地方去遊玩一趟。只因皇帝這個念頭，便平白糟蹋了千萬條性命。

京城離西域地方，足有三千餘里；一路沙草連天，荊棘遍地。天子的乘輿，如何過得？便由沿路各州縣拉捉人伕，開成御道；從京城出雁門、榆林、雲中、金河，不知費了多少錢糧，送了多少人命。又有吏部侍郎宇文愷湊趣，欲打造一座觀風行殿；說御道雖造成，路上卻沒有行宮別館，山城草縣，如何容得聖駕？

這觀風行殿，是建造在極大的車輪上；那行殿裏足可容得五七百人，四圍俱用珠玉錦繡，一樣的有寢宮內殿，洞房曲戶，妃嬪宮女一齊住在車裏。車在路上行著，車內歌舞的歌舞，車外吹打的吹打；一天行不上二三十里，便靠山傍水的停下。隨行軍士五十多萬人，一路上金鼓喧天，旌旗蔽日；到了夜裏，連營數百里，燈火遍野，都圍繞著觀風行殿紮下。

煬帝一路遊去，每到一處，便召集群臣遊山玩水，飲酒賦詩；若見有山川秀美，形勢奇勝的地方，便留連著幾天不行。後面輜重糧草，和各處郡縣所貢獻的物產，堆山積海，拉捉了上萬的人伕搬運著。

且看走到金河地方，正是一片沙漠，一陣大風吹來，塵飛沙湧；煬帝避入行殿中，許多妃嬪在四面圍著，居然風息全無；煬帝坐在肉屏風裏，一邊看著美人，一邊飲著酒，十分快樂。無奈那班美人，都是怯生生的身體，遇見這沙漠北狂風，不獨是翠袖衣單；那灰沙塵土，依著風勢穿簾入帷，那班妃嬪滿頭都罩著黃沙，粉腮朱唇都堆積起塵垢來。

煬帝看了，心中不快，便有內侍郎虞世基出主意，在行殿外造一座行城；高有十丈，一樣的開著四座城門，下面裝著車輪，把行殿圍在中央，用大隊兵士前推後挽，果然風沙全無。逢到天氣晴和，煬帝便走上城樓去，和百官飲酒望遠；那行殿和行城，在御道上緩緩走著，一路遠山近林，都向城邊抹過。

煬帝到快活的時候，便提筆賦詩；百官們都搶著和韻，皇帝便各賜黃金綵緞。

如此快樂過著日子，不覺到了西域地方，由吏部侍郎裴矩，帶領各路邊將前來朝賀；接著許多外國可汗前來朝貢。第一個，是突利可汗；他和煬帝是郎舅至親，在文帝開皇年間，把義安公主下嫁給突利可汗，因此和隋朝格外親近。

當時煬帝見了義安公主，便宣她上殿賜坐，突利可汗也賜坐在階下；排上筵宴，殿上傳杯遞盞，殿下鼓吹鐃歌，煞是威武。接著又有室韋靺鞨、休邑女真、龜茲伊吾、高昌、蘇門答臘、撒馬兒罕、波斯等，大小二十餘國，逐日挨次前來朝貢，煬帝一一賞他酒宴。

飲酒中間，只見蘇門答臘走出位來，俯伏在地，獻上一隻鸖鴒兒；那鸖鴒身高七尺，能作人言，原是西域地方的靈鸖。煬帝接受了，賜酒三大杯。蘇門答臘才下去，那于闐可汗又上來，獻方圓美玉兩方；那美玉各長五寸，光潤可愛。圓玉名叫龍玉，浸在水中，便現出虹霓來，頃刻可以致雨；方的稱做虎玉，拿虎毛拂拭著，便見紫光四射，百獸都逃避。

煬帝得了這異寶，十分歡喜；吩咐一聲賞，那幾百萬的金銀綢緞，頃刻分完。隔了幾天，煬帝便傳旨，親臨突利可汗的行帳；當時帶領了兩班文武，煬帝親自跨馬，向突利營中走去。看看走了二十里路，望見前面路上，突利可汗和義安公主花帽錦衣，掛金披玉；騎了兩頭駿馬，率領各部落小酋長，一隊一隊鳴金打鼓，前來迎駕。

迎到可汗營門口，義安公主上來，親自扶皇帝下馬，直陞牛皮帳；帳中早已設備下一張蟠龍泥金交椅，椅前安著一張碧玉嵌萬壽的沉香龍案，煬帝陞了寶座，文武百官分作兩行侍立，帳中公主和可汗上去行了大禮。這突利雖說是外國，卻也十分豪富；繡帳中排設的，都是精金美玉，珠光燦爛，十分美麗。

一霎時獻上酒來，公主和可汗二人親自斟酒，勸煬帝飲下三杯；煬帝賜他們在一旁陪席，突利可汗和義安公主方敢坐下。煬帝看席面上金盤玉碗，列鼎而食，雖沒有龍肝鳳髓，卻儘多海錯山珍；毳幕外笳樂頻吹，金爐內獸煙輕嫋。

飲過數巡，突利可汗又喚出一班女樂來；煬帝看時，卻一個個生得明眸皓齒，長身豐體，個個袒著懷兒，露著臂兒，腰上圍著五彩獸皮，掛上一串小金鈴兒，歌一陣，舞一陣，在煬帝身體前後圍繞著。煬帝目迷艷色，耳醉蠻歌，早不覺神魂怡蕩；睜大了眼，嬉開了嘴，不知不覺的露出百種醜態來。

大將軍賀若弼站在一旁，見光景不雅，恐有不測，便以目視高穎；高穎會意，立刻出班奏道：『樂不可極，欲不可縱，請天子從早回鑾。』煬帝心中依依不捨，只是沉吟不語。

賀若弼接著奏道：『日已西斜，天色不早，在塞外斷無夜宴之理。』

煬帝沒奈何，只好傳旨回駕，一面吩咐，多以金帛賞賜舞女。他回到行殿去，還是想念那突利可汗帳中歌舞的蠻女；後來到底打發內侍官，悄悄的到突利可汗帳中，去挑選了十個蠻女來，藏在寢殿裏，日夜追歡，竟把原有的宮嬪丟在腦後。

這座行城行殿，停在塞外地方足有半載，卻不見皇帝下回京的詔旨；看看天氣寒冷，漫天蓋野的飄下雪來，文武百官雪片似的奏章，勸皇上回鑾。煬帝拗不過眾人的意思，便在八月時節起駕回京；那各國的可汗，打聽得煬帝回駕，便一齊送行，直送到薊門方才散去。

誰知一進了薊門，煬帝心中忽然轉了一個念頭，他要沿路遊覽邊地的景色，卻不願依來時的御道回去；越是山深林密的地方，煬帝越是愛去，眾官員再三苦諫，他只是不聽。

從榆林地方去，有一路小路，稱做大斗拔谷，兩旁全是壁立的高山，中間山路只有丈餘的寬闊，又是崎嶇不平；莫說這碩大無朋的行殿、行城通不過去，便是那平常的車駕也是難走。但是煬帝一定要打這大斗拔谷中走去，他也不顧後面的一班官員嬪娥如何走法，便丟下了行殿行城，獨自一人騎著馬，向前走去；慌得那班護駕的侍衛和親隨的大臣，都顛顛撲撲的跟隨著。

可憐那班宮娥彩女，沒了行殿行城容身，或三五個在前，或七八個在落後；都啼啼哭哭，紛紛雜雜，和軍士們混在一起走著。到晚出不得谷的，也便隨著軍士們在一處歇宿；時值秋深，山谷中北風尖峭，嬪娥軍士相抱而死的，不計其數。

滿朝中大臣，只有高穎和賀若弼二人正直些；高穎看了這悽慘情形，對賀若弼嘆道：『如此情況，朝廷綱紀喪失盡矣！』賀若弼也說道：『奢侈至極，便當受報。』他二人說話，早有討好的奸臣去對煬帝說知；煬帝因為在路上，不好發作得。

後來聖駕回到西京，又吩咐宇文愷、封德彝兩人，到洛陽去監造顯仁宮；因洛陽居天下之中，便改稱西京，以便不時臨幸。那不知趣的賀若弼和高穎二人，又來多嘴；趁早朝的時候，便出班奏道：『臣等聞聖主治世，節儉為先；昔先帝教楊素造仁壽宮，見制度奢麗，便欲斬素，以為結怨天下。以後痛加節省，二十餘年，故有今日之富；陛下正宜繼先帝之志，何得造起宮室，勞民傷財？』

煬帝聽了大怒，喝道：『這老賊又來多嘴，朕為天子，富有四海，諒造一座宮殿，費得幾何錢財？前日在大斗拔谷中，因死了幾個軍士，便一個謗朕喪失綱紀，一個謗朕奢侈過份；朕念先朝老臣，不忍加罪。今又在大庭之上，百官之前，狂言辱朕，全無君臣體統；不斬汝二賊之首，何以整飭朝綱！』

二人又奏道：『臣等死不足惜，但可惜先帝錦繡江山，一旦休也！』

煬帝愈怒道：『江山便休、也不容你這樣毀謗君父的人！』說道，喝令殿下帶刀指揮，推出斬首示眾。

眾官員見天子動怒，嚇得面如土色，抖衣戰慄，那個敢上去討一聲保；只有尚書左僕射蘇威，和刑部尚書御史大夫梁昆，同出班奏道：『高穎、賀若弼兩人，是朝廷大臣；極忠敢諫，無非為陛下社稷之

計。縱使有罪，只可降調削職，萬不可處以極刑；令天下後世，加陛下以殺大臣之名。』

煬帝冷笑說道：『大臣不可殺，天子反可受辱嗎？爾等與二賊，都仗著是先朝大臣，每每互相標榜，朋比為奸；朕不斬汝，已是萬幸，還敢來花言巧語，保留他人。』便喝命削去二人職位，亂棍打出。蘇威和梁昆二人，又得了罪名，還有什麼人敢來勸諫？眼看著高穎和賀若弼兩人相對受刑。

這裏宇文愷、封德彝二人，領了造仁壽宮的旨意，竟到洛陽地方開設匠局，大興土木；一面相度地勢，一面差人分行天下，選取奇材異木和各樣珍寶。水路用船，陸路用車，都運送前來；騷擾天下，日夜不得安息。

不用說幾十圍的大樹、三五丈的大石搬運費事；便是那一草一木，也不知花費多少錢糧，害死多少人命，方能到得洛陽。不用說經過的地方，百姓受害；便是在深山窮谷裏面，因為尋覓奇花異獸，也攪得雞犬不寧，弄得百姓怨恨，府庫空虛，只換得一座金碧輝煌如九天仙闕一般的顯仁宮。

顯仁宮造成以後，煬帝車駕便向東京進發。宇文愷、封德彝二人領著皇帝，走到顯仁宮前，果然造得樓臺富麗，殿閣崢嶸；御苑中百花開放，紅一團，綠一簇，都不是平常顏色。煬帝便問：『這些花木，卻從何處移來，這般鮮妍可愛？』

宇文愷在一旁奏道：『花木四方皆有，只那碧蓮、丹桂、銀杏、金梅、垂絲柳、夾竹桃諸品艷麗的花草，都是揚州出產的。』

煬帝聽說揚州二字，心中已是萬分艷羨，說道：『怪不得古人有腰纏十萬貫，騎鶴上揚州的詩句兒。』

接著，封德彝又奏道：『御苑中這許多花木，還算不得揚州的上品；臣聞得揚州蕃釐觀，有一株瓊花，開花似雪，香飄數十里，遠近遍天下，再無第二株，這才是揚州的第一名花呢！』

煬帝說道：『既有這樣的神品，何不把它移植到禁苑中來？』

封德彝奏道：『這瓊花原是揚州的秀氣所鍾，不能移動，一移便枯。』

煬帝聽得高興，便問：『東京離揚州共有多少路程？』

宇文愷說：『約有一千餘里。』

煬帝聽了，躊躇起來；說道：『朕欲往遊，只苦道路遙遠，不能多帶宮妃，恐途中寂寞，這便奈何！』

封德彝道：『這卻不難，以臣愚見，只須三十里造一宮，五十里造一館，造得四十餘座離宮別館，便可從東京直達揚州了；那宮館裏多選些美女佳人住著，分撥幾個太監，掌管宮館裏的事務。陛下要臨幸揚州，也不必行軍馬，動糧草，只消輕車簡從；一路上處處有宮有館，有妃有嬪，陛下可以隨心受用，任意逍遙，勝如在宮禁中苦悶，何愁寂寞？』

煬帝聽了大喜道：『既如此，朕決意往遊；二卿莫辭勞苦，那些離宮別館，還須二卿督造，不限年月，卻須盡善盡美。』

當時煬帝賞宇文愷、封德彝二人在宮筵宴；宴罷，便各自領了聖旨，依舊號召了一班奇工巧匠，拉捉了幾萬人民伕役，往揚州地方相度地勢，起造宮殿。或隔三十里一處，或離五十里一處，或是靠山，或是臨水，都選形勝的地方，立下基礎；東京到揚州，共選了四十九處地方，行文到就地郡縣，備辦材料，催點人工。

可憐那些郡縣，為一所顯仁宮，已拖累得倉空庫盡，官疲民死；怎當他又造起四十九所宮館來？早見得四境之內，哭聲遍野；宇文愷和封德彝二人，卻裝做耳聾眼瞎一般，一味的催督郡縣，一毫也不肯寬假。

在東京點出二百名官員來，專去催督地方；如有遲誤，即指名參奏處死。那郡縣官看自己的功名性命要緊，便死逼著百姓，日夜趕造；不到半年工夫，百姓的性命已逼死了十萬條。你道慘也不慘！那隋煬帝卻安居在顯仁宮裏，新選了幾位美人，晝夜行樂。

這隋家天下，全虧文帝在日節省，各處兵精糧足，外國人都畏威懷德，年年進貢，歲歲來朝；煬帝到東京的時候，又值各國使臣前來朝貢。煬帝要誇張他的富足，便暗暗傳旨，不論城裏城外，凡是酒館飯店，如外國人來飲食的，都要拿上好酒餚哄他，不許取錢。

又吩咐地方官員，把御街上的樹木，全拿錦繡結成五彩；在通宮門的大街一帶，處處都有嬌歌艷舞，雜陳百戲，使外國人見了天朝的富盛，便不敢起藐視的心思。百官們領了旨意，真的在大街一帶，搭起了無數的錦柵，排列了許多的繡帳；令眾樂人或是蠻歌，或是隊舞。

有一處裝社火，有一處打鞦韆，有幾個舞柘板，有幾個玩戲法；滾繡球的，團團能轉，耍長桿的，高入青雲。軟素橫空，弄丸夾道，百般樣技巧，都攢簇在鳳樓前；雖不是聖世風光，卻也算是點綴昇平，把一條寬大的御街，熱鬧得擁擠不開。

那班外國人一路看來，果然個個驚詫，都說：『中華天朝，真是富麗！』引得他們三五成群，四五結伴的，在大街上遊賞不厭；也有到酒肆中飲酒的，也有到飯館裏吃飯的，拿出來都是美酒佳餚。吃完了給錢時，都說道：『我們中國是富饒的地方，這些酒食，都是不要錢的。』

外國人見有白吃白要的地方，都歡喜起來，便來來去去，酒飲了又飲，飯吃了又吃；這幾個醉了，那幾個又來，那幾個飽了，這幾個又來，好似走馬燈一般，不得個斷頭。

後來，煬帝又在殿上賜各國使臣御宴，便問波斯國使臣道：『汝外國也有我中華這等富盛麼？』

誰知這使臣卻十分狡猾，他當時回奏道：『外臣國裏雖無這樣富盛，那百姓們卻個個都是飽食暖衣，不像上國還有沒衣穿、沒飯吃的窮人！』又隨手指著樹上的綵綢說道：『這綵綢子施捨與那窮人穿穿也好；拴在樹上，有何用處？』

煬帝聽了大怒，便要殺外國人，眾官員慌忙勸諫道：『這班外國人，生長蠻夷，原懂不得什麼禮節；但他們萬里跋涉而來，若因一言不合，便將他殺死，只道陛下無容人之量，恐阻他向化的心思。』煬帝才把氣平了，傳旨一概打發他們回國去。」

厚卿只因心中瞧不起煬帝，所以把這些淫惡的故事盡情說出來；那大姨兒、三姨兒、六姨兒和一班丫鬟，在一旁聽一陣，笑一陣。她們越聽越有精神，正講到熱鬧的時候，忽見榮夫人身旁的一個大丫頭，名叫喜兒的，匆匆跑來說道：「太太請諸位姨娘，快去替老爺餞行呢！」

第四回　風流情種

一抹斜陽，掛在楊樹梢頭；輕風吹來，那柳葉兒擺動著。在柳蔭下站著一個英俊少年，他兩眼注定在一涯池水裏出神；柳絲兒在他臉上抹來抹去，他也化作臨風玉樹，兀立不動。池面上一對一對的鴛鴦，游泳自如；岸旁一叢一叢的秋菊，爭紅鬥綠的正開得茂盛。

這少年便是申厚卿，他到花園裏來閒步，原指望遇到他表妹嬌娜小姐，可以彼此談談心曲；他兩人雖在燈前月下見過幾面，只因有丫鬟在一旁，也不便說什麼話，又因瞞著母親，來去匆匆，便到底也不曾談到深處。

不想他到得花園中，卻遇到了一群什麼大姨兒、三姨兒，被她們捉住了，圍著他，要他講隋煬帝的風流故事；厚卿沒奈何，只得把煬帝西域開市的故事，一情一節的講給她們聽。五七個娘兒們圍坐在湖山石上，足足聽了有一個時辰；直待榮夫人打發大丫頭喜兒出來傳喚，她們才一哄散去。這裏丟下厚卿一個人，站在池邊出神。

他嘴裏雖和一班姨娘講究，心中卻念念不忘嬌娜小姐；他想出了神，不覺耳背後，飛過一粒小石子來，打在地面上，驚得那一群鴛鴦張著翅兒，拍著水面，啪啪地飛著逃去。厚卿急回過臉去，原來不是別人，正是嬌娜小姐身邊的一個小丫頭；她在柳樹背面拋過石子去，驚散鴛鴦，猛不防柳樹前面卻轉出一個人來。

小丫頭見了厚卿，只是開著嘴，嘻嘻的笑；厚卿問她：「小姐在什麼地方？」那小丫頭把手指著前面的亭子，厚卿會意，便沿著柳蔭下的花徑走去；果然見前面亭子裏，嬌娜小姐倚著欄杆，低著脖子，在那裏看欄外的芙蓉。

厚卿走上亭子去，笑著說道：「這才是名花傾國呢！」

嬌娜小姐聽了，慍地變了顏色；低著頭，半晌說道：「這樣的嬌花，卻開在西風冷露的時節，它的命，卻和我一樣的薄呢！」說著，又不覺淚光溶眼。

厚卿忙拿別的話去攪亂她；兩人一邊說著話，一邊走出亭子來，順著園西小徑，慢慢的走去。迎面一座假山，露出一個山洞來；厚卿先走進去，嬌娜扶著小丫頭，從後面走來。洞中只有外面空隙中，放射幾縷微光進來，腳下卻是黑黝黝的；厚卿只怕嬌娜滑倒，走一步便叮囑一聲：「妹妹腳下小心。」

嬌娜笑說道：「你不用婆婆媽媽的，這洞裏夏天來乘涼，是我們走熟的路；哥哥卻是陌生路，須自己小心著。」一句話不曾說完，只聽得厚卿嚷著「啊唷」一聲；他兩手捧著頭，急急奔出洞去。

嬌娜小姐也跟在後面，連問：「怎麼了？」

厚卿說：「不相干，只顧和妹妹說話，冷不防山石子磕了額角。」

嬌娜小姐走近身去，意思要去攀他掩住額角的一隻手；嘴裏說道：「讓我看看，磕碰得怎麼樣了？」

厚卿放開了手，讓嬌娜看；只見他左面額角上，高高的磕起了一大塊疙瘩。

嬌娜連聲問道：「哥哥痛麼？」她從袖裏掏出一方羅帕來，上去按在厚卿額角上；才揉了一下，便覺粉腮兒羞得飛紅，忙把那羅帕遞給厚卿，叫他自己揉去。

厚卿這時被嬌娜的脂光粉面，耀得眼花；又聞得一縷甜香，從嬌娜袖口裏飛出來，把個厚卿迷住了。他接了羅帕，也不搓揉，只是笑微微地看著嬌娜的粉腮兒；嬌娜羞得急低了粉頸，轉過身去，看著路旁的花兒。

正一往情深的時候，忽見嬌娜身邊的大丫頭，正分花拂柳的走來；說道：「我找尋得小姐好苦，誰知卻躲在這裏！」

嬌娜小姐聽了，啐了一聲，說道：「誰躲來？」

那大丫頭說道：「老爺明天要起身接欽差去，今天夫人排下筵席，替老爺餞行；六位姨娘都到齊了，獨缺小姐一個，快去快去！」

嬌娜聽了，也便轉身走去；走不上幾步，便回過臉兒去，對厚卿說道：「哥哥回房去歇歇再來。」厚卿站著點點頭兒。

這裏大丫頭扶著嬌娜小姐，走進內堂去；只見她父親和母親，帶著六位姨娘，團團的坐了一桌。見嬌娜來了，榮氏便拉去坐在她肩下。

朱太守便問：「怎不見外甥哥兒出來？」

那大丫頭重又走進花園去，把厚卿喚了出來；大家看時，見他額角上起了一個大疙瘩。榮氏忙拉著手問：「我的好孩子，怎麼弄了這個大疙瘩？」

厚卿推說：「是走得匆忙了，在門框子上磕碰起的。」

榮氏忙把厚卿攬在懷裏，著實揉搓了一會，便拉他坐在自己的左首肩下。厚卿和嬌娜兩人中間，只隔了一位榮氏；厚卿偷看嬌娜時，見她只是含羞低頭。

榮氏對厚卿說：「你頭上磕碰壞了，快多吃幾杯酒，活活血。」說著，拿起酒杯來，勸大家吃酒。

今天這桌席，是餞朱太守行的，所以叫六位姨娘也坐在一起，是取團圓的意思；朱太守對厚卿說道：「老夫明天便要趕到前站去迎接欽差，此去有一個月的耽擱，衙署裏的公事，自有外面諸位相公管理；內衙裏，只有一個安邦是男孩子，他年紀太小，不中用的，其餘都是女娘們，我實在放心不下。好孩子，還是你年紀大些，懂得人事；我走了之後，你須替我好好的看管內衙裏，門戶火燭，千萬小心！」當時厚卿一一答應了。

丫鬟送上熱酒熱菜來，大家吃喝了一陣；朱太守見今天吃酒人多，便想行令，吩咐丫頭傳話出去，把外書房裏一個酒令匣兒拿來。過了一會，簾外的書僮捧著一個錦緞包的大匣來，交給簾內的丫鬟，送在朱太守跟前。

打開匣子，厚卿看時，見裏面橫睡著五個碧玉的籤筒；此外便是一個一個小檀木令籤盒兒，上面雕著篆字的酒令名兒。朱太守隨手拿了一個「尋花令」籤盒兒，打開盒兒，拿出一把象牙令籤來，點了一點人數，見是十一個人，便把十一支牙籤放入籤筒裏；又把籤筒安在桌子中央，先由朱太守起，挨著次兒，每人抽一支令籤去縮在袖裏。

大家低頭看籤上刻的字，知道自己是什麼，便含著笑，不告訴人；忽然聽得飛紅嬌聲嚷著道：「這可坑死我了！怎麼叫我這個莽撞鬼尋起花來了呢！」

大家看她牙籤上，刻著「尋花」兩字；榮氏便笑說：「妳快尋，尋到誰是花園的，便和花園對飲一杯完令；倘尋錯了人，便須照那籤上刻的字意兒，吃罰酒呢！」

飛紅聽了，只是皺著眉心，搖著頭，拿手摸著腮兒，向各人臉上看去；大家都看著她，暗暗的好笑。飛紅看了半晌，忽然伸著指兒，向嬌娜小姐說道：「花園在小姐手裏！」

嬌娜拿出牙籤來，給大家看時，見上面刻著「東閣」二字；下面又刻著一行小字，道：「無因得入，罰飲一杯。」

飛紅看了，便拿起一杯酒來，一口飲乾；漱霞在一旁，拿筷子夾了些雞絲兒，送到她嘴裏去。她一邊吃著，一邊又向別人臉上找尋去。

厚卿看她烏溜溜的兩道眼光，不住的向眾人臉上亂轉，真是神采奕奕；那面龐兒越覺得俊美了，忍不住嗤的笑了一聲。飛紅聽得了，急回過臉來，拿手指著厚卿笑道：「好外甥哥兒！不打自招，這一下可給我找到花園了。」

厚卿聽了，忍不住大笑起來，說道：「大姨兒妳找到醉人，這可儘妳吃個爛醉的了！」說著，把手裏一支牙籤送到飛紅眼前，給她看；只見上面有「醉人」兩字，下面又刻著一行小字，道：「拉尋花人猜拳無算，飲爵無算。」

榮氏看了說道：「這夠你們鬧的了！」

飛紅見說猜拳，這是她第一件高興事情；當下便喚丫鬟一字兒斟上十杯酒來，揎拳擄袖的，和厚卿對猜起拳來。只聽她嬌聲嬌氣的，一陣五啊六啊嚷了半天；誰知她手氣真壞，十拳裏面卻整整輸了十拳，這十杯酒卻都要飛紅一個人消受。

飛紅看了，不由得娥眉緊鎖，向厚卿央告道：「好外甥哥兒！你素來知道你大姨兒量淺，受不住這許多酒的，請你醉人饒了我吧！我還要往下找尋去呢。若找尋不到花園，還不知道要罰我吃多少酒呢！

好外甥哥兒，你也疼疼你大姨兒吧！」幾句話說得全座大笑起來。

眠雲在一旁也幫著說道：「外甥哥兒，你聽你大姨兒說得怪可憐的，便饒了她，一杯也不叫她吃吧。」

厚卿說道：「一杯不吃，令官面上也交代不過去，這樣辦吧，吃個對數兒吧；這對數兒裏面，我再幫著大姨兒吃兩杯，三姨兒幫著吃一杯，大姨兒自己吃兩杯，也便繳過令去了。」

飛紅聽了，忙合著掌說道：「阿彌陀佛！謝謝外甥哥兒的好心腸！」她一邊說著，一邊把兩杯酒吃下肚去；接著又尋花園去。

這一回，她不瞧人的臉色了，便隨手一指，指著楚岫說道：「五姨兒一定是花園了！」

那楚岫笑說：「我不是花園，我卻是個柴門。」她拿出手中的牙籤兒來一看，見上面果然有「柴門」兩字，下面也有一行小字，道：「勝一拳，方開門。」楚岫便擎著粉也似的拳兒，豁過去，一拳竟被飛紅猜贏了；沒得說，楚岫飲乾了一杯酒。

飛紅這時又猜醉綠是花園，醉綠拿的牙籤上，卻刻著「深院」兩字，又註著：「無花飲一杯。」飛紅依令飲了一杯；接著又猜榮氏是花園，榮氏拿出牙籤來，卻寫著「小山」兩字，又註著：「招飲一杯。」

飛紅又飲了，去拉著安邦說：「好哥兒！你可是花園了？」去拿過安邦手裏的牙籤來看，上面是

「酒店」兩字，小字是「拉尋花人飲酒」。

安邦說：「我還要拉姨娘吃三杯酒去呢！」

飛紅笑說道：「糟了！連哥兒也要捉弄你自己媽起來了！好哥兒！你店裏的酒太兇了，我這個酒容量淺啦！和你做一杯酒的買賣吧！」大家聽了她的話，忍不住發笑起來。

飛紅吃乾了一杯酒，安邦便拿筷子夾一片火腿，去送在他娘的嘴裏；飛紅一邊咀嚼著，一邊說道：「出得酒店來，去找一處花園遊玩遊玩！」說得眾人又哄堂大笑起來。

在這笑聲裏，飛紅便走出席來，去拉住朱太守的袖子，說道：「花園一定在老爺手裏，拿出來，放大家進去遊玩遊玩！」

朱太守笑說道：「我幫妳去尋花吧！」說著，把手裏的牙籤拿出來一看，見上面是「仙蝶」兩字，下面小字註著「請其尋花」。

飛紅說道：「天可憐見，我也找到替身了。」

眠雲接著說道：「老爺最疼妳，老爺不替妳，誰來替妳呢！」

飛紅回座兒去，走過眠雲身旁，聽她說這個話，便悄悄伸手去，在她粉腮兒上輕輕的擰了一把，急急逃回座位去了；眠雲狠狠的向飛紅溜了一眼。

接著，朱太守在那裏說道：「我做仙蝶的尋花，一尋便著；花在六姨兒身上。」

果然，巫雲拿出牙籤來一看，上面是「花園」兩字，下面一行小字是「尋得者，對酌完令。」朱太守便和六姨娘對飲了一杯酒。

飛紅在一旁笑說道：「怪道老爺常常到六姨娘房裏去，原來六姨娘身上是一座花園，老爺又是一隻仙蝶，怎不要唱起蝶戀花來呢！」一句話說得全座大笑。

榮氏笑指著飛紅，說道：「也不見妳這個貧嘴薄舌的捉狹鬼。」笑住了，眠雲、漱霞繳出令籤來；眠雲的令籤上是「石徑」兩字，下面小字是「無花飲一杯」；漱霞的令籤是「水亭」兩字，也註著「無花飲一杯」。朱太守說：「妳們各飲一杯吧。」完了令，這一場熱鬧，只有飛紅酒吃得獨多；看她兩眼如蘋果似的鮮紅，眼珠兒水汪汪的，看一眼愈覺勾人；聽她拍著手說道：「有趣！有趣！老爺再找一個令出來行。」

榮氏笑說道：「妳還不曾醉死嗎？」說著，朱太守又揀出一個「捉曹操」令來；大家說：「這個令又熱鬧，又有趣。」

朱太守依舊揀了十一支牙籤，放在籤筒裏，依次抽去；各人把牙籤藏在袖子裏不作聲。

榮氏卻抽得了一支「諸葛亮」，便尋捉「曹操」；榮氏笑道：「曹操是大鬍子，老爺也是大鬍子，老爺是曹操了。」

朱太守拿出牙籤來看時，是「張遼」兩字，下面註著「七拳」；榮氏便和朱太守三啊五啊的猜起拳來。七拳裏，朱太守卻輸了五拳，榮氏只輸兩拳，各人依數兒吃了酒；接著又找了厚卿，拿出牙籤來看，上面是「漢壽亭侯」，下面註著「代捉曹操」，又註著「遇張遼對飲，餘俱猜拳。」

榮氏笑說道：「好了，我也找到替身了！」

厚卿笑說道：「我奉丞相軍令，來到華容道上拿捉曹操。曹操！曹操！你還不快快跑出來下馬投降，更待何時？」說得眾人又大笑了。

飛紅接著說道：「外甥哥兒，我便是曹操，你為什麼不來捉我？」

厚卿道：「我便捉妳這個曹操。」待拿出令籤來看時，上面寫著「趙子龍」，下面註「代捉曹操」，又註「猜過橋拳」。厚卿先找他舅父充張遼的，對飲了一杯以後，和飛紅猜起過橋拳來；飛紅又輸了，飲過了酒，兩人便一起去代尋曹操。

飛紅說道：「我知道，曹操再沒有別人，定是小姐拿著。」

嬌娜笑說道：「你們找錯了，我是老將黃忠！」那牙籤上註著「代捉曹操，遇夏侯惇加倍猜拳。」

厚卿說道：「這倒有趣，三個人一塊兒捉曹操，不怕曹操飛到天上去！」

眠雲說道：「這屋子裏的曹操，年紀還小呢！」

厚卿接著道：「我也這樣想，一定是安弟弟。」

安邦聽了，先臉紅了；嬌娜把他手裏的牙籤搶來一看，果然是曹操。小字註道：「被獲，飲酒三杯；一捉即獲，飲五杯。諸葛亮和五虎將，各飲一杯慶功。」

飛紅替安邦討饒說：「哥兒年紀小，酒量淺，三杯改作三口吧。」朱太守也點頭答應，安邦便吃了三口酒。

這裏榮氏點五虎將，除厚卿拿的漢壽亭侯，飛紅拿的趙子龍，嬌娜拿的黃忠，大家已經知道了；此外眠雲拿的張飛，巫雲拿的馬超，六個人各飲了一杯慶功酒。籤子上寫明，張飛遇到夏侯惇，是要加倍猜拳的；這時漱霞拿的是夏侯惇，她兩人便對猜起拳來。

一連猜了六拳，漱霞卻輸了四拳，她不肯服氣，還要找眠雲猜拳；是榮氏攔住了說：「猜拳的時候多著呢，馬超和許褚是要猜十二拳的。」

這時醉綠拿的是許褚，這醉綠的酒量很大，巫雲的酒量很小，聽說要猜十二拳，吃十二杯酒，早已捏著一把汗；待到猜拳，誰知巫雲竟完全輸了。丫鬟酌上酒來，十二杯一字兒排在巫雲跟前，把個巫雲急得緊鎖眉心，說不出話來。

醉綠滿心要吃幾杯酒，卻沒得吃；見巫雲跟前擺著許多酒，她便搶過去，一杯一杯的，十二杯酒一齊倒下肚去。安邦在一旁說道：「許褚投降到蜀國去了！他幫著馬超吃酒呢！」說得巫雲和醉綠兩人也大笑起來。

黃忠遇到夏侯惇，是要加倍猜拳的；這時楚岫拿的是夏侯惇，便和嬌娜對猜起拳來。一連五拳，嬌娜卻輸了三拳；丫頭斟上三杯酒，嬌娜是不能吃酒的，正在躊躇的時候，厚卿便伸過手去，把三杯酒拿來，統統替她吃下了。

安邦看見，在一旁拍著手說道：「關公在那裏替黃忠吃酒呢！」把嬌娜羞得低下頭去，一邊卻溜過眼去，看了厚卿一眼。

厚卿笑著對安邦說道：「黃忠年老了，吃不得酒；關公原是酒量很大的，替人吃幾杯酒，算不得什麼事。」

安邦說道：「怪道關公把一張臉吃得通紅。」

飛紅接著說道：「如今關公的臉不曾紅，卻紅了不吃酒的黃忠！」大家向嬌娜臉上看時，果然粉腮上起了兩朵紅雲。

榮氏怕女兒著惱，便催著朱太守道：「老爺看還有什麼好的令兒，咱們再行一個？」

朱太守見說，便隨手在令籤盒子裏，拿出一個「訪西施」令來，把十一支牙籤放在碧玉筒裏，各人依次抽去一支藏著；這令兒抽得范蠡的，便聲張出來，去找尋西施。

這時厚卿卻抽得了范蠡，朱太守便催他快尋西施；厚卿便在滿桌面上看人的臉色。嬌娜小姐怕厚卿找不著西施，要吃罰酒；他兩人坐得很近，便低著頭，向厚卿遞過眼色去，又把那支牙籤在桌下面搖著。

厚卿會意，卻故意沉吟了一會，先故意猜錯，拉著榮氏的手，說道：「舅母是西施了？」

榮氏笑說道：「你看我這樣年老，還像得西施嗎？」拿出牙籤來一看，上面是「越王」兩字，又註著「賜酒慰勞范大夫立飲」一行小字。

厚卿看了心裏歡喜，便站起身來；榮氏把酒杯送在他嘴邊，便在榮氏手裏飲乾了酒，坐下來，指著嬌娜說道：「妹妹美得和西施一般，妹妹一定是西施了！」羞得嬌娜把手裏的牙籤向桌上一丟，轉過脖子去，看著別處。

大家看看字上，果然是西施，那小字道：「歌一曲，勸范大夫飲。」

眾人都說：「妙妙，小姐原唱得好曲子，只是輕易不肯唱的；如今天可憐見，小姐恰巧抽得這唱曲子的籤子，酒令重如軍令，小姐快唱一支好的，賞給我們聽聽。況且外甥哥兒是客，小姐也不好意思怠慢這位范大夫呢！」

嬌娜小姐被眾人你一言、我一語，勸得無可推諉，便背著身子，低低的唱道：

「苧蘿村裏柳絮飛，幾家女兒製羅衣；怪的西家有之子，亂頭粗服浣紗溪。亂頭粗服天姿絕，何物老嫗生國色？向人含顰默無言，背人揮淚嬌難匿。一朝應詔入吳宮，珠衫汗濕怯曉風；歌舞追歡樂未央，運籌衽席建奇功。奇功就，霸圖覆；畫槳芙蓉瘦，胥台麋鹿走。響屧廊空館娃秋，遺香殘月黃昏候！」

唱來抑揚頓挫，十分清脆。

嬌娜小姐唱完了，全席的人都飲一杯酒，慶賀范大夫，厚卿也跟著吃完了一杯酒；飛紅卻不依，說道：「我們小姐卻為范大夫唱的，你做范大夫的，只吃了一杯酒便算了嗎？」

厚卿笑問道：「依大姨兒說，不算便怎麼樣呢？」

飛紅道：「依我說，范大夫還須拜謝西施。」

厚卿巴不得這一句，真的站起身來，搶到嬌娜小姐跟前，深深作下揖去；羞得嬌娜小姐急向她母親懷裏躲去，大家看了，又笑起來。

榮氏把厚卿拉回座位，朱太守叫大家拿出牙籤來看；見朱太守自己拿的是文種，小字註著「和范大夫對飲」，厚卿便和他舅父對飲了一杯酒；安邦拿的是諸稽郢，小字註著「對飲各一杯」，便也和厚卿對飲了一杯酒；飛紅拿的是吳王，註明「犒賞范大夫立飲，勸子胥酒，酌定拳數。」

飛紅笑對厚卿道：「大夫站起來，待寡人賜酒！」說得屋子裏的人都笑起來。

厚卿真的站起來，飲了一杯酒；飛紅又看著嬌娜小姐道：「小姐從此做了我的妃子呢！這樣的美人，怎不叫寡人愛煞！」

一句話說得滿桌的人大笑。嬌娜小姐啐了一聲，低下頭去；又偷溜過眼波去，向厚卿笑了一笑。

眠雲拿的是伯嚭，註明「范大夫說笑話，奉酒太宰飲。」眠雲笑說道：「大夫快酌酒來，待老夫痛飲一杯！」連朱太守聽了，也忍不住大笑起來。

厚卿真的親自執壺，走到眠雲的跟前，滿滿的斟了一杯；雙手捧著，說道：「丞相飲酒！」

榮氏看了，笑說：「都是老爺引的大家都成了瘋人呢！」

眠雲飲過了酒，還催著厚卿說笑話兒。

朱太守說道：「今天大家也笑夠了，不說吧，還是罰他唱一折曲子吧。」

厚卿聽了，也低聲唱道：

「六宮誰第一？天子負情痴。耽悶豈獨癖？為看不多時。臥而思，影何翩翩而垂垂？立而望，步何姍姍而遲遲？真耶幻？是耶非？瑟瑟兮帷風吹，盼彼美兮魂歸，細認還疑不是伊。」

大家聽他唱完了都說好，獨有嬌娜在暗地裏溜了他一眼。

接下去，漱霞拿的是「東施」，註明「作媒吃謝媒酒，回敬范大夫。」厚卿和漱霞都依著飲了一杯；楚岫拿的是「王孫雄」，註著「拇戰一字清五拳」；巫雲拿的是「華登」，註著「一認五，一認對，啞戰三拳」；大家都照例行了。醉綠是拿的是「伍子胥」，註明「拇戰無算，由子胥定數」；醉綠原是愛猜拳的，當下她便嬌聲叫著嚷著，和全席的人猜拳、滿屋子嚷得十分熱鬧。

厚卿的酒量原是淺的，這天他又多吃了幾杯酒，便覺得頭昏眼花，胸頸一陣作噁，便哇的吐了出來；大丫頭忙來扶住。榮氏說：「快扶哥兒回房睡去！」這裏也大家散了席。

厚卿這一睡，直睡到第二天下午才清醒過來；急急到他舅父房裏去送行，他舅父早已在清早動身去了。厚卿陪他舅母談了一會話，精神還覺十分疲倦，便又回房睡去；到了晚上，榮氏便吩咐把外甥哥兒的晚飯送進房去，丫鬟伺候著。

厚卿吃完了飯，見窗外月色十分明亮，便獨自一人步出院子去，在一株梧桐樹下，仰著臉，看天上的月色；只見一個十分明淨的月兒，四周襯著五色的薄雲，如飛也似的移向西去，照得院子裏外透澈。正靜悄悄的時候，忽聽得身後有衣裙窸窣的聲兒；厚卿急轉過身去看時，見嬌娜小姐正傍花徑走來。

看她身旁也不帶丫鬟，厚卿心中一喜，忙搶上前去，兩人並著肩；嬌娜小姐靠近了厚卿的肩頭，迎著臉兒，拿一手指著天上，低低的問道：「哥哥！天上的牽牛織女星，在什麼地方？」

厚卿看月光照在她臉上，美麗清潔，竟如白玉雕成的美人一般；夾著那一陣一陣的幽香，度進鼻管來，不由得痴痴的看著，說不出一句話來。

正在出神的時候，忽見嬌娜又向西面天上指著，只嚷得一聲：「啊喲！」早已暈倒在厚卿肩頭。厚卿急抱住她的腰肢，看西面天上時，早已滿天星火；那火光直沖霄漢，反映在院子裏，照得半個院子通紅，連他兩人的頭臉上也通紅了。

第五回　楊素擅權

范陽太守府裏，忽然失了火；一霎時，火光燭天，人聲鼎沸。起火的地方，在後衙馬槽，那馬槽西面緊貼監獄，東面緊貼花園圍牆；那火頭一球一球，如潮水似的向花園牆裏直撲進來，正當那厚卿和嬌娜小姐站立的地方。

可憐嬌娜小姐，自幼兒嬌生慣養，深居在閨房裏的，如何見過這陣仗兒？早嚇得她倒在厚卿懷裏，玉容失色，不住的喚著「哎喲！」厚卿一條臂兒，扶定她的腰肢；伸手到她羅袖裏去，握住她的手，說道：「妹妹莫慌！我送妹妹到母親跟前去。」

他兩人正向通內堂的廊下走去，耳中只聽得天崩地裂價似的一聲響亮；那西面的一垛圍牆，坍下一丈多寬的缺口來，恰恰把那座通內堂的月洞門兒堵住。那火燄滾滾，一齊向這牆缺裏直擁進來；接著牆外一陣一陣喊殺連天，越喊越響。

看看喊到牆根外面了，嬌娜實在驚慌得撐不住了；她一轉身，伸著兩條玉也似的臂兒，抱住厚卿的頸子，只喚得一聲：「哥哥救我！」早已暈絕過去了。

這時火已燒著花園裏的走廊，那喊殺的聲音愈逼愈近；厚卿也顧不得了，把嬌娜小姐攔腰一抱，轉身向園東面奔去，直奔過荷花池，向那假山洞裏直鑽進去。那洞裏原有石凳石桌的，厚卿坐在石凳上，把嬌娜坐在自己懷裏；又低低的湊著嬌娜耳邊喚著：「妹妹快醒來！」

嬌娜慢慢的轉過氣來，兩行珠淚向粉腮上直淌下來，點點滴滴落在厚卿的唇邊；厚卿忙摟緊了嬌娜的身體，臉貼著臉兒，低低的說了許多勸慰的說話，又連連喚著「好妹妹」。這時，聽山洞外兀自洶洶湧湧的人聲火聲，十分喧鬧。

厚卿抱定了嬌娜的嬌軀，一個一聲一聲喚著「哥哥」，一個一聲一聲喚著「妹妹莫慌，有哥哥在呢。」他兩人靜悄悄的躲在山洞裏，足過了半個多時辰；聽那外面的聲息，漸漸的平靜下來，厚卿才放下嬌娜的身軀，扶著走出了假山洞。

看時，四圍寂靜無聲，只那西邊半天裏，紅光未退；那一輪涼月，照著滿地花蔭，樹腳牆根，蟲聲唧唧。再看嬌娜時，雲鬟半偏，淚光溶面；月色照在她臉上，真好似泣露的海棠，飲霜的李花。不由厚卿萬分憐愛起來，攏住她的手，又伸手替她整著鬢兒，嘴裏又不住的喚著妹妹；他兩人手拉著手兒，肩並著肩兒，緩緩的在月下走去。

看看走到小紅橋邊，嬌娜說道：「我腿兒軟呢！」厚卿便扶她去坐在橋欄上，自己卻站在她跟前；那月光正照在嬌娜臉上，真覺秀色可餐，厚卿不覺對嬌娜臉上怔怔的看著。嬌娜這時驚定歡來，見厚卿目不轉睛的看著自己，便忍不住噗哧一笑，低下頭去。

厚卿這時，真是忍不得了，便大著膽，上去摟定玉肩，伸手去扶起嬌娜的臉兒來；嬌娜也趁勢軟綿綿的倚在厚卿懷裏。厚卿俯下脖子去，在她珠唇上甜甜接了一個吻；接著緊貼著腮兒，四隻眼兒對看著，在月光下面，越覺得盈盈清澈。彼此靜悄悄的，只覺得她酥胸跳動；半晌，嬌娜把厚卿的身體一推，兩人對笑了一笑。

正情濃的時候，忽聽見池那邊有人喚小姐的聲兒，厚卿替嬌娜答應著；那四五個丫鬟和嬌娜的奶媽，慌慌張張的尋來。見了嬌娜，氣喘吁吁的說道：「小姐快去，險些兒不曾把個夫人急死呢！」便有兩個丫鬟上來扶著嬌娜。

這時，月洞門口已挖出一條路來，他們都爬著瓦礫堆兒，走進內堂去。榮氏見了嬌娜，喚了一聲：「我的肉！」一把拉在懷裏，嬌娜嗚嗚咽咽的哭起來；榮氏再三撫弄勸慰著，嬌娜才止了哭。過了一會，丫鬟傳進來說：「外面伍相公候著。」那飛紅、醉綠、眠雲、潄霞一班姬妾，正在淌眼抹淚；一聽說伍相公來了，大家便退進屏後去，那奶媽也上去把嬌娜扶進房去，這裏榮氏才說一聲請，丫鬟出去，把伍相公領進屋子來。

榮氏見了，站起身來讓坐；那伍相公上來請過了安，才退下去，打偏著身兒坐下，說道：「夫人和小姐、哥兒、二夫人都請萬安，外邊沒有事了。那班死囚徒也已一齊捉住，不曾漏走得一個；只是累得夫人們吃了這一場大驚嚇，全是學生們防範不周的罪，還要求夫人們饒恕這個。」說著，又站起來請下安去。

榮氏忙喚老媽子拉住，說道：「如今火已救熄，囚犯不曾走得一個，這都是相公的大功和老爺的洪福；內宅女眷雖說受些驚慌，虧得不曾給囚徒打進來，這真是一天之喜。只是如今須打發一個妥當的人，趕到前站去通報老爺，請老爺公事完畢，趕快回來；再者，這花園是通內宅的，那牆坦坍倒了，趕快須傳喚匠人來修理完好，方可放心。這幾天須點撥幾名兵丁來，早晚看守這個缺口，是要緊的。」

榮氏說一句，那伍相公便答應一個是；吩咐完了，站起身來，請了一個安，倒走著退出去了。這裏眾姬妾和嬌娜小姐，見伍相公去了，便又走出內堂來；厚卿向他舅母打聽，是怎麼樣起火的。

榮氏說：「全是那看守囚徒的節級不小心鬧出來的。那班囚徒買通了小牢頭，打聽得老爺要出門去，他們便約在今夜，先點派小牢頭，在馬槽裏放一把火；接著那班囚徒打破了獄門，一齊衝出牢來。到那時，這個節級看事情鬧大了，手下雖有幾個士兵，如何抵擋得住？便急去報知伍相公，在這個時候，已有三十多個囚徒逃出在外面。

他們若只圖逃去性命，原可以脫得身了；不料，內裏有一個領頭的囚徒，他打聽得老爺姬妾眾多，便起了不良之念，重又打進衙門來。趁火勢擁進馬槽院裏，意思要打從花園外面推翻牆頭，衝進內宅來；當時三四十個囚徒，擔著大木柱子，拚命的撞著牆，嘴裏亂嚷亂喊，這是何等可怕的事？」

榮氏說到這裏，嬌娜不由得向厚卿偷偷的看了一眼。

那飛紅也接著說道：「那時嚇得我摟住安哥兒，只有打顫的份兒。後來還是太太出了一個主意，吩咐咱們一齊鑽進地窖去躲著；太太又因不見了小姐，急得四處亂找。虧得皇天保佑，那都尉官得了消息，立刻帶了人馬，趕進衙門來；這時那班囚徒，正撞翻了花園的牆垣，當頭已有幾個兇悍的囚徒，從火窟裏爬進園來。那都尉手下的兵丁，把個馬槽院子團團圍住，又把那爬進牆來的幾個囚徒提了回去，才算把一場大禍，平服了下來。」

榮氏說道：「這一場功勞，全虧那都尉和咱衙門裏的幾位相公。明天吩咐廚房裏，須辦上好的酒席，把都尉請來，請伍相公陪著，好好管待一天；便是咱內宅裏，也須擺一席酒，壓壓驚呢。」那班姬妾聽說要辦酒席，便把愁容淚眼收去，個個歡喜起來；那安邦聽了，快活得在屋子裏打旋兒。

榮氏說：「時候不早了，大家睡去吧；明天早點起來，我還要痛快的喝一天酒呢。」說著，一眼見了厚卿，又笑說道：「我幾乎忘了，如今花園的牆垣打破了，園子裏也住不得人了；外甥哥兒快搬進來，在我後院睡吧！」

厚卿巴不得這一句，當時許多丫鬟聽了，便到西書房裏，七手八腳的一陣，把厚卿的鋪陳書籍，一齊搬到榮氏後院的東屋子裏；當夜各自散去，厚卿也回房去，聽更樓上已打過四更，他兀自在床上翻來

覆去的不能入睡。

他做夢也想不到，今晚一場亂子，卻給了他一個親近嬌娜的機會；他愛嬌娜的心，原不是一朝一夕，此番見他心上人出落得異樣風神，更惹得他魂夢難安。他在燈前月下常常想著，今生今世，不知可有和她握一握手、親一親肌膚的機緣；他萬想不到，在今天這一夜裏面都得到了。

當他在月光下，和嬌娜小姐唇兒相接、腮兒相揾的時候，早已神魂飄蕩；如今靜悄悄的一個人睡在被窩裏，細細的咀嚼著，越想越有味兒，心裏甜膩膩的，心花也朵朵的開了，卻叫他如何得睡？

他這個好夢，直到第二天日高三丈，還不曾睡醒；直待外面擺下酒席，榮氏打發丫鬟到後院去請，才把他的好夢驚醒。丫鬟去揭起他的帳門看時，只見他抱住了枕角兒，兀自朦朦朧朧的睡著；丫鬟伸手推醒他，他第一句便問：「小姐呢？」

丫鬟說：「小姐和幾位姨兒，都在內堂候哥兒入席去呢。」

厚卿聽說小姐候著，忙跳下地來，急匆匆的梳洗完了，跟著丫鬟走出內室來；果然見榮氏帶了姬妾們，團團的坐了一桌。看嬌娜小姐坐在榮氏右首肩下，左首肩下卻空著一個位兒；榮氏便拉厚卿過去坐下了。

他第一句話，便問著嬌娜道：「妹妹夜來安睡嗎？」嬌娜向他溜了一眼，一陣紅雲上了粉腮兒，答不出話來。

榮氏也問著厚卿：「哥兒夜來想不得安睡，所以直睡到中午才起身？」一句話也不覺把厚卿說臊了，回不出話來；這個心事，只有他二人會意，大家一時也不留意他。

一時丫鬟送上酒菜來，榮氏勸眾人吃喝一陣；三姨兒又催著厚卿，要他講隋煬帝的故事消遣。厚卿見有嬌娜在座，心中也便高興；他思索了一會，說道：「我如今講的，卻是當朝宰相楊素家裏一個姬人的事情。

那楊素自從幫煬帝謀奪了太子以後，便自以為是有大功的人，常常在宮中進出；見了煬帝，也是大模大樣的，見宮裏有標緻的宮女，他便向煬帝要回家去，陪他飲酒作樂。煬帝也因他是先朝的老臣，又是同謀篡位的人，自然諸事儘讓他些；誰知楊素的驕橫之氣，日甚一日。

這一日，是長夏天氣，煬帝駕臨太液池納涼；便派兩個內相傳旨，宣楊素進宮。楊素得寵的兩位姬妾，一個是張美人，一個是陳美人；這時正伴著楊素在長楊館下棋避暑，聽得有旨宣召，便坐了一肩涼轎，帶幾個跟人，直進內殿來。

到了太液池邊，他還不下轎，反是煬帝迎下殿來，兩人並肩走上殿去；煬帝賜他坐，楊素也不拜謝，只把手略略的拱了一拱，大模大樣的坐下。兩人略略談了幾句，楊素開口老臣，閉口老臣，老氣橫秋，說的全是自己稱功的話。

煬帝甚覺無趣，便說：『朕和卿赴太液池釣魚如何？』楊素只把頭點了一點，兩人起身，慢慢的向

太液池邊走去。這太液池水，直通外面江河，魚類原是很多的；池身足有五七里開闊，一灣小港繞過殿來，港面上駕著白石大橋，繞岸齊齊的楊柳，臨風飄拂。

這時，他君臣二人並坐在柳蔭下面，清風徐來，柳絲拂面；看那水面上游魚結隊，來去自如。煬帝說道：『游魚活潑可愛，朕為鄉親釣一尾下酒可好？』

楊素說：『怎敢勞動陛下，待老臣釣一尾獻與陛下。』

煬帝又說道：『我君臣二人同時下釣；誰先釣得為勝，遲釣得的，回殿去罰飲一大杯。』說著，內侍們送上釣竿來，又把君臣二人坐的金椅緊緊移到岸邊。

這岸邊柳蔭稀薄，從柳梢頭微微的射下一層陽光來，那宮女忙取兩柄黃羅御傘，一柄罩了煬帝，一柄罩了楊素；兩旁簇擁著無數的官員圍定看著。宮人上去把香餌裝上釣鉤，兩縷釣線一齊投下水去；煬帝專心一意的看著水面，那楊素手中雖拿著釣竿，那腦袋卻好似撥浪鼓似的，向東西前後搖幌著。

原來煬帝是好色之徒，在他身旁伺候侍奉的，全是選那絕色的女子；這時他君臣兩人身後，足足有一百多個宮女圍繞著。那班宮女，都施著香脂艷粉；一陣陣的甜香飛來，裹住了他二人的身體。

恰恰這楊素也是一個好色之徒，這時他見站在他身體左面，一個捧茶盤、紫色袖口的宮女，長得玲瓏面貌，小巧身材；那十個指兒，如春蔥兒似的白潔纖細，楊素恨不得伸手去摸她一摸，只因礙著煬帝的面，不好意思動手。

但他的兩隻眼睛也夠忙的了，看了這個，又看那個；魚在水裏把他釣鉤上的香餌偷吃了去，他也不曾知道。倒是煬帝才把釣竿垂下去，便釣得一尾三寸來長的小金鯽魚；煬帝十分歡喜，笑對著楊素說道：『朕釣得一尾了，丞相可記一觴。』

楊素正看得出神的時候，聽煬帝說釣得一尾，只道是自己釣得了一尾，急把釣線扯起來，卻是一個空鉤兒，那香餌早已沒有了；宮女上去再替他裝上香餌。在這當兒，煬帝又釣得了一尾小鯉魚，那兩旁的官員齊呼萬歲；煬帝笑對楊素說道：『朕釣得二尾了，丞相可記二觴。』

這時，楊素的釣絲在水面上微微的正動著，他十分性急，拉起釣竿來看時，又是一個空鉤兒；眾官員都掩著嘴在那裏竊笑，不覺把楊素羞惱了。他滿臉怒容，說道：『燕雀安知鴻鵠志？這兩個小魚，不足辱王者之綸；待老臣試展釣鰲手段，釣一尾金色大鯉魚，為陛下稱萬壽之觴。』

煬帝聽楊素說話無禮，心中十分不樂；便把竿兒放下，只推淨手，遂起身直進內宮去。楊素竟裝作不曾看見一般，只把手支著頭坐著釣魚。

那煬帝走回內宮，蕭皇后見他臉有怒色，忙問時；煬帝道：『楊素這老賊！驕傲無禮，在朕面前十分放肆；朕意欲傳旨出去，就宮中殺劫，以洩胸中之氣。』

蕭皇后忙勸道：『這卻使不得。楊素是先朝老臣，又有功於陛下；今宣他進宮來，無故殺了，外官必然不服。況他又是個猛將，幾個官人，如何敵得他住？一時弄巧成拙，他兵權在手，猖狂起來，社稷不可保矣！』

煬帝被蕭皇后說得怒氣和緩了下去，更了衣服，依舊來到太液池邊；見楊素一個魚也不曾釣得，故意問道：『丞相可釣得了幾個魚？』

楊素卻冷冷的說道：『化龍的魚，原能有幾個！』一句話不曾說完，他把手一提，一尾金色大鯉魚卻隨鉤絲提了上來；看時，足有一尺二三寸長，楊素大笑著，把釣竿丟在地下，說道：『有志者，事竟成！陛下以老臣為何如？』

煬帝只得忍著氣說道：『有臣如此，朕復何憂？』說著，便傳旨看宴。

君臣二人回上便殿，宴席早已預備下了；他二人坐定，飲過數巡，左右便把方才釣得的鯉魚做成美羹，獻上桌來。煬帝便吩咐宮女斟了一巨觥，賜楊素飲；說道：『釣魚有約，朕幸先得，丞相請滿飲此杯，庶不負嘉魚美味。』

楊素接著酒，慢慢的飲乾了，也吩咐近侍斟上一杯酒，奉與煬帝道：『老臣得魚雖遲，那魚卻比陛下的大，陛下也該飲一杯賞臣之功。』君臣二人，你一杯我一杯，吃得都有些醉醺醺的。

煬帝吩咐宮女，再斟上一巨觥賜丞相飲，道：『朕釣得的魚卻有二尾，丞相也該補飲一杯罰酒。』

楊素酒已足了，見了這大杯便不肯飲，又見那捧酒杯的宮女，正是在池旁捧茶盤、紫色袖口的那個絕色的宮女；他依著酒醉，帶推帶讓的，隔著袖子去捏那宮女的手。那宮女雖說是在皇帝跟前伺候酒飯的，卻也是好人家女兒；見楊素摸她的手，忙把手一縮，不提防噗噹的一聲響，金杯兒打翻，沾了楊素滿身滿臉，把一件淡青暗蟒沙袍都濕透了。

楊素見那宮女不肯依從，他便老羞成怒，大聲道：『這些蠢婢子如此無狀，怎敢在天子面前戲侮大臣，要朝廷的法度何用！』喝叫左右：『揪下去重責！』

煬帝見宮女潑翻了酒，正要發作；不想楊素全不顧君臣面子，竟自高聲喝打，煬帝反不好發作，又不好攔阻，只得默默不語。那左右見煬帝不言不語，楊素又一疊連聲的喝打，沒奈何，把那潑翻酒的宮女揪下殿去，打了幾棍。

楊素轉過身來，對煬帝說道：『這些女子小人，最是可惡。古來帝王稍加姑息，便每每被她們壞事；今日不是老臣粗魯懲治她們一番，使她們知道陛下雖是仁愛，卻還有老臣執法，以後自然不敢放肆了。』

煬帝雖是昏瞶，他卻是極愛惜女子的；他在宮中，只有和宮女玩笑的事，卻沒有責打宮女的事。如今見楊素擅自責打宮女，又剝了天子的臉面，又憐惜那個宮女，心中便萬分不樂；楊素找煬帝說話，煬帝只是默默無言，過了半晌，冷笑著說道：『丞相為朕外治天下，內清宮禁，真功臣也！』

楊素聽了，也知道煬帝有些不樂，起來謝了宴，由他的跟人扶掖著出去；他一邊走，一邊嘴裏還吶吶地罵著宮女，直罵出朝門，才上轎回去。從此以後，他君臣二人，各自在宮中府中尋歡作樂；那煬帝也不宣召楊素進宮，楊素也永不入朝。

他自從調戲宮女以後，回府去便也廣備姬妾，託人在揚州、荊襄一帶地方，選購小女進府去，教她歌舞；其中有絕色的，他便自己取做姬妾。行動坐臥，都有十多個姬人圍隨著他，有捧巾的，有托盤的，有執拂的，有掌扇的，有拿吐壺的，有拿坐褥的；真是粉白黛綠，鬢影釵光，耀得人眼花，看得人心醉。

楊素是一個六七十歲的老頭兒，在眾姬妾裏邊，好似一叢紅杏林子圍著一株梨花，怎不叫他顛倒痴迷呢？

有一天，他在內院正和姬妾快樂飲酒的時候，忽然外面傳進來說：『外有一個少年求見。』楊素便問：『那少年有什麼事須見老夫？』

左右報說：『那少年說有機密話，要面見丞相才肯說。』楊素一聽有機密話，便吩咐把那少年傳進內院來相見。

過了一會，果然見家丁領進一個清秀的少年來；楊素盤腿兒坐在大椅子上，見了那少年，也不起身，也不招呼，便問道：『你這小娃娃，有什麼機密話對老夫講？快快說來！』

那少年見楊素這一副驕傲的樣子，便轉過臉去，向庭心裏看著，冷冷的說道：『我常聽人說，丞相禮賢下士，上比周公；然周公一飯三吐哺，一沐三握髮，絕沒有如此倨傲，能得天下賢士的。』

楊素被他這幾句話說得酒也醒了，心也清了，忙站起來，離了坐椅，吩咐給來客看座；那少年才轉過身來，下了一個長揖，坐了下來。

楊素又問：『有什麼機密話？』

那少年劈頭一句，便問道：『丞相願做亂世的奸雄，還是做救世的仁人？』

楊素問：『奸雄怎麼樣？仁人又是怎麼樣？』

少年道：『奸雄如西漢的王莽、後漢的曹操，一味篡奪，受後世千萬人的唾罵；仁人卻如商朝的湯王，周朝的文王，仁心愛民，天下自然歸之。如今隋煬帝荒淫無道，萬民吁怨；丞相位極人臣，權侵百僚，既不行弔伐之事，也不盡輔佐之力，只是朝酒暮色，苟圖淫樂，上昏下惰。隋家天下滅亡固不足惜，獨可憐生靈塗炭，萬劫難復！

丞相莫以為百姓可欺，一朝暴怒，不但隋家天下不保，還怕丞相做了人民的怨府；那時丞相的性命，也是岌岌可危的了！因此小生今日為拯救百姓計，為保全丞相計，特來勸丞相上宜效法商周，做一個萬民歸心的仁人；下亦須效法操莽，躬行篡奪之事，早登斯民於衽席。』

一席話說得楊素閉口無言，只是垂著頭，默默的想著。

這時楊素左右有許多姬妾圍繞著，只因有生客在座，大家一齊把粉頸子低著；獨有一個手執紅拂的姬人，在那少年侃侃而談的時候，時時溜過眼去偷看著。那少年說完了話，便抬起頭來，他兩道眼光和那姬人的眼光碰個正著；那少年心頭一動，心想：天下怎麼有這般絕色的女子。正含情脈脈的時候，忽聽那楊素說道：『先生且去，待老夫慢慢的思量。』

那少年知道，楊素不能用他的話；便也站起身來，打一躬告退。轉身正走出院子，楊素忽然想起不曾問得他的姓名住處，忙吩咐出去問來；一句話不曾說完，那拿紅拂的姬人答應著，急急追出院子去，喚住那少年問道：『我丞相問相公姓甚名誰？住居何方？』

那少年見問，便答道：『小生姓李名靖，暫時寄住護國寺西院。』

那姬人聽了，說道：『好一個冷靜的所在！』說著，向那少年盈盈一笑，轉身進去了。

第六回　紅拂夜奔

李靖從相府裏退出來，回到護國寺裏，滿肚子不高興；一納頭，便倒在床上去躺下。

原來李靖是一個有大志氣的少年，他見煬帝荒淫，知道朝廷事不足為；便捨棄了功名，奔走四方，結識了許多豪傑。他們眼見國家橫征暴斂，民不聊生；早打算效法陳勝揭竿起義，一面殺了昏君，一面救了百姓。

還是李靖勸住了他們，親自到相府裏來下一番說辭；楊素兵權在握，若能依從他的話，弔民伐罪，易如反掌。誰知這楊素老年人，只貪目前淫樂，卻無志做這個大事；倒把這李靖弄得趁興而來，敗興而返。且他數千里跋涉，到得西京，已是把盤纏用盡；如今失意回來，頓覺行李蕭條，有落拓窮途之嘆。

那護國寺的方丈，起初聽說是來見丞相的，當他是個貴客，便早晚拿好酒好菜供奉；又因外間客房門戶不全，怕得罪了貴客，便把他邀進西院去住。這西院是明窗淨几，水木明瑟，十分清雅的所在；李靖住下了十天，也不曾拿出一文房飯金來。

如今，這方丈見李靖垂頭喪氣的從相府裏回來，知道他房飯金是落空了，便頓時換了一副嘴臉；冷冷的對李靖說道：『老僧看相公臉上，原沒有大富貴的福命；不好好的安著本份，在家裏多讀些書，他日趕考，也可得一半個孝廉，在家中課讀幾個蒙童，也可免得饑寒。卻痴心妄想的來見什麼丞相！

如今丞相封相公做了什麼官？敢是封的官太小了，不合相公的意，所以這樣的悶悶不樂？相公官大也好，官小也好，都不關老僧之事；老僧這寺裏的糧食房產，卻全靠幾個大施主人家抄化得來的。如今相公做了官，也曾打攪過小寺裏幾天水米；老僧今日特來，求相公也佈施幾文。』

這幾句話說得冷嘲熱罵，又尖又辣；李靖是一個鐵錚錚的男子漢，如何受得住這一口骯髒氣？無奈這時囊無半文，自己的事業又失敗下來，沒得說，在人門下過，不得不低頭，只得拿好嘴好臉，對那方丈說：『丞相改日還須傳見，房飯金改日定當算還。』千師父、萬師父的，把個方丈攆了出去。

這裏李靖一肚子牢騷無處發洩，獨自一人走在院子裏，低著頭踱來踱去。秋景深了，耳中只聽得一陣一陣秋風，吹得天上的孤雁，一聲聲啼得十分淒慘；那樹頭的枯葉落下地來，被風捲得東飄西散。李靖看了這落葉，驀然間想起自己的身世來，好似那落葉一般；終年奔走四方，浮蹤浪跡，前途茫茫，不覺心頭一酸，忍不住落下幾點英雄淚來。

那西風一陣一陣颳在身上，頓然覺得衫袖生寒，忙縮進屋子去。這時天色昏黑，在平日，那寺中沙彌早已掌上燈來，今天到這時候，西院子裏還不見有燈火；李靖納著一肚子氣，在匟上暗坐著。想起幼年時候和舅父韓擒虎講究兵書，常說：『丈夫遭遇，要當以功名取富貴，何至作章句小儒？』這一番誇大的說話，不想現在卻落魄在此。

他正感慨的時候，忽見一個男子推門進來；看他頭上套著風兜，身上披著斗篷，手中提著一個大包，便在靠窗的椅子上坐了下來。李靖看著詫異，忙上去問：『是什麼人？』一問再問，他總給你一個不開口。

這時屋子裏昏暗到萬分，來客的臉嘴，卻一些也分辨不出來；李靖沒奈何，只得親自出去，央告那沙彌，掌上一盞燈來。一看，那來客眉目卻長得十分清秀；李靖看著他，他也只是看著李靖含笑。待那沙彌退出房去，那人卻站起身來，嬝嬝婷婷的走著，去把那門兒閉上；轉過身去，把頭上兜兒、身上披風一齊卸下，嬌聲說道：『相公可認識我嗎？』李靖看了不覺大驚。

原來她不是別人，正是日間在相府裏遇到的，那位越國公楊素身旁執紅拂的姬人；這時她綠裳紅衣，打扮得十分鮮艷，笑嘻嘻的站在李靖面前。李靖連問：『小娘子做什麼來了？』

那姬人便如雀兒投懷似的，撲在李靖膝上，那粉腮兒貼住他的胸口，嗚嗚咽咽的說道：『相公日間在丞相跟前說愛國愛民，多麼仁慈的話，難道說，相公便不能庇一弱女子麼？』說時，那一點一點熱淚，落在李靖的手背兒上；李靖心中不覺大動起來，扶起那女子的臉兒來一看，只見她長眉入鬢，鳳眼含羞，玉容細膩，珠唇紅艷，竟是一個天人。

慌得忙把她扶起，說道：『丞相權侵天下，小娘子如何能逃出他的手掌？美人空自多情，只恐小生福薄！』

那女子聽了，笑說道：『天下人都懼憚丞相，獨有我不畏丞相；楊素屍居餘氣，死在旦暮，何足畏哉！』

李靖聽了，也不覺膽大起來；回心一想，如今一身以外別無長物，如何供養美人？轉不覺又愁悶起來。那女子問他：『何事發愁？』

李靖說：『旅況蕭條，只愁無以供養美人。』

那女子聽了，不禁噗哧一笑；拉著李靖的手走到匟前去，把那大包裹打開來一看，只見裏面黃金珠玉，大包小包，鋪滿了一匟。李靖不禁把這女子攬在懷裏，連呼妙人！他兩人歡喜多時，重又把金珠收起；另拿出一錠黃金來擱在案頭，叮囑這姬人依舊套上兜兒，披上斗篷。

李靖出去，把那方丈喚進房來，拿一錠金子賞他；樂得這和尚把光頭亂晃，滿嘴的大相公長，大相公短，又說大相公臉上氣色轉了，富貴便在眼前。李靖也不去睬他，只吩咐他快備上酒飯來；那方丈聽了，諾諾連聲，出去預備了一桌上好的素席，打發沙彌送進西院去。李靖和這紅拂姬人促膝談心，交杯勸酒，吃得非常甜蜜。

這姬人自己說是張一娘，進丞相府已有三年，見丞相年老志昏，沉迷酒色，這場富貴，決不能久的了；自己年紀輕輕，不甘同歸於盡，早有賞識英雄的意思。只因到相府來的少年，全是卑鄙齷齪，只圖利祿，不知氣節的；今日見李靖倜儻風流，又是有氣節的少年，知道他前程遠大，所以情不自禁的問明了姓名住址，親自投奔了來。

這一席酒直吃到夜深人靜，李靖看看這姬人嬌醉可憐，便擁入羅幃去；這一夜的恩情，便成就了千古的佳話。

第二天，李靖和紅拂雙雙起得身來，並坐在窗下；李靖捧定了這美人的臉兒，越看越愛，便親自替她梳頭，畫眉敷粉，依舊套上風兜，披上斗篷，居然成一個俊美的男子。李靖和她並頭兒在銅鏡中照著，兩張臉兒居然不相上下，喜得他兩人只是對拉著手，看著笑著。

李靖忽然想起，越國公家裏忽然走失了一個寵愛的姬人，豈有不追蹤搜尋之理；楊素自封了越國公以後，威權愈大，這西京地面，遍處都有丞相的耳目，須快快逃出京去才是。當時便把這意思對紅拂說了，紅拂也稱：『郎君見得很是。』兩人便匆匆的告別方丈，跨兩頭馬，急急向城關大道走去。看看快走到城門口，李靖回頭去向紅拂看了一看；打了一鞭，兩匹馬直向城門飛也似跑去。待到得城下一看，李靖不覺把心冷了半截；原來城門緊閉，城腳下，滿站著雄糾糾的兵士，便上前來查問。

李靖說道：『我兄弟二人，是出外經商去的，請諸位哥兒快開城，放我弟兄出去。』

其中有一個兵頭說道：『昨夜奉丞相的大令，府中走失了人口，叫把四門緊閉起來；不論軍民人等，非有丞相的兵符不能放走。你哥兒兩人要出城去，也很容易，只須拿出兵符來；倘然沒有兵符，且回家去，靜候丞相挨家逐戶的搜查過以後，自有開城的一日。』

李靖聽了這話，不覺酥呆了半邊；那紅拂在馬上，聽說丞相要挨家逐戶的搜查，知道自己的性命難保，一個頭暈，幾乎要跌下馬來。虧得李靖眼快，忙趕上去扶住；兩人回轉馬頭，退回原路去，在長安大街上，找一家客店住下。

這時滿西京沸沸揚揚，傳說丞相府中走失了一個寵愛的姬人；如今四門鎖閉，須候丞相挨家逐戶搜索過以後，才准放行。李靖和紅拂聽了這個話，嚇得他們躲在客房裏，不敢向外邊探頭兒，耳中只聽得馬嘶人沸；原來丞相府中已派出無數軍士，在大街上四處驅逐閒人，趕他們回家去守著，聽候查點。

李靖得了這個消息，只是摟住了紅拂發怔；他得了這個美人，心中十分感激，自己的生死早已置之度外；卻看看這紅拂天仙也似的美人，倘然給丞相搜尋了回去，少不得被亂棍打死，也許拿白綾吊死。可憐她只圖一夕歡娛，便把千古艷質委棄塵土；想到這地方，也禁不住英雄熱淚，向紅拂的粉腮兒上直滾。

倒是紅拂投在李靖懷裏，卻滿面笑容，毫無憂愁之色；她說：『儂得郎君一夜恩愛，雖碎身萬段，亦是甘心！如今時勢緊急，郎君前程遠大，快丟下妾身，前去逃命要緊；倘念及妾身，只望郎君在每年昨夜，在靜室中點一炷清香，妾的魂魄，當永隨著郎君。』紅拂說著，也忍不住珠淚雙拋。

他兩人互相摟抱著，臉貼著臉兒，眼看著眼兒；你替我拭著淚，我替你搵著腮。一場慘泣，互訴著衷腸，訴過了又哭，哭過了又訴；紅拂一聲聲的催著郎君快去，李靖卻只是摟住了紅拂的腰肢不放。聽聽街道上，軍士們驅逐行人越趕越兇了；紅拂說道：『郎君快出去，再遲一步便行不得了！』

李靖如何肯走，紅拂沒奈何，掙脫了手，親自替他戴上方巾；又拔下髻上的珠釵來，塞在李靖的懷裏，說：『妾的魂魄，都寄在這支釵上了！』又在包裹裏拿出兩大錠銀子來，替李靖裝在招文袋裏；李靖看她一番行動，越發不忍走開。

無奈被紅拂軟語溫言的勸著，又連推帶送的，看看送到房門口，伸著纖手上去替他開門；才開得一線縫時，忽見一隊軍士正從後門外廊下走來，慌得她忙把門兒緊緊閉上。耳中聽得那軍士一疊連聲的傳店小二，吩咐著道：『丞相的鈞旨，你店中若無丞相兵符，不許放一人出門，靜候丞相派人來搜查，違令者斬！』那店小二便沒嘴也似的答應。

那房裏卻苦壞了李靖和紅拂二人，眼看得他二人插翅難飛，性命不保；紅拂噗的跪倒在李靖的跟前，口口聲聲說：『都是妾身陷害了郎君！如今我兩人準備著死吧！天可憐見，我們死了以後，願生生世世做著夫妻。』李靖把紅拂抱在懷裏，打疊起千言萬語安慰著。這時已是日近黃昏，聽裏外都人聲寂靜；只有這客室裏，發出悲悲切切的哭訴聲來。

李靖和紅拂兩人正在難捨難分的時候，忽覺眼前一晃，從窗口跳進一個人來，站在當地；紅拂見了，急向李靖懷中倒躲。李靖看時，見那人是一個偉岸丈夫，皂靴直裰，頷下一部大鬍子，滿滿的鋪在兩肩，睜著銅鈴似的眼睛，只是向李靖臉上瞪著；把個李靖也看怔了。

半晌，只聽得那大漢哈哈大笑道：『好一對痴兒女一樣的！急得也走頭無路？你李靖江湖上也頗有聲名，如何遇到這小小事兒，便也急得手足無措？虧你還說什麼弔民伐罪、軍國大事！』

李靖聽他口氣，知道是有來歷的人，便忙上前去一揖，說道：『英雄救我！我李靖縱橫天下，原不怕什麼凶險事兒；如今遇到這婦女的深情，卻弄得我束手束腳，無計可施。大英雄既能到此，想來我二人的話都已聽得了；可有什麼計較，救救我二人的性命？』

那大漢聽了，一手捋著鬍子，說道：『這也不難，只須問小娘子，丞相府中兵符藏在何處？我立刻去替你盜來，救你二人出城。』

一句話點醒了他二人，紅拂這時也不畏懼了，忙把丞相府中內宅的路徑，細細的對那大漢說了；又說：『那兵符藏在丞相臥房東面匹上的一隻大拜匣裏。』這句話才說完，只見這大漢把雙腳一頓，身子向窗外一飛，去得無影無蹤。

這裏李靖和紅拂兩人，半憂半喜，捏著一把汗，痴痴的候著；聽得遠處譙樓上打過二更，卻還不見那大漢回來。向窗口望去，只見長空一碧，萬里無雲，一丸冷月，照著靜悄悄的大地；李靖和紅拂二人，手拉著手，你瞧著我，我瞧著你，不作一聲。

正寂靜的時候，李靖聽得遠遠的有一陣馬蹄聲，不由得從椅上直跳起來，一手摟著紅拂，一手指著窗外；紅拂聽時，那馬蹄聲越走越近，聽聽直向窗外跑來，一陣震動，那窗戶都搖撼起來。那一隊騎馬的人，竟一齊跑在客店門口停下；一陣馬鞭刮門的聲兒，嚇得紅拂攀住李靖的肩頭，玉肩顫動著。一會兒，聽店小二去開了店門，湧進二十多個軍士來，滿嘴裏嚷著：『查人查人！』又聽他打著客房門，挨次兒搜查著，直查到隔房來了；把個李靖也急得雙眼直瞪，目不轉睛的向那扇房門望著。接著便聽得有人打著房門，李靖不由得回過臉去看看紅拂，那眼淚點點滴滴的落在她粉腮上；紅拂也慌得暈倒在李靖肩頭，香喘微微，星眸半合。

聽那房門被軍士打得應天價響，李靖知道躲不住了；便低下頭去，在紅拂的珠唇上接了一個吻，說道：『我和他們拼命去，願一死報答娘子的恩情！』

他正要放手，忽見那大漢跳進窗來，把那兵符向案上一拋；上來把紅拂搶過來，扛在肩頭，只說得一句：『我們在東關外十里亭相見。』一縱身，去得個不見影兒。接著忽榔榔一聲響亮，那扇房門被眾軍士打倒了，十多個人如猛虎一般的撲進房來。

李靖這時見紅拂去了，膽子也放大了；見了眾軍士，忙喝聲：『站住！』一手指著案頭的兵符道：『現有丞相的兵符在此；這客店裏，我已秘密查過，並不見有丞相的姬人，你們快到別處查去。』

那軍士們見了丞相的兵符，誰敢不服？早齊齊答應一聲喏，一窩蜂似的退出房門，跳上馬，著地捲起一陣塵土，那人馬頓時去得無影無蹤。

這裏，李靖卻慢條斯理的收拾行囊，吩咐店家備馬，騎著趕到東關；那把關軍士驗明了兵符，便放他出關。他在馬上連打幾鞭，一口氣直趕到十里亭下；下馬看時，那紅拂早已站在亭口盼望。那大漢哈哈大笑，走出亭來；李靖和紅拂兩人，不覺雙雙拜倒在地。那大漢把他二人扶起；在月光下，一個美人，一個書生，一個大鬍子的大漢，煞是好看。

李靖連連扣問大漢姓名，那大漢笑說道：『我在江湖上專門愛管閒事，從不曾留下真姓名；如今成全了李相公一段婚姻，使我看了快活也便罷了。何必定要留下姓名，鬧許多排場，給天下英雄知道了，笑我量淺？相公倘然少一個名兒相稱，喏喏喏，這大鬍子便是我的好名兒！只稱我虯髯公罷了。』

李靖聽了，便兜頭拜下揖去，說：『髯公恩德，改日圖報；你我後會有期，便此告別。』說著，他扶著紅拂轉身便走。

虯髯公搶上前來，一把拉住；說道：『相公到那裏去？如今天下洶洶，群龍無主；相公前程萬里，正可以找一條出路。此去三十里地面佟家集上，有我的好友住著，相公和娘子且跟我去住下幾時，包在我身上，替相公找一個出身；將來飛黃騰達，也不辜負了娘子一番恩意。』

李靖一時正苦無路投奔，聽了虯髯公的話，便也點頭應允；他三人各跨著馬，在這荒山野地裏，趁著月光，穿林渡澗的走去。紅拂自幼深居閨閣，如何經過這荒野景象；只因心中愛著李靖，便也不覺害怕。他二人馬頭並著馬頭，人肩靠著人肩，慢慢地談著心走著；直走到月落參橫，晨光四起，才到了佟家集地方。

虬髯公領著，去打開了一家柴門，進去見了主人；那主人眉目清秀，長得三綹長鬚，姓陳，號木公，也是一位飽學之士。虬髯公把來意說明了，那陳木公十分歡喜；從此李靖和紅拂兩人，便在佟家集住下，那虬髯公卻依舊雲遊四海去了。

看看秋去冬來，漫天飄下大雪；李靖和陳木公正在圍爐煮酒，忽見虬髯公踏著雪走來，一進屋子，便催著李靖：『快去，快跟我去！有一條大大的出路。』這虬髯公生成忠義肝膽，從不打誑語的；李靖聽了他的話，便立刻放下酒杯，回房去穿上雪披。說給紅拂知道了，她如何肯捨得，便也把風兜和斗篷披上；依舊騎著三頭馬，衝風冒雪的走去。

看看走的是向西京去的路，李靖立住馬，遲疑起來；虬髯公瞪著眼，說道：『敢是李相公不信我了嗎？』

李靖忙拱手謝過，一路上不言不語，低著頭騎在馬上，一直跟進了京城；看看走到越國公府門口，李靖不禁害怕起來，低低的說道：『髯公敢是出賣我？』

那虬髯公拍拍自己的胸脯說道：『倘有差池，一死以謝！』李靖沒奈何，只得硬著頭皮，跟他走進府去。

紅拂到此地步，便也說不得膽小兩字，只緊緊的跟在李靖身後；看看走進內堂，她止不住心頭小鹿兒在胸頭亂撞；他三人走到滴水檐前，便一齊站住。過了一會，只聽得屋裏嚷一聲：『丞相請見！』便有人上來揭起門簾。虬髯公第一個大踏步走了進去，那李靖拉著紅拂的手，也挨身進去；見楊素在上面高高坐著，他兩人腿兒一軟，不由得齊齊撲倒在地。

楊素一見，不由得哈哈大笑，忙走下座來，親自把他兩人扶起；說道：『好一對美人才子！老夫如今益發成全了李相公，已在天子跟前，保舉你做一個殿內直長，從此一雙兩好的去過日子吧！』

原來楊素聽了虬髯公的勸，不但不下罪李靖，索性拿自己的愛姬贈送給他，又推薦李靖做了官；自己博一個大度的美名，更成就了紅拂的一場恩愛。如今楊素雖已死了，那李靖的功名卻青雲直上，從吏部尚書外放，做到馬邑丞；這才是替閨中人吐氣呢！」厚卿說到這裏，才把話頭停住，拿起酒杯來飲了一杯。

這一個故事，足足講了一個多時辰。講到危險的時候，那班姨娘和嬌娜小姐，都替他急得柳眉雙鎖；講到悽涼的地方，大家拿出手帕來搵著眼淚，替他兩人傷心；講到恩愛的地方，那飛紅和嬌娜小姐，都偷偷的向厚卿度過眼去，盈盈含笑。楚岫、巫雲這一班姨娘，都低著粉頸，抵著牙兒，痴痴的想去；講到快活的地方，把滿桌子的人都聽得揚眉吐氣，大說大笑起來。一屋子裏，連丫鬟女僕二十多個娘兒們的心，都被厚卿一個人調弄得如醉如痴。

榮氏笑拍著厚卿道：「你真是一個可人兒！自從你來我家，無日不歡歡笑笑。好孩子，你便長住在我家，我家上上下下的人，都捨不得你回去呢！」

飛紅的嘴最快，聽了榮氏的話，笑說道：「要外甥哥兒長住在我家，也是容易的事；只是找不出那個又美貌又多情的紅拂姬人來！」一句話說得滿桌子五個姨娘，一齊臉紅起來。

大家笑罵道：「這大姨兒可是聽故事聽瘋了！索性把自己的心事也說了出來。」

眠雲也笑說道：「大姨兒外面有什麼心上人兒？想做紅拂姬人，儘管做去，再莫拉扯上別人！」一句話說得飛紅急了，便如燕子入懷似的，搶過去拉住眠雲的手不依；還是榮氏勸住了說：「給外甥哥兒看了，算什麼樣兒呢？」她兩人才放了手。

這一席家宴，熱熱鬧鬧；直吃到黃昏月上，大家都有醉意，才各自散席。從這一晚起，厚卿便睡在他舅母的後院，嬌娜小姐睡在前院的東廂樓；前樓後院，燈光相望。他兩人自從在月下花前相親相愛以後，心頭好似有一個人坐著，一刻也忘不了的。

這一晚，厚卿大醉，回房去睡著，頭腦雖昏昏沉沉，心中卻忘不了嬌娜這可人兒；對著熒熒燈火，不覺朦朧睡去。忽覺有人來搖著他的肩頭，急睜眼看時，嬝嬝婷婷站在他床前的，正是嬌娜小姐；厚卿心中一喜，把酒也醒了，急坐起身來，只覺頭腦十分眩暈，撐不住又倒下床頭去。

嬌娜小姐忙上去扶住，替他拿高枕墊著背，又去倒了一杯濃濃的參湯來，湊著他唇邊，服侍他一口一口的喝下去；略覺清醒了些，便又坐起身來，一倒頭倚在嬌娜懷裏。嬌娜坐在床沿上，一隻左手托住厚卿的頸子，一隻右手被厚卿緊緊的握住。

嬌娜低聲說道：「哥哥酒醉得很厲害了，靜靜地躺一會吧。」厚卿竟在嬌娜懷裏，沉沉睡去了。

第七回　情致纏綿

厚卿對這一群姬人，講說楊素姬人私奔李靖的故事，聽的人也聽出了神，說的人也越說越高興；說到情濃的時候，便飲了一杯，說到危險的時候，又飲一杯，一杯一杯的，不覺把自己灌醉了。他不但把酒灌醉了，且給那嬌娜的眼波也迷醉了。

嬌娜自從在月下被厚卿擁抱接吻以後，這一點芳心，早已給厚卿吊住；凡是厚卿的一言一笑，她處處關情，何況聽他講說紅拂姬人和李靖的故事，又是何等情致纏綿？女孩兒家聽了，怎不要勾起她滿腹的心事來？在厚卿，原也有心說給他意中人聽的。

到散席以後，嬌娜小姐回房去，對著孤燈，想起厚卿的話來；她便把那厚卿比做李靖，自己甘心做一個紅拂姬人。她想：這才算是才子佳人的佳話呢！他兩人的事，怕不是流傳千古。自己對著鏡子照看一會模樣兒，不覺自己也動了憐惜之念；心想：一樣的女子，她怎麼有這膽子，去找得得意郎君？我一樣也有一個他，卻怎麼又不敢去找呢？想起在那夜月光下的情形，覺得被他接過了吻，嘴上還熱刺刺的，一顆心早已交給他了；待我去問問他，拿了我的心去藏在什麼地方？

聽聽樓下靜悄悄地，她便大著膽，站起身來，輕輕的走出房去；才走到扶梯口，便覺寸心跳蕩，忙回進房去，對著粧臺坐下。看看自己鏡子裏的容貌，心想：這不是一樣的長得臉龐兒俊俏？自己倘不早打主意，將來聽父母做主，落在一個蠢男子手裏，豈不白糟蹋了一世；再者，我如今和哥哥相親相愛，我的心已給他拿去了，如何能再拋下他呢！待我趁這夜深人靜時候，和他商量去。

她這才大著膽，一步一步的踅下樓去，悄悄的走進厚卿房裏；見厚卿醉得個不成樣兒。那厚卿見了嬌娜，真是喜出望外；他幾次要支撐著起來，無奈他頭腦昏沉，口眼朦朧，再也掙扎不起，身不由己的倒在嬌娜懷裏，軟玉溫香，只覺得十分舒適，口眼都慵。

嬌娜初近男子的身體，羞得她轉過臉去，酥胸跳蕩，粉腮紅暈；她一隻臂兒被厚卿枕住了，那隻手尖兒也被他握住了。看他兩眼朦朧的只是痴痴的睡著，嬌娜也不忍去攪醒他，一任他睡著；臉對著臉，嬌娜這才大著膽，向厚卿臉上看時，只見他長得眉清目秀，口角含笑，那兩面腮兒被酒醉得紅紅的，好似蘋果一般。

嬌娜越看越愛，情不自禁的低下頸子去，拿自己的粉腮兒，在厚卿的臉上貼了一貼，覺得熱灼灼的燙人皮膚；嬌娜便輕輕的把他扶上枕去，替他蓋上被兒，放下帳兒，走到桌邊去。剔明了燈火，又撮上一把水沉香，蓋上盒兒，坐在案頭，隨手把書本兒翻弄著；忽見一幅花箋上面，寫著詩句兒道：「日影縈階睡正醒，篆煙如縷半風平；玉簫吹盡秦樓調，唯識鶯聲與鳳聲！」

嬌娜把這詩兒迴環誦讀著，知道厚卿心裏的十分情意，不覺點頭微笑；略略思索了一會，便拿起筆來，在詩箋後面和著詩道：「春愁壓夢苦難醒，日迴風流漏正平；飄斷不堪初起處，落花枝上曉鶯聲。」寫罷，把這詩箋依舊夾在書中，退出屋來，替他掩上了門，依舊躡著腳，回房睡去。

厚卿這一次病酒，在床上足足睡了三天；嬌娜也曾瞞著人去偷瞧了他幾次，無奈她背著人想得的千言萬語，待到見了面，卻羞得一句話也說不出來。直到第五天黃昏時候，榮氏在屋子裏，拉著三位姨娘鬥紙牌兒玩耍，厚卿也坐在他舅母身後看著；他留神偷覷著，卻不見了嬌娜，便也抽身退出房來，繞過後院尋覓去。

只見嬌娜倚定在欄杆邊，抬頭望著柳梢上掛的蛾眉月兒；厚卿躡著腳，打她背後走去，低低的說道：「月白風清，如此良夜何！」

嬌娜猛不防背後有人說起話來，急轉過身來，低低的啐了一聲；說道：「我道是誰，原來是吹玉簫的哥哥！」

厚卿接著也說道：「原來是壓夢難醒的妹妹！」兩人看著笑起來。

厚卿搶上去拉住嬌娜的手，步出庭心去；從那月洞門走進花園去，看那被火燒壞的牆垣，已拿木板兒遮著。他兩人走到花蔭深處，厚卿兜頭向嬌娜作下揖去，說道：「那夜我酒醉了，辜負了妹妹的好意；如今我當面謝過！」

嬌娜故裝做不解的樣子，說道：「什麼好意？」

厚卿說道：「妹妹說誰呢！如今只有我和妹妹兩個人，對著這天上皎潔的明月，還不該說一句肺腑話嗎？實說了吧，我這幾天為了妹妹，神魂不安，夢寐難忘。恨只恨我那一夜不該喝得如此爛醉，妹妹來了，丟下了妹妹，冷冷清清的回房去；妹妹心中從此當十分怨恨我了？妹妹啊！求妳饒我第一次，我如今給妳磕頭，妳千萬莫怨我吧！」

他說罷，真的在草地上噗的跪了下去；慌得嬌娜也跪下，撲在厚卿的肩頭，嗚咽著說道：「哥哥如此愛我，我也顧不得了；從此以後，我的身體死著、活著，都是哥哥的了！水裏火裏都不怨，哥哥再莫多心。」

這幾句話，樂得厚卿捧住了嬌娜的臉兒，千妹妹、萬妹妹的喚著；又說道：「我替妹妹死了也願意！」說著，眼眶中流下淚來。他兩人在樹蔭下對跪著，對拭著淚；那月光照得他兩人的面龐分外分明，又密密切切的說了許多海誓山盟的話，彼此扶著站起來。

厚卿躊躇著道：「我後院屋子離舅母睡房太近，妹妹又遠在樓上；夜裏摸黑著走上來，又怕磕碰了什麼，發出聲息來，驚醒了丫鬟，又是大大的不妙。這便如何是好呢？」

嬌娜也思量了一會，說道：「今夜三更人靜，哥哥先來到這裏荼蘼架下相候；此地人少花多，妹自當來尋覓哥哥也。」正說話時，只聽得那大丫頭在月洞門口，喚著小姐找尋著；嬌娜忙甩脫了厚卿的手，急急答應著走去。

那榮氏紙牌已鬥完了，桌子上正開著晚飯；過了一會，厚卿也跟著來了，大家坐下來吃飯。厚卿心中有事，匆匆忙忙吃完了飯，便推說要早睡，回房去守著；他又重理了一番衣襟，在衣箱裏找出一件新鮮的衫兒來穿上，再向鏡中端詳了一回，便對著燈火怔怔的坐著。

耳中留心聽那前邊屋子裏，人聲漸漸的寂靜下來；接著打過二更，他便有些坐立不穩了。站起來，只在屋子裏繞著圈兒；一會又在燈下攤著書本兒，看那字裏行間，都好似顯出嬌娜那笑盈盈的嘴臉來。他心也亂了，眼也花了，如何看得下去？忙闔上書本兒，閉著眼，想等一會和嬌娜月下花前相會的味兒，不由得他自己也忍不住笑了。

他又站起來，推開窗去望時，見天上一輪明月，已罩上薄薄的一層浮雲；一縷風吹在身上，衣袖生寒。他又閉上窗，捱了一會，再也捱不住了，便悄悄的溜出房去，在黯淡的月光下面摸索著；出了月洞門，繞過四面廳，看看前面便是荼䕷架，他便去到架下迴廊上，恭恭敬敬的坐著，那兩隻眼只望著那條花徑。

聽牆外打過三更，還不見嬌娜到來；他正在出神時，忽覺一陣涼風，吹得他不住打著寒噤，夾著瀟瀟的落下雨來。幸而他坐的地方，上面有密密的花蔭遮著，雨點也打不下來；只是那一陣一陣的涼風颼在身上，冷得他只把身體縮做一團，兩條臂兒交叉著，攀住自己肩頭，只是死守著。

捱過半個更次，那雨點越來越大了，且越是花葉子上漏下來的雨點越是大，頓時把厚卿一件夾衫的兩肩上，打濕了兩大塊；可憐他冷得上下兩排牙齒捉對兒廝打，聽聽牆外又打四更，他實在支持不住了，只得抱著脖子，從花架上逃出來。

一路雨淋著，天光又漆黑，地下又泥濘，回得房去，向鏡中一照，已是狼狽得不成個模樣兒；他急急脫下濕衣和那被泥染透了的鞋襪，又怕給他舅母看見了查問，便把這衣帽鞋襪揉做一團，一齊塞在衣箱裏，另外又找了衣帽鞋襪。他冷得實在禁不住了，便向被窩裏一鑽，兀自豎起了耳朵聽著窗外；只聽得淅淅瀝瀝的雨聲，便矇矇朧朧的睡熟去了。

一覺醒來，便覺得頭昏腦脹，渾身發燒；知道自己受了寒，便嚴嚴的裹住被兒睡著。看看天明，那頭腦重沉沉的，兀自坐不起身來；直到他舅母知道了，忙趕進屋子來，摸厚卿的皮膚焦得燙手，說道：「我的兒，你怎麼了？這病來勢不輕呢！快睡著不要動。」一面傳話出去，快請大夫來診病；一面又吩咐大丫頭快煎薑茶來，親自服侍他吃下。

這時六位姨娘和嬌娜，都進屋子來望病；那厚卿見了嬌娜，想起昨夜的苦楚來，淚汪汪的望著。嬌娜怕人瞧見，急轉過脖子去；過一會覷人不注意的時候，又轉過臉兒來，向厚卿默默的點頭來。大夫來了，她們都迴避出去。

厚卿這一場病，因受足了風寒，成了傷寒病，足足病了一個月，才能起身；在這一個月裏，嬌娜小姐也曾瞞著人，私地裏來探望他幾次。只因丫頭送湯送藥，和榮氏來看望他，屋子裏常常不斷人的走動，嬌娜要避人的耳目，也不敢逗留；兩人見了面，只說得不多幾句話，便匆匆走開。

那朱太守早已在半個月前回家來了，嚇得嬌娜越發不敢在厚卿房裏走動；倒是朱太守，常常到他外甥屋裏去說話解悶兒。說起此番煬帝開河，直通江都，沿路建造行宮別館，預備煬帝遊玩；那行宮裏一樣設著三宮六院，廣選天下美人，又搜羅四方奇珍異寶、名花仙草，裝點成錦繡乾坤。

那許廷輔此番南下，便是當這個採辦的差使；挖掘御河，皇上卻委了麻叔謀督工。說起這開河都護麻叔謀，在寧陵縣鬧下一樁大案來；現在皇帝派大臣去把他囚送到京，連性命也不能保。

原來麻叔謀一路督看河工，經過大城大邑，便假沿路地方官的衙署充作行轅；到那山鄉荒僻的地方，連房屋也沒有，只得住在營帳裏面。這營帳搭蓋在野地裏，大風暴雨；麻叔謀一路上不免感受風寒，到寧陵縣下馬村地方，天氣奇冷，一連十多天不住的大風大雨，麻叔謀忽然害起頭痛病來。來勢很重，看看病倒在床上，一個月不能辦事，那河工也停頓起來；沒奈何，只得上表辭職。

這麻叔謀是煬帝親信的大臣，如何肯准他辭職；便一面下旨，命令狐達代督河工，一面派一個御醫名巢元方的，星夜到寧陵去給麻叔謀診病。這御醫開出一味藥來，是用初生的嫩羔羊蒸熟，伴藥末服下；連吃了三天，果然病勢全退。但從此，麻叔謀卻養成了一個吃羔羊的饞病，做成了定例，一天裏邊必要殺死幾頭小羊，拿五味調和著，香甜肥膩，美不可言；便替它取一個美名，稱做「含酥臠」。

這麻都護天天吃慣了含酥臠，那廚子便在四鄉村坊裏去收買了來，預備著一處地方；或城或鄉，無處不收買到。麻都護愛吃羔羊的名兒，傳遍了遠近；起初還要打發廚子去買，後來漸漸有人來獻給他。麻叔謀因愛吃羔羊，又要收服獻羊人的心，使他常常來獻羊；遇到有人來獻羊的，他便加倍給賞。因此一人傳十，十人傳百；那百姓們聽說獻羔羊可以得厚利，便人人都來獻羊。

但獻羊的人多，那羔羊卻產生得少；離寧陵四周圍二一百里地方，漸漸斷了羊種，莫說百姓無羊可獻，便是那麻叔謀的廚子，趕到三四百里以外的地方去，也無羊可買。麻叔謀一天三餐不得羔羊，便十分憤怒，常常責打那個廚子；慌得那廚子派人在各村各城四處收買，因此便惹出下馬村的一夥強人來。

這下馬村中有一個陶家，弟兄三人，大哥陶榔兒，二哥陶柳兒，三弟陶小壽，都是不良之徒，專做雞鳴狗盜的生涯；手下養著無數好漢，都能飛簷走壁，不論遠村近鄰，凡是富厚之家，便當作他們的衣食所在。

靠天神保佑，他弟兄三人做了一輩子盜賊，並不曾破過一次案；據看風水的說，他家祖墳下面有一條賊龍，他家子孫若做盜賊，便一生吃用不盡。只是殺不得人，若一殺了人，便立刻把風水破了，這一碗逍遙飯也吃不成了；陶家三弟兄仗著祖宗風水有靈，竟漸漸的做了盜賊世家。

不想如今隋煬皇帝開河，那河道不偏不倚的恰恰要穿過陶家的祖墳；陶榔兒弟兄三人著了慌，日夜焦急，便商量備些禮物去求著麻叔謀，免開掘他的祖墳；轉心一想，這一番開河，王侯家的陵寢也不知挖去多少，如何肯獨免我家？若要仗著弟兄們的強力，行兇攔阻，又是朝廷的勢力，如何敵得他過？千思萬想，再也想不出一個好法子來。

忽打聽得麻叔謀愛吃羔羊，鄉民都尋了去獻，陶榔兒說：「我們何不也把上好的小羔兒蒸幾隻去獻？這雖是小事，但經不得我們今日也獻，明日也獻，獻儘自獻，賞卻不受；麻叔謀心中歡喜，我們再把真情說出來，求告著他，也許能免得。」

小壽聽了笑道：「大哥這個話，真是一廂情願！我聽說麻叔謀這人，貪得無厭；在他門下獻羊的，一日有上千上百，那裏就稀罕我們幾隻羊？便算我們不領賞，這幾隻羊卻能值得多少，便輕輕依著我們改換河道？怕天下絕沒有這樣便宜的事呢！」

柳兒也接著說道：「除非是天下的羊都絕了種，只有我家有羊，才能夠博得他的歡心。」弟兄二人，你一言我一語爭論著，榔兒卻只是低下了頭，全不理論；柳兒問道：「大哥，你為何連聲也不做了？」

榔兒道：「非我不做聲，我正在這裏打主意呢。」

小壽道：「大哥想得好主意了沒有？」

榔兒道：「我聽你二人的話，都說得有理；若不拿羊去獻，卻苦沒有入門之路，若真的拿羊去獻，幾隻羊卻能值得多少，怎能把這大事去求他？我如今有一個主意：想麻叔謀愛吃羔羊，必是一個貪圖口腹之人；我聽說人肉的味兒最美，我們何不把三四歲的小孩子尋他幾個來，斬了頭，去了腳，蒸得透熟，煮得稀爛，將五味調得十分精美，充作羔羊去獻給他。他吃了滋味好，別人的都趕不上，那時自然要來尋我們；日久與他混熟了，再隨機應變，或多送他銀子，或拿著他的短處，要他保全咱們的祖墳，那時也許有幾分想望。」

柳兒、小壽兩人聽了，不禁拍手稱妙。

槲兒道：「事不宜遲，須今夜尋了孩子，安排端正，明天絕早獻去，趕在別人前面，趁他空肚子吃下才妙。」

弟兄三人計議定了，便吩咐手下幾個黨羽，前去偷盜小孩；那班弟兄們個個都有偷天換日的手段，這偷盜小孩，越發是尋常事情，甕中捉鱉，手到擒來。去不多時，早偷了兩個又肥又嫩的三四歲的小孩子來，活滴滴的拿來殺死；斬去頭腳，剔去骨頭，切得四四方方，加上五味香料，早蒸得噴香爛熟。

次早起來，用盤盒裝上，陶槲兒騎了一匹快馬，逕投麻叔謀營帳中來；見過守門人役，將肉獻上。那門差一面叫人把肉拿了進去，一面拿出簿冊來，叫槲兒寫上姓名；接著那獻羔羊的百姓，又來了許多，有獻活的，有獻煮熟的，紛紛鬧鬧，擠滿了一門。

正熱鬧的時候，只見裏面走出一個官差來，高聲問道：「誰是第一個獻蒸熟羊肉來的？」陶槲兒便大著膽應聲上去；心想：這麻叔謀有幾分著鬼了！

原來麻叔謀清早起來，才梳洗完畢，便有人獻蒸熟羊肉來；他肚子正空著，見了這一大盤肉，便就著盤子拿到面前去吃，只覺香噴噴、肥膩膩的，鮮美異常。心中十分歡喜，便問：「這羊肉是何人獻的？如何蒸法的？快把那獻肉的人喚進來面問。」因此那差官出去，把陶榔兒傳喚進來。

當時陶榔兒見了麻叔謀，慌忙跪下叩頭；麻叔謀問明了名姓住處，又問：「這羔羊如何蒸得這等甘美可口？」

榔兒只說：「這羊是小人家養的，只怕進不得貴人的口。」

麻叔謀聽他恭維得歡喜，便吩咐賞他十兩銀子，那陶榔兒卻死不肯受。

麻叔謀道：「你若不受賞，我便不好意思再向你要吃了。」

榔兒道：「大人若不嫌粗，小人願日日孝敬。」說罷，磕了一個頭，逕自去了。

從此以後，那班強人便天天去偷盜小兒，蒸熟來，獻與麻叔謀受用；麻叔謀吃得了這個美味，凡是別人獻來的羔羊，他都嫌粗惡，一概不收，只愛吃陶榔兒獻來的羊肉。那陶榔兒因獻羊肉，天天到麻叔謀行轅中去，便和麻都護成了一個相知，常常和麻叔謀談話；這麻叔謀因他不肯受賞，也便另眼看待他。

有一天，麻叔謀對榔兒說：「我自從吃了你蒸熟的羔羊，卻天天省它不得，你天天蒸著送來，又不肯受我的賞，我心中十分過意不去；你何不將這烹庖法兒，傳給我行轅裏的廚役，教他如何炮製，免得你天天奔波。」

陶椰兒卻不肯說出實情，只說：「大人不必掛心，小的願日日蒸熟來孝敬大人。」

麻都護說：「這事不妥，我如今在寧陵地方開河，你還可以送來；再過幾天，我開到別處去，你如何能送得？」

這幾句話，逼得陶椰兒不得不說實話；當時他躊躇了一會，說道：「不是小人不肯說這蒸煮的方法；只是說破了這方法，若是提防不密，不獨小人有禍，便是老大人也有幾分不便。」

麻叔謀笑道：「一個蒸羊肉的方兒，又不是殺人放火，怎麼連我也有不便起來？你倒說來我聽聽。」

椰兒道：「大人畢竟要小的說出來，還求退了左右。」

麻都護笑著道：「鄉下人這等膽小。」便轉過臉去，對左右說道：「也罷，你們便都出去，看他說些什麼來。」左右聽大人吩咐，急忙避出。

陶椰兒劈頭一句便說道：「小人只有蒸孩兒肉的方兒，那裏有什麼蒸羊肉的方兒！」

麻叔謀聽得「孩兒肉」三個字，便大驚失色；忙問道：「什麼蒸孩兒肉？」

椰兒忙跪下磕著頭，嗚嗚咽咽，帶哭帶說道：「實不瞞大人說，前日初次來獻的，便是小人親生的兒子，今年才三歲；因聽大人愛吃羔羊，便殺死蒸熟，假充羔羊來獻。後來獻的，都是在各鄉村盜竊來的。大人若不信時，那盜得小孩人家的姓名，小人都有一本冊子記著；便是孩子的骨殖頭腳，都埋葬在一起，大人只須差人去掘看便知。」

麻叔謀聽了，這才驚慌起來，轉心又疑惑道：「我與你素不相識，又無關係，你為何幹此慘毒事情？」

榔兒道：「小人的苦情，到如今也隱瞞不住了。小人一族有百十名丁口，都靠著一座祖墳，祖墳上倘然動了一勺土、一塊磚，小人的全族，便都要遭災；如今不幸，這座祖墳恰恰在河道界限中間，這一掘去，小人全族一百多丁口，料想全要死亡。全族人商議著，打算來懇求大人，苦於不得其門；因此小人情願將幼子殺死，充作羔羊，以為進身之地。如今天可憐小人，得蒙大人垂青；也是佛天保佑，只求大人開天地之恩，將河道略改去三五丈地，便救了小人全族百餘口蟻命。」說罷，又連連磕頭。

麻叔謀心中暗想，此人為我下此慘毒手段，我若不依，他是亡命之徒，猖狂起來，或是暗地傷人，卻是防不勝防；又想小孩兒的肉味很美，若從此斷絕了他，再也不得嘗這個美味了。麻叔謀只因十分嘴饞，便把這改換御道的大事，輕輕答應了下來；又叮囑他，這蒸羔羊肉卻天天缺少不得。

陶榔兒道：「大人既肯開恩，真是重生父母！這蒸獻羔羊的事，小人便赴湯蹈火，也要去尋求孝敬大人的。」

麻叔謀大喜，第二天便暗暗的傳令與眾伕役，下馬村地方河道，須避去陶家祖墳，斜開著五丈遠近。那陶榔兒見保全了祖墳，便打發弟兄們，出去四處竭力去偷小孩兒；先只是在鄰近地方偷盜，近處偷完了，便到遠處去偷，或託窮人去偷了來賣，或著人到四處去收買。

可憐從寧陵縣以至睢陽城一帶地方，三四歲的小孩，也不知被他盜去多少，這家不見了兒子，那家不見了女兒；弄得做父母的東尋西找，晝哭夜號。後來他們慢慢的打聽得，是陶榔兒盜去獻與麻叔謀蒸吃的，人人憤怒，家家怨恨，便有到邑令前去告狀的，也有到郡中送呈；那強悍的，便邀集了眾人，打到陶榔兒家裏去。

第八回　離宮別館

下馬村大盜陶榔兒，只因偷盜百姓家小孩，蒸獻與麻都護吃；歷來被他殺死的小孩，已有一千多個。那失了小孩的人家，打聽得是陶榔兒盜去的，便邀集了眾人；一面到官府裏去告狀，一面卻扛著棍棒刀槍，洶洶湧湧的打到陶家去。紛紛擾擾，那陶家的房屋器具，被眾人燒毀的燒毀，打爛的打爛；陶家三弟兄早已聞風逃走，趕到麻都護行轅裏哭訴去。

麻叔謀聽了大怒，道：「幾個鳥百姓，怎敢如此橫行！莫說榔兒偷盜小兒無憑無據；便算是我吃了幾個小孩，那百姓待拿我怎麼樣！」便著拿自己的名片到官府裏去，只說得一個「辦」字。

那官府知道麻叔謀是煬帝的寵臣，誰敢說一個不字；反拿那告狀的百姓捉去，打的打、夾的夾，問罪的問罪，充軍的充軍，弄得怨氣沖天，哭聲遍野。那班百姓吃了這一場寃屈官司，愈鬧愈憤；那寧陵和睢陽一帶的百姓，亂哄哄都趕到東京告御狀去。

那煬帝駕下的虎賁郎將中門使段達，原早得了麻叔謀的私情，見那狀紙如雪片似的進來，眾口一辭，告麻叔謀留養大盜陶榔兒，偷盜孩子作羔羊蒸吃，歷來被盜去的小兒四五千人，白骨如山，慘不可言等語；那段達總共收了八百多份狀子，他便親自傳齊了眾百姓審問。

那班小兒的父母都啼哭著，對這段達訴說麻叔謀吃小兒的慘毒情形；被段達一聲喝住，道：「胡說！麻都護是朝廷大臣，如何肯做此慘毒之事？皆是你們這一班刁民，有意阻撓河工，造謠毀謗；況三四歲的孩子，日間必有人看管，夜間必有父母同寢，如何能家家偷去，且一偷便四五千之多？這一派胡言，若不嚴治，刁風愈不可問！」便不由分說，將眾百姓每人重責一百棍，發回原籍去問罪。

這一班百姓吃了這個冤枉，直到煬帝駕幸江都，龍舟行到睢陽地方；見河道迂曲，查問起來，知道是麻叔謀作的弊，連帶查出他私通陶榔兒，蒸食小孩。煬帝大怒，一面傳旨捉拿麻叔謀，打入大牢；一面差一個郎將，帶領一千軍校，到下馬村捉住了陶家全族大小共八十七人，一齊梟首示眾。那麻叔謀問明了罪狀，聖旨下來，綁出大校場腰斬，才算出了百姓的冤氣。

朱太守講完了這一席話，一班姨娘都聽了吐出舌頭來。

厚卿病在床上，虧得他舅父常常到房中來，講幾件外間的新聞，替他解悶兒；看看厚卿病勢全退，一樣的行動說笑。有一日，他伴他舅父舅母吃過晚飯，閒談了一會，回進屋子去；只見那嬌娜伏在他書案上，湊著燈光，不知寫些什麼。

厚卿躡著腳走去，藏身在她身後看時，見她在玉版箋上，寫著一首詞兒，說道：「曉窗寂寂驚相遇，欲把芳心深意訴；低眉斂翠不勝春，嬌轉櫻唇紅半吐。匆匆已約歡娛處，可恨無情連夜雨！枕孤衾冷不成眠，挑盡銀燈天未曙。」

嬌娜剛把詞兒寫完，厚卿便從她肩頭伸過手去，把箋兒搶在手裏；嬌娜冷不防肩頭有人伸過手來，駭得她捧住酥胸，低聲道：「嚇死我了！」

厚卿忙上去摟住她的玉肩，一手替她摸著酥胸說：「妹妹莫慌。」

嬌娜這時不知不覺的軟倚在厚卿懷裏，笑說道：「哥哥那夜兒淋得好雨！」

厚卿聽了，便去打開衣箱，拿出那套泥雨污滿的衣帽鞋襪來，摔在嬌娜面前，說道：「妹妹妳看，我那夜裏苦也不苦？又看我這一病三四十天，苦也不苦？這苦楚都要妹妹償還給我呢！」說著，臉上故意含著嗔怒的神色。

嬌娜看了，一縱身倒在厚卿懷裏，說道：「償還哥哥的苦楚吧！」說著，羞得她把臉兒掩著，只向懷裏躲去。厚卿聽了，早已神魂飄蕩，忙去捧過她的臉兒來，嘴對嘴的親了又親，臉對臉的看了又看，不住的問道：「妹妹怎麼發付我呢？」

嬌娜和厚卿兩人當時摟抱著，說了無限若干的情話；嬌娜見書桌上擱著一柄剪刀，便拿起來剪下一縷鬢髮，塞在厚卿袖裏，厚卿也卸下方巾，截下一握頭髮來，交與嬌娜。嬌娜把厚卿的手緊緊一握，說道：「我今夜在屋子裏守候著哥哥，三更過後，哥哥定須來也。」

厚卿聽了，喜得眉花眼笑，連聲說：「來！來！」忽然想到到嬌娜房裏去，須先經過飛紅的臥房門口，便說：「但是這事很險呢！」

嬌娜聽了，粉腮兒上慍地變了顏色，說道：「事已至此，哥哥還怕什麼？人生難得少年，又難得哥哥如此深情；妹志已決，事若不成，便拼著一死！」

厚卿聽她說到死字，忙伸手去捂她的嘴；嬌娜止不住兩行珠淚，直滾下粉腮來，厚卿替她拭著淚，又打疊起千萬溫存勸慰著她，嬌娜才轉悲為喜。厚卿送她走出房門，回房去，想起今夜的歡會，總可以十拿九穩了；便忍不住對著鏡子，對著燈光痴笑起來。

看看捱到三更過後，他便拍一拍胸脯，大著膽，走出房去，摸著扶梯走上樓去；這時窗外射進來一層朦朧月光照著他。看看摸到嬌娜小姐的臥房門口，伸手輕輕的把房門一推，那門兒虛掩著；厚卿躡腳走進房去，那繡幕裏射出燈光來。嬌娜小姐背著身兒，對著燈光坐著，那兩眼只是望著燈火發怔；厚卿上去，輕輕的把她的身軀擁抱過來，進了羅帳，服侍她鬆了衣鈕，解了裙帶，並頭睡下。

這一番恩愛，有他兩人的定情詞兒為證：

夜深偷展紗窗綠，小桃枝上留鶯索，花嫩不禁抽，春風卒未休。
千金身已破，脈脈愁無那！特地囑檀郎，人前口謹防。
綠窗深佇傾城色，燈花送喜秋波溢；一笑入羅幃，春心不自持！

雨雲情欲亂，弱體羞還顫，從此問雲英，何須上玉京。

他二人了過心願，在枕上海盟山誓，千歡萬愛；直到晨雞報曉，嬌娜親替厚卿披上衣巾，送到扶梯口，各自回房睡去。從此以後，他二人暗去明來，夜夜巫山，宵宵雲雨，好不稱心如意；只是白天在眾人面前，卻格外矜持，反沒有從前那般言笑追隨，行坐相親的光景，反是那飛紅、眠雲、楚岫這幾位姨娘，時時包圍著他，要他講故事。

那煬帝是一個風流天子，當時傳在民間的故事，卻也很多。只說他在東京的時候，大興土木；在顯仁宮西面，選了一大方空地，造起湖山樓閣來。在這地的南半，分著南北東西中，挖成五個大湖；每一個湖，方圓十里，四面盡種奇花異草。湖邊造一圈長堤，堤上百步一亭，五十步一樹，桃花夾岸，楊柳籠堤；湖中又造了許多龍舟鳳舸，在柳蔭下面，靠定白石埠頭泊著，聽候皇帝隨時傳用。

那北半地勢寬大，便掘一個北海，周圍四十方里，鑿著河港，與五湖相通；海中央造起三座神山，一座是蓬萊，一座是瀛洲，一座是方丈。山上造著許多樓臺殿閣，點綴得金碧輝煌；山頂高出海面一百丈，東可望箕水，西可見西京，湖海中間交界地方，造著一座一座的宮殿。

海北面一帶地方，委委曲曲，鑿成一道長溪；沿溪揀那風景幽勝的地方，建造著別院，一共十六座院寺，卻選了三千美女，守候在院裏。繞著湖海，造著二百里方圓的一帶苑牆，上面都拿琉璃作瓦，紫脂塗壁；又拿青石築成湖海的斜岸，拿五色石砌成長溪的深底，清泉瀠洄，反射出五色光彩來。宮殿院宇，全是金裝玉裹；渾如錦繡裁成，珠璣造就。

那各處郡縣，都把奇花異草、飛禽走獸，從驛地上獻送進京來；把一座西苑頓時填塞得桃成蹊、李列徑、梅繞屋、柳垂堤、仙鶴成行、錦雞作對、金猿共嘯、青鹿交遊。這全是虞世基一人之力，逼迫著四方百姓，造成了這座西苑。

煬帝遊幸西苑的第一日，便帶了他寵愛的妃嬪，坐著玉輦，進苑來四處遊玩；由煬帝定名：那東湖因四面種的全是綠柳，兩山翠色與波光相映，便名「翠光湖」；南湖因有高樓夾岸，倒映日光，照在湖面上，便名「迎陽湖」；西湖因有芙蓉臨水，黃菊滿山，白鷺青鷗，時來時往，便名為「金光湖」；北湖因有許多白石，形若怪獸，高下錯落，橫在水中，微風一動，清沁人心，便名為「潔水湖」；中湖因四圍寬廣，月光射入，宛若水天一色，便名為「廣明湖」。

那十六院：第一座是「景明院」，因南軒高敞，時時有薰風吹入；第二座是「迎暉院」，因有朱欄屈折，迴壓瑣窗，朝日上時，百花呈媚；第三座是「秋聲院」，因有碧梧數株，流蔭滿院，金風初度，葉中有聲；第四座是「晨光院」，因將西京楊梅移入，開花時宛似朝霞；第五座是「明霞院」，因酸棗邑進玉李一株，開花雖白，艷勝霞彩；第六座是「翠華院」，因有長松數株，俱團團如蓋，罩定滿院。

第七座是「文安院」，因隔水突起石壁一片，壁上的苔痕縱橫，宛如天生成一幅畫圖；第八座是

「積珍院」，因桃李列成錦屏，花茵鋪為繡褥，流水鳴琴，新鶯奏管。第九座是「儀鳳院」，因四圍都是疏竹環繞，中間卻突出一座丹閣，便宛似鳴鳳一般；第十座是「影紋院」，因長溪中碎石砌底，簇起許多細細的波紋，水光反照，射入簾櫳，便是枕簟上也有五色波痕；第十一座是「仁智院」，因左面靠山，右面臨水，取孔子「樂山樂水」的意思。

第十二座是「清修院」，因峰迴路斷，只有小舟沿溪，才能通行，中間桃花流水，別有洞天；第十三座是「寶林院」，因種了許多佛國祇樹，盡以黃金佈地，宛似寺院一般；第十四座是「和明院」，桃蹊桂閣，春可以納和風，秋可以玩明月；第十五座是「綺陰院」，晚花細柳，凝雲如綺；第十六座是「降陽院」，有梅花繞屋，樓臺向暖，憑欄賞雪，了不知寒。

那一條長溪，婉轉如龍，金碧樓臺，夾岸如鱗，便定名「龍鱗渠」；隋煬帝窮日繼夜地在這五湖十六院中遊玩，不知鬧出多少風流故事來。

有一天，風日晴和；煬帝下旨，召集文武大臣，在西苑中賜宴。這煬帝穿一件織萬壽字的衮龍袍，戴一頂嵌八寶的金紗帽，高坐著七香寶輦，排開了氅毛御仗；文武官員全穿了朝服，騎馬簇擁，左右追隨，真的花迎劍佩，柳拂旌旗，萬國衣冠，百官護衛。

煬帝到了西苑，便傳旨將御宴排在船上；煬帝自坐了一隻大龍船，後面跟隨著五十隻鳳舸。船行時，龍舟當先，鳳舸隨後，魚貫而行；船停時，又龍船在中，鳳舸團團圍定在四面。煬帝領著眾官員，先遊北海，登三山，才回到五湖中賞玩飲酒；觥籌交錯，管絃嗷嘈，君臣們盡情痛飲。

煬帝飲到高興時候，便對群臣說道：「如今四海昇平，禽鳥獻瑞；君臣共樂，千秋勝事。湖上風光，萬分旖旎；卿等錦繡滿腹，何不各賦詩歌，紀今日之盛會？」

你道煬帝說的「禽鳥獻瑞」是怎麼一回事？原來西苑中樓臺金碧，桃李紅艷，轉覺皇帝的輿仗不甚鮮明；便有那湊趣的大臣虞世基，替皇上出主意，降一道聖旨，令天下各處郡縣，不拘水禽陸獸，凡是牠羽毛可作輿仗氅毛用的，一齊採獻，全拿鳥獸氅毛製成輿仗，自然文彩輝煌，不怕它不鮮明了。這個旨意一出，誰敢不遵？忙得那許多官員，這裏取翠鳥之羽，那裡拔錦雞之毛；羅網滿山，矢罾遍地。

這時江南易程地方，有一座昇山，山頂上有一株松樹，亭亭直上，有百餘丈高；四圍一無枝椏，清陰散落，團圓如蓋。樹的絕頂正中，結了一個鶴巢；巢中有一對仙鶴，飲風吸露，生雛哺子，也不知經歷了多少年月。自以為深山高樹，翱翔自由，再無禍患的了；不料，一日裏被那夥搜尋羽毛的人看見，便算計牠一窩兒裏的鶴氅。

只是這樣的高樹，又無枝椏，如何攀援得上去？來人商量了半天，便想出一個把松樹砍倒的主意來；卻又怕砍倒了樹，那仙鶴便要飛去。誰知道這鶴巢裏卻養著四隻小鶴，那松樹倒了，老鶴心痛小鶴，在別的樹尖上飛繞悲鳴；又把自己身上的幾根氅毛，一陣亂啄，一齊拔了下來。這是老鶴悲憤之極所做出來的，那班湊趣的臣民，便說成是禽鳥獻瑞。

這且不去說他，當時百官奉了煬帝的旨意，便搜索枯腸，在御筵前做起詩來；煬帝也做了八首寫湖上景色的詞兒，第一首是「湖上月」，第二首是「湖上柳」，第三首是「湖上雪」，第四首是「湖上草」，第五首是「湖上花」，第六首是「湖上女」，第七首是「湖上酒」，第八首是「湖上水」。

那一首「湖上柳」的詞意兒十分的佳妙，道：

「湖上柳，煙裏不勝摧；宿露洗開明媚眼，東風播弄好腰肢，煙雨更相宜。環曲岸，陰復畫橋低；線拂行人春晚後，絮飛晴雪暖和時，幽意更依依！」

當時群臣傳誦一遍，各有和詞，又各獻酒稱賀；煬帝便命百官放量痛飲，君臣們飲了半日酒，俱覺大醉，便吩咐罷宴，眾文武謝了恩退去。煬帝餘興未盡，便換乘了一隻小龍舟，駛入龍鱗渠，到十六院去閒玩；眾夫人聽得煬帝駕到，便一齊焚香奏樂，迎接聖駕。龍舟沿溪行來，妃嬪夾岸相隨。

先到那迎暉院，早有王夫人帶領著二十個美人，後隨著許多宮女，笙簫歌舞，將煬帝迎進院去；院中早排列著酒席，煬帝攜著王夫人的手，與二十個美人一齊入席。那美人輪流歌舞，次第進觴；忽見一個美人獻上酒來，看她時，生得綽約如嬌花，清瘦如弱柳，眉目之間，別有風情。煬帝便問她：「叫什麼名字？」

那美人答稱：「姓朱名貴兒。」

煬帝便伸手去攬在懷裏，對她臉上細細的玩賞；那貴兒也十分賣弄，一手拿著杯兒，送在煬帝唇邊。煬帝飲了酒，親自執著紅牙，聽貴兒唱道：「人生得意小神仙，不是尊前，定是花前；休誇皓齒與眉鮮，不得君憐，枉得儂憐。君若憐，莫要偏；花也堪憐，葉也堪憐。情禽不獨是雙鴛，鶯也翩韆，燕也翩韆。」

把個煬帝聽了，樂得忙把自己的金杯，命宮女斟滿一杯酒，賞貴兒飲了；說道：「朕聽妳唱來，不獨嬌喉婉轉，還覺詞意動人；妳要朕憐，朕今夜便憐惜妳一番。」這一夜，煬帝便留在迎暉院裏，召幸了朱貴兒。

從來說的，妻不如妾，妾不如婢，婢不如偷；煬帝在西苑裏，夜夜行樂，那十六院夫人雖然長得個個千嬌百媚，但她們見了煬帝，總不免拘束禮節，反不如那美人可以隨意臨幸。因此不多幾天，那十六院中，三百二十名美人，都被煬帝行幸過；他心還不足，下旨各院夫人美人，不必迎送，聽聖駕來去自由。

他在月下花前，和那班宮女彩娥私自勾挑，暗中結合；他最喜歡的是偷香竊玉，若在花徑中、柳蔭下巧遇嬌娃，私幹一回，便覺十分暢快。那班官人都知道了煬帝的心性，明知山有虎，故作採樵人；一個個都假做東藏西躲，守候著皇帝來偷情。

有一夜，煬帝在積珍院中飲酒，忽聽得隔牆笛聲嘹亮，不知誰家；他便悄悄的走出院去偷聽著，那笛兒一聲高一聲低，斷斷續續，又像在花徑外，又像在柳樹邊。抬起頭來，見微雲淡月，夜景清幽；煬帝隨了笛聲，沿著那花障走去，剛轉過幾曲朱欄，行不上三三十步，笛聲卻停住了。

只見花蔭之下一個女子，腰肢嬝娜，沿著花徑走來，煬帝忙側身往太湖石畔一躲；待那女子緩緩走來，將到跟前，定睛一看，只見那女子年可十五六歲，長得梨花皎潔，楊柳輕盈，月下行來，宛似嫦娥下降。煬帝看到此時情不自禁，突然從花蔭中撲出去，一把抱住那女子；慌得那女子正要聲喚，轉過脖子來一看，見是煬帝，忙說道：「婢子該死！不知萬歲駕到，不曾迴避得。」說著，便要跪下地去。

煬帝忙摟住那宮女，說道：「妳長得這等標緻，朕也不忍得罪妳；只是，妳知道漢臯解珮的故事嗎？朕今夜為解珮來也！」

這宮女原是十分乖巧，便說道：「賤婢下人，萬歲請尊重，謹防有人看見不雅。」煬帝如何有心去聽她，便悄悄的將那女子抱入花叢中去。

原來這宮女還是處子，月下相看，嬌啼百態；煬帝又憐又惜，十分寵愛。看畢以後，將她抱在懷裏，問她：「叫什麼名兒？」

那宮女卻故弄狡詭，說道：「萬歲一時高興，問它名兒作甚？況宮中女兒三千，便問了也記不得許多！」

煬帝笑罵道：「小妮子！怕朕忘了妳今夜的恩情，便這等弄乖；快說來，朕決不忘妳的。」

那宮女才說是妥娘，原是清修院的宮人；二人正說話時，忽見遠遠有一簇燈籠照來，妥娘便推著煬帝說：「萬歲快去吧！不要被人看見，笑萬歲沒正經。」二人站起身來，抖抖衣裳，從花障背面折將出來；才轉過一株大樹，碧桃下忽然有人伸出手來，將他二人的衣角拉住。回頭看時，卻是一叢荼蘼刺兒，鉤住他二人的衣裙；煬帝握著妥娘的手，笑了一笑，妥娘自回清修院去。

煬帝出了花叢，找不到積珍院的舊路，望見隔河影紋院中燈燭輝煌，便渡過小橋，悄悄的走入院去；那院中劉夫人和文安院的狄夫人，正在那裏淺斟低酌。煬帝放輕了腳步，走到她二人跟前說道：「二妮子這等快活，何不伴朕一飲？」

兩位夫人見了煬帝，慌忙起身迎接，一邊邀煬帝坐下，一邊斟上酒去；狄夫人眼尖，瞥見煬帝龍袖上一方血痕，便笑說：「這黃昏人靜，陛下來得有些古怪！」

煬帝嘻嘻的笑道：「有甚古怪？」

狄夫人劈手去扯起煬帝的袍袖來給劉夫人看，劉夫人笑說道：「我說陛下如何肯來，原來有這樣的喜事。」

狄夫人道：「陛下替那個宮人破瓜？說明了，待妾等會齊各院，與陛下賀喜。」

煬帝只是嘻嘻地笑著不說話，二位夫人和眾美人輪流把盞，把個煬帝灌得爛醉如泥，當夜便在影紋院中睡下。

從此煬帝神情愈覺放蕩，日日只在歌舞上留情，時時專在裙帶下著腳，無一日不在西苑中遊玩；偌大一座西苑，不消一年半載，竟被煬帝玩厭了，那苑內十六院夫人，三百二十個美人，二千個宮女，也被煬帝玩得膩了。

這一天，煬帝正在北海和眾妃嬪飲酒，忽有宇文愷、封德彝差人來奏稱：「奉旨赴江都建造四十九座離宮，俱已完備，只候聖駕臨幸。」

煬帝聽了大喜，道：「苑中風景遊覽已遍，且到江南看瓊花，去遊樂一番。」便當筵下旨：「宮館既完，朕不日臨幸江南；但一路宮館，仍須著各處地方官，廣選民間美人填入，以備承應。」

這個聖旨一下，朝臣中卻不見有人諫阻；只是那班夫人、妃嬪恐慌起來，齊來勸阻，說道：「宮中雖賤妾輩不善承應，無甚樂處，但畢竟安逸；陛下若巡幸江都，未免車馬勞頓。」

煬帝道：「北部錦繡之鄉，又有瓊花一株，艷絕天下，朕久想遊覽；況一路上有離宮別館，決無勞苦。賢妃等可安心在宮中，守過了五七個月，朕依舊回來，和諸位賢妃相見。」

那幾個不得時的妃嬪，聽了煬帝這一番話，知道皇帝去志已決，便也不敢再說什麼；只有那貴兒、妥娘、杏娘、俊娥一班得寵的美人，聽說沿路有四十九座離宮別館，那離宮別館中，又都有美人守著，只怕皇帝的寵愛移到別人身上，她們如何肯放手。早嚷成一片說：「願隨萬歲爺出巡去，一來得去遊覽江南風景，二來，萬歲爺沿路也得人陪伴，不愁寂寞。」

煬帝原也捨不得她們，便答應攜帶她們，一塊兒到江都地方去。到煬帝起身的這一天，各宮院妃嬪夫人俱設席餞行，煬帝一一領了，便打點出巡；此番也不多帶人馬，只帶三千御林軍一路護衛著，文武官員，只帶丞相宇文愷、虞世基一班親信的人。

正要起身的時候，忽有一人姓何名安，打造得一座御女車來獻與煬帝。那車兒中間寬闊，床帳衾枕，色色齊備；四圍又用鮫綃細細織成幃幔，外面望進裏面去，卻一毫不見，裏面看到外面來，卻十分清楚。那山水花草在車外移過，都看得明明白白。又拿許多金鈴玉片，散掛在幃頭幔角；車行時搖盪著，鏗鏗鏘鏘好似奏細樂一般，任你在車中百般笑語，外間總不得聽見。一路上要行幸妃嬪，儘可恣意行樂，所以稱做御女車。

煬帝這時正因那班得寵的妃嬪無可安插，在路上車馬遙隔，又不得和她們說一句話兒；如今得了這御女車，滿心歡喜，傳旨厚賞何安。便攜了妃嬪，坐上御女車；一路行來，三十里一宮，五十里一館。每到一處地方，那郡縣官齊來接駕，一面把奇餚異味、美釀名產，絡繹貢獻上來；到了宮館中，又有絕色的美人絃管歌舞，前來承應。

第九回　三千粉黛

厚卿生長在皇都，家中又有一個老宮人，常聽得他說出隋煬帝的風流逸事；如今他在舅父家中，一樣的也把煬帝故事，講給一班姨娘們聽。

他正說到煬帝第一次坐御女車，遊幸江都，一路上，逢名山便登山覽秀，遇勝水便臨水問津；恍恍惚惚，早已到了揚州地面。這江南山明水秀，柳綠桃紅，比起北路上風光大不相同；煬帝見了，心中十分歡喜，便道：「向日所言瓊花，開在何處？」

當有大臣封德彝奏對道：「瓊花原在蕃釐館中，每年三月開花；如今是四月天氣，百花都謝，須到明春再得觀賞。」

煬帝聽了，心中有些不樂；宇文愷在一旁勸解道：「瓊花雖然開過，江都地方還有許多名勝，可供聖上遊覽。」煬帝從此便天天在江都地方探勝尋幽。

一日，遊到橫塘上，梁昭明太子的文選樓；昭明太子曾在這樓上選得許多古文，成了一部文選，所以稱「文選樓」。這一座樓蓋得曲折高峻，歷代帝皇時加修理，所以到隋朝尚不坍壞；煬帝先把帶來的許多宮女，發在樓上去伺候著。聖駕一到，一齊細吹細打的迎接著；煬帝坐著七香寶輦，依著層層石級轉折上去。

這一座樓高有百尺，共分五層；石級閣道，都飛出在屋簷以外。人在閣道上走著，從下面望上去，好似在空中行走一般。這一日，恰東南風起，一隊隊的宮女行在閣道上，身上穿著薄羅輕縠，被風吹揭起來，露出那紫裙紅褲，十分鮮艷；煬帝看了，也無心遊覽，便吩咐眾宮女，在月臺上團團圍繞著他，飲酒歌舞，直把個煬帝灌得爛醉如泥，才選了幾個絕色的宮女，回離宮去尋歡作樂。

這樣早歌夜宴，煬帝在江都地方，足足玩了幾個月；抛得那深宮裏的蕭皇后和十六院夫人，十分淒清，便聯名上著奏章，接連催請，把個風流皇帝催回京都去。當夜，蕭皇后和十六院夫人在宮中排著筵宴，替煬帝接風；飲酒中間，煬帝盛稱江都地方風景秀美，山水清奇。那夫人們齊笑說道：「陛下怕是留戀江南女色，並不是愛玩景色呢！」

煬帝笑說道：「講女色，眼前幾位夫人，都是盡態極妍，還有誰家美女能勝得？實實是貪玩江南山水，便把諸位夫人冷落了。不是朕誇獎江都景色，莫說那山水秀美，便是開一朵花兒，竟也比上苑中的紅的可愛，便是放一枝柳兒，也竟比上苑中的綠得可憐；不像我們北地的花柳，未到深秋，便一齊黃落，寂寞得叫人悶損。」

這一席話，言者無心，聽者有意；當下有清修院的秦夫人，聽皇帝說了這個話，便回宮去和十六院夫人悄悄的商議，又和許多宮女一齊動手，只一夜工夫，便已佈置妥貼。

第二天，十六院夫人一齊去請煬帝駕幸西苑；煬帝說：「如今是仲冬天氣，苑中花樹凋殘，有什麼可玩賞之處？」

無奈秦夫人再三勸駕，說：「西苑中百花競放，專候聖駕臨幸。」煬帝素來在女人面前，是十分溫柔的；當下便一任眾夫人簇擁著，到西苑去。

御輦一進苑門，真個見萬紫千紅，桃李齊放；望去一片錦繡，那裏像個仲冬天氣，草長鶯飛，竟像個江南三月天氣。莫說煬帝看了詫異，便是蕭皇后也暗暗的吃驚。

煬帝說道：「只隔得一夜工夫，如何便開得這般整齊？」一眼見那柳樹蔭中，一隊隊宮女彩娥，笙簫歌舞的迎接上來；煬帝看了，連連稱妙。

秦夫人在一旁奏道：「陛下看這苑中風景，比江都如何？」

煬帝一把拉住秦夫人的手，笑問道：「妃子有何妙法，使這花柳一夜齊放？」

秦夫人把衫袖兒掩著朱唇，笑說道：「有甚妙法，只是眾姊妹辛苦了一夜罷了！」說著，煬帝正走到一株垂絲海棠樹下，伸手去採下一朵來看時，原來不是從枝上長出來的，全是拿五色綢緞細細剪成，拴在枝上的；煬帝不禁哈哈大笑，道：「是誰的機巧，也虧她有這一路聰明！」

眾夫人奏道：「這全是秦夫人主意，與妾等連夜製成。」

煬帝笑對著秦夫人說道：「這也難為妳了！」說著走到一叢大梅樹下，看看枝上梅花紅白齊放；煬帝說有趣，便吩咐在花下擺起筵席來。

煬帝坐在席上，眼看著四圍花木，不分春夏秋冬，萬花齊放，心中十分有趣，一杯一杯的飲下酒去；一時裏觥籌交錯，絲竹齊鳴，煬帝已有幾分醉意，便笑說道：「秦夫人既出新意，諸美人也須換唱新歌；誰唱一支新曲兒，朕即滿飲三杯。」

說聲未了，只見一個美人，穿一件紫絹衣，束一條碧絲裙，嬝嬝婷婷的走近筵前，嬌聲奏道：「賤妾願歌一曲新詞，博萬歲一笑。」

煬帝看時，卻是他寵愛的仁智院美人，名雅娘的；只見她輕敲檀板，漫啟朱唇，唱著「如夢令」詞兒，道：「莫道繁華如夢，一夜剪刀聲送；曉起錦堆枝，笑煞春風無用。非頌非頌，真是蓬萊仙洞！」

煬帝原是愛雅娘的，如今見她嬌滴滴的聲音唱出這新詞來，早不覺連聲說妙，連飲下三杯酒去，眾夫人一齊陪飲一杯；才停了酒，又見一個美人淺淡梳粧，嬌羞體態，出席來奏稱：「賤妾亦有新詞奉獻。」煬帝認得是迎暉院的朱貴兒。

這朱貴兒原唱得好曲兒，當下聽她也唱一折「如夢令」詞兒，道：「帝女天孫遊戲，細把錦雲裁碎；一夜巧鋪春，盡向枝頭點綴。奇瑞奇瑞！寫出皇家富貴。」

煬帝聽了讚道：「好個寫出皇家富貴！」便也連飲了三大觥酒；這場筵宴，直飲到黃昏月上，煬帝也被眾夫人迷弄得酒醉昏沉，當下扶著秦夫人的肩頭，臨清修院去。一連幾夕幸著秦夫人，把其餘的夫人一齊丟在腦後，慌得眾夫人或探消息，或賦詩詞，百般的去勾引；無奈這秦夫人，把個風流天子猶霸住在院子裏，不放他出門一步。

這一天午膳，煬帝和秦夫人略飲了幾杯，手攜著手兒，走出院來；沿著長堤，看這流水玩耍。看看前面疊石斷路，水中卻浮著一隻小艇；秦夫人把煬帝扶下小艇，兩人蕩著槳，委委曲曲的搖進曲港去。兩岸柳樹林子種得密密層層，那樹頭上的假花，卻開得十分燦爛，映在水面，連水光也十分鮮艷。

煬帝正痴痴的看著，忽見一縷桃花瓣兒浮在水面上，從上流頭斷斷續續的飄下來；煬帝以為也是秦夫人弄的乖巧，便笑著向秦夫人點頭兒。這時有三五點花瓣兒，正傍著小艇浮來；煬帝伸手去撈起花瓣兒在手掌中看時，不由煬帝吃了一驚。原來這花瓣兒鮮艷嬌嫩，真是才從樹上落下的，並不是假的；忙問秦夫人時，秦夫人也弄得莫名其妙，連說：「怪事！」

再看水面上時，那花瓣兒還是不斷的浮著下來；煬帝說：「如今仲冬天氣，何處來這鮮艷的桃花？看來朕今日遇了仙子，這長溪正變做武陵桃源呢！」說著便把這小艇一槳一槳的，沿著長溪，依著花瓣的來路追尋上去。

繞過幾曲水彎，穿出一架小橋，只見上流頭一個美人兒蹲在石埠上；伸著玉也似的手，在水面上，把桃花瓣兒一瓣一瓣的放著。只見她穿著紫絹衫子，白練裙子，低垂粉頸，斜攏雲鬟，卻認不出是什麼人；直待小艇子搖近石埠，那美人抬起頭來，煬帝才認得是妥娘。

那妥娘年紀最小，煬帝愛她有幾分嬌憨性情；她見了煬帝，便拍著手笑說道：「這番劉郎卻被賤婢子誘出桃源來了！」

煬帝見了妥娘，心中轉覺歡喜；便離了小艇，走上岸來，拉住妥娘的手說道：「妳這小妮子，卻在這裏作乖弄巧！」

妥娘說道：「陛下在清修院裏一住六七天，丟得眾夫人冷清清地，好似失了魂魄，大家原想闖進清修院裏找尋陛下，又怕觸犯了陛下的情趣；因此賤婢想出這放桃花瓣兒，勾引陛下出來的法兒。這條溪水正通著清修院，陛下又是一個多情人；妾在上流頭放著桃花瓣兒，從清修院門前流過，陛下見了，怕不是沿溪尋來。如今果然被賤妾把個陛下哄出來了！」

煬帝問：「眾夫人現在何處？」

妥娘用手指點著前面說：「眾夫人正在勝棋樓，守候著陛下呢。」

說著，果然見花團錦簇的十五位夫人，從堤上迎接過來；她們見了煬帝，齊說：「陛下快樂，卻忘了賤妾們冷清清的難守。」說著，粉臉上都有怨恨之色。

煬帝笑著，一一和眾夫人拉著手說道：「朕偶爾避幾天靜，又勞諸位夫人想念；如今朕便伴著眾夫人盡一日之歡。」說著，大家把個煬帝簇擁到勝棋樓去，傳上筵席，歌舞暢飲起來。

飲酒中間，煬帝又問妥娘：「在這寒冷天氣，那鮮艷的桃花片兒，究竟是從什麼地方得來的？」妥娘便奏說：「這是三月間從樹上落下來的，妾閒時拿它收起來，密藏在蠟丸裏；當時原也是無心收著的，不期留到如今仲冬天氣，還是不變顏色的。」

煬帝見她小小年紀，如此乖巧，越覺可愛；當夜又便在妥娘院子裏留幸。從此便留住在西苑裏，終日和一班夫人宮女追逐歡笑，好似狂蜂浪蝶一般，不管黃昏白日，花前月下，遇著巧，便和妃嬪戲耍一回；那班美人見煬帝愛好風流，便想盡許多法子去引誘著。

這煬帝又生成下流性格，專門愛和宮女在花前柳下偷香竊玉；倘然正正派派講究床笫之歡，他又轉覺得索然無味。因此，那妥娘、貴兒、杳娘、俊娥一班有姿色的妃嬪，又故意打扮得如宮女模樣，在花明柳暗的地方，掩掩藏藏；被這風流天子撞見了，便上前拉住，做出許多風流故事來。

後來又因煬帝認識她們的臉面，便個個拿輕綃遮著頭臉；一時，宮裏上上下下的宮娥彩女，上至妃嬪媵嬙，越是在燈昏月上的時候，越個個披著顏色嬌艷的輕紗，在各處迴廊曲院裡裊娜微步。遠遠望去，宛似月裏嫦娥、洛水仙女，隱隱綽綽的煞是動人。煬帝見了，叫他如何忍得住，便不管蠢的、俏的、美的、醜的，但是遇到的便有姻緣；因此整座西苑裏的宮女，都深沾了皇帝的雨露恩情。

這位天子，性格兒又風流，心腸又溫柔，凡是做宮女的，從不曾受過皇帝的責罵；倘然一得了寵幸，做她父兄的，少不得封侯的封侯，拜相的拜相，有這許多便宜之處。做隋煬帝的宮女有這許多好處；那外面百姓人家，凡有女兒略長得平頭整臉些的，都巴不得把他女兒送進宮來。

那管理挑選宮女的宦官，名叫許廷輔；這許廷輔經手挑選宮女的遭數兒也多了，卻是一個貪財的太監。有那貪圖女兒富貴，願送女兒聽選的，他卻百般挑剔，不給她入選；非得那父兄拿上千上萬的銀錢去孝敬他，他才給你掛上一個名兒。

有那種世家大族，捨不得把女兒斷送在宮廷裏的，他卻又百般敲詐，坐名指索；一面在煬帝跟前誑奏，說某家女兒長得如何美貌，那父兄急了，又非得拿出上千上萬的銀錢去買囑他，才給你在冊子上除了名。凡是在冊子上掛了名字的，他如數拉進後宮去鎖閉起來；到這時，那班做宮女的，又非錢不行。

煬帝又生成厭舊喜新的脾氣，一個上好閨女給他玩上幾次，若沒有特別動人之處，或特別歌舞的技能，他便丟在腦後，又玩別個去了；雖說三千粉黛，像這樣走馬看花的玩著，不多幾天，便又厭了。吩咐許廷輔，再向後宮去挑選一班新的來；那許廷輔到了後宮，便作威作福。那宮女有銀錢首飾拿去孝敬他的，便選妳進宮；妳若沒孝敬，他便看著妳關到頭髮雪也似白，也不給妳選進去，任妳有西施、王嬙一般的才貌，他也束置高閣。

因為這太監弄權，便活活逼死了一個絕色佳人。這佳人原是侯氏女兒，自幼長得天姿國色，又是絕頂聰明，在八歲時便懂得吟詩作賦；她雖生長在貧寒門戶，卻也是詩禮世家，當時便有許多名門豪宅前來求婚。

這侯女自己仗著才貌雙全，便等閒不拿那班公子王孫看在眼睛裏，因此一誤再誤；直到許太監來挑選美女，未曾到這地方，便聽得遠近沸沸揚揚的傳說，侯家的女兒長得如何美麗，如何有才情；這許太監便慕名而往，一文孝敬也不要，把這侯女選進後宮去。

在許太監的心意，如此好意相待，妳便當曲意逢迎；凡是選進後宮來的，見了許太監都百般獻媚，十分相親。那班脂粉嬌娃，終日圍定了許太監，口口聲聲喚著爹爹，說說笑笑，歌歌舞舞，替許太監解悶兒；這許廷輔又揀那絕色的，左擁右抱；雖不能真個銷魂，卻也算得偷香竊玉。

那班女兒又逢時逢節做些針線，或是鞋兒帽兒、袋兒帶兒，孝敬給爹爹；也有把自己耳上掛的珠環，臂上套的金釧卸下來，去送給爹爹的。那許廷輔得了女孩兒許多好處，少不得要把她們早早選進宮去，早沾雨露之恩。

獨有這侯家女，卻生成端莊性格，全不露半點輕狂；她見了許太監，也不肯獻媚兒，也沒有孝敬。她住在後宮，靜悄悄的一個人，點一爐好香，詠幾首好詩；一任那班女伴賣盡輕狂，她卻兀自孤高獨賞，有時這許太監有意拿話去兜搭她，她總給你個不理不睬。

自來有色的女子和有才的男子，一樣寧為玉碎，毋為瓦全。在侯女心想，自己長成這閉月羞花的容

貌，任你是風流的天子，好色的皇帝，見了我，管教你死心塌地，寵擅專房；到那時，待我放些手段出來，雖不願做吳宮的西子，也可做一個漢家的飛燕，做一個千古留名的美人。她存了這個心意兒，因此從不肯屈志求人；誰知道這許廷輔也十分刻毒，他見侯女如此孤高，便給妳個老不入選；年年寂寞，歲歲淒涼。

這侯女自從十五歲選入後宮來，一住三載，從未見過天子一面；她終日點香獨坐，終宵只是掩淚孤吟。雖說裝成粉白黛綠，畢竟也無人去賞識她的國色天香；雖說打點得帳暖衾溫，卻依舊是獨宿孤眠。捱了黃昏，又是長夜，才送春花，又聽秋雨；捱盡了淒清，受盡了寂寞。在晴天朗月，還勉強支持得過去，遇到淒風苦雨的時候，真令人腸斷魂銷；在白晝猶可度過，一到五更夢醒的時候，想起自己的身世，真是一淚千行。

侯女在起初時候，還因愛惜自己容顏，調脂弄粉，耐著性兒守著；只指望一朝選進宮去，說不定有一時的遇合。誰知日月如流，一年一年過去，竟是杳無消息，也便不免對花彈淚，對月長嘆；有時雖有幾個同行姊妹前來勸慰著，無奈愁人和愁人，越說越是傷心，因此她暗暗的也玉減香消。

好不容易盼到許太監到後宮來挑選美女，眼見那獻媚納賄的同伴，一個個中了選，得意揚揚的進宮去了；自己依然是落了空，退回後宮去，獨守空院。這一回望不到，再望下一回；每見許廷輔進後宮來一次，她總是提一提精神，刻意的梳粧起來。對著鏡子，自己看看容光煥發，美麗如仙；料想同院子的三千姊妹們，誰能比得上自己？

那許廷輔也明知道全院中，要算這侯家女兒最美麗的了；無奈他兩人只爭了這一點過節兒。在許太監，總要這侯家女在他跟前親熱一番，送幾件飾物，他才平了這口氣；在侯家女，又因為自己長著這副絕世容顏，將來怕不是穩穩一個貴妃，這許廷輔是下賤的太監，我如何能去親近他。

講到飾物，她帶進宮來的原也不少，只願分送給同院的姊妹們；她自以為我長著這副容顏，許太監拿我選進宮去，皇帝看了歡喜，這一賞賜下來，也夠她受用的了。兩下裏左了性子，儘是一年一年的空拋歲月，如花美眷，似水流年；叫青春孤寂的少女，如何不要傷感？

每傷心到極處，便有姊妹們來勸慰她，說：「姊姊何必自苦，儘多的珠玉，拿幾件去孝敬許爹爹；選進宮去，見了萬歲，便不愁一世富貴了。」

侯女聽了，嘆一口氣說道：「妹子聽說漢昭君長著絕世容顏，也因奸臣毛延壽貪贓，她便甘心給畫師在她畫像臉上點一粒痣，不願拿一千兩黃金去孝敬奸賊；她雖一時被害，遠嫁單于，後來琵琶青塚，卻落得個萬世流芳。到如今提起她來，人人憐惜，個個悲傷，畢竟不失為千古美人；妹縱說趕不上昭君那般美貌，若要我拿珠玉去賄賂小人，將來得了富貴，也落了一個話柄，妹抵死也不願做這事的！」

那姊妹說道：「姊姊如此執拗，豈不辜負姊姊絕世容顏？」

侯女拭著淚道：「妹自知一生命薄，便是見了天子，怕也得不到好處；只拼一死，叫千載後知道隋宮中有這樣一個命薄人，大家起一個憐惜之念，我便是做鬼也值得的！」她說著，又止不住嗚嗚咽咽的哭了起來；那姊妹知道勸她不過來，便也任她傷心去。

到最後，侯女打聽得那許太監又選了百十個宮女送進西苑去，自己依然落選；她這一次，實實忍耐不住了，大哭了一場，說道：「妾此身終不能見君王了！若要得君王一顧，除非在妾死後。」

她打定了主意，茶飯也不吃，在鏡臺前打扮得齊齊整整；又把平日自己做的感懷詩，寫在一副玉版箋上，裝入一個小錦囊中，掛在自己左臂上，餘賸的詩稿，拿來一把火燒了。孤孤淒淒的在院子四下裏走了一回，嗚嗚咽咽的倚著欄杆哭了一回；捱到晚上，待陪伴她的宮人去安睡了，她便掩上宮門，悄悄的跪倒在當地，拜罷聖恩，拿出一幅白綾來，就低樑上自己吊死。

待到宮人發覺，慌忙救時，早已玉殞香消；大家痛哭了一場，不敢隱瞞，捱到第二日天明，齊來報與蕭皇后。蕭皇后便差宮人到後宮去查看，宮人在侯女左臂上解下一個錦囊來，呈與蕭皇后；蕭皇后打開一看，見是幾首詩句，便吩咐轉呈與煬帝。

這日，煬帝正在寶林院和沙夫人閒談解悶，煬帝自己誇說：「是一個多情天子，雖有兩京十六院無數粉黛，朕卻一般恩寵，從不曾冷落了一個人；因此朕所到之處，總是歡歡笑笑，從不曾見有一個愁眉淚眼的。」

在宮中正說得暢快，忽見蕭皇后打發宮人送上侯女的錦囊來；煬帝打開看時，見一幅精絕的玉版烏

絲箋，齊齊整整寫著幾首詩句。第一首是「梅花」，詩道：「砌雪無消日，捲簾時自顰；庭竹對我有憐意，先露枝頭一點春。香清寒艷好，誰惜是天真？玉梅謝後和陽至，散與群芳自在春。」

煬帝把這首詩讀了又讀，讚道：「好有身份的詩兒！」

再看第二首，是「妝成」；道：「妝成多自惜，夢好卻成悲，不及楊花意，春來到處飛。」又自感三首道：「庭絕玉輦跡，芳草漸成窠；隱隱聞簫鼓，君恩何處多？欲泣不成淚，悲來強自歌，庭花方漫爛，無計奈春何！春陰正無際，獨步意如何？不及閒花草，翻承雨露多。」

煬帝一邊讀著，連連跌足說道：「如此才華，是朕冷落她了！」

再看後面，是一首「自傷」長詩，道：「初入承明殿，深深報未央；長門七八載，無復見君王。春寒入骨情，獨臥愁空房；竭屨步庭下，幽懷空感傷！平日新愛惜，自恃料非常；色美反成棄，命薄何可量？君恩實疏遠，妾意徒彷徨；家豈無骨肉，偏親老北堂。此身無羽翼，何計出高牆？性命誠所重，棄割良可傷！懸帛朱樑上，肝腸如沸湯；引領又自惜，有若絲牽腸！毅然就死地，從此歸冥鄉！」

煬帝讀到末後幾句，也忍不住流下淚來，說道：「這樣一個美人兒，怎麼不使朕見一面兒，便白白的死了？真令朕追悔莫及！」說著，瞥眼見紙尾上又有一首詩兒，題目寫著「遺意」二字，詩道：「秘洞扃仙草，幽窗鎖玉人；毛君真可戮，不肯寫昭君！」

煬帝不覺拍案大怒，道：「誰是毛延壽？卻枉殺了朕的昭君！」

沙夫人忙勸說道：「陛下息怒，想這侯家女兒原是平常姿色，所以許廷輔不曾選進宮來；這痴女子卻妄想陛下雨露之恩，所以弄出這人命來。」

煬帝聽說提起許廷輔，便恍然大悟，說道：「一定是這廝從中作弊，逼死了朕的美人！」當下便一疊連聲傳喚許太監。

第十回　情牽天涯

煬帝讀侯女的詩，讀到「毛君真可戮，不肯寫昭君」兩句；便知道許太監從中作弊，埋沒美人，不覺大怒，一疊連聲的傳喚許廷輔前來查問。

這許廷輔原是煬帝重用的太監，歷來挑選美女，都是他一人經手，在宮中的威權很大，便是這十六院夫人也是他手裏選進來的；大家想起日前的寵幸，全是當日許太監挑選之德，豈有不幫助他之理？當時沙夫人便勸諫著煬帝，說道：「也許那侯家女兒，本沒有什麼姿色；是她心存非分之想，枉自送了一條性命，這也不能專怪許太監的。」

一句話卻提醒了煬帝，便立刻起駕親臨後宮；去察看侯女的屍身究竟是否美貌，再定許太監的罪。這個消息傳在許廷輔耳朵裏，嚇得他心驚肉跳，便和手下的小太監商量；眾小太監便出了一個主意，說：「不如趁現在皇上不曾見過屍身以前，悄悄的去把那侯女的臉面毀壞了，皇上看不出美醜來，便也沒事了。」

許太監連說：「妙計！」便立刻打發一個小太監去毀壞侯女的屍身。誰知煬帝去得很快，待小太監到得後宮一看，那一簇宮女已經圍定了煬帝；煬帝在便殿上坐著，吩咐太監們，把侯女的屍身上下解盡衣服，用香湯沐浴，宮女又替屍身梳一個垂雲髻兒，抬上殿來。

煬帝見一身玉雪也似的肌膚，先已傷了心；待到跟前看時，見她櫻唇凝笑，柳眉侵鬢，竟是一個絕色的佳人。渾身瑩潔滑膩，胸前一對乳峰肥滿高聳，真似新剝的雞頭肉；處女身體，叫人一見魂銷。再看那粉頸上一抹傷痕，煬帝情不自禁的站起身來，走近屍身去，伸手撫摸那傷痕；才說得一句：「是朕辜負美人了！」便忍不住放聲大哭起來，一霎時，全殿的宮女侍衛都跟著大哭。

煬帝一面哭著，一面對屍身訴說道：「朕一生愛才慕色，獨辜負妳這美人，美人長成這般才色，咫尺之間，卻不能與朕相遇。算來也不是朕負的美人，原是美人生成薄命；美人原不薄命，卻又是朕生來緣慳。美人在九泉之下，千萬不要怨朕無情；朕和美人生前雖不能同衾共枕，如今美人既為朕自盡，朕便封妳做一位夫人，也如了美人生前的心願，安了美人死後的幽魂。」

煬帝一邊撫摩著屍身，一邊訴說著；哭一陣，說一陣，哭個不了，說個不了。左右侍從看了，人人心酸，個個垂淚；看看煬帝傷心沒了，無法勸住，只得悄悄的去把蕭皇后請來。蕭皇后把煬帝扶進後殿去，拿好言勸慰；又說：「死者不能復生，願陛下保重龍體；倘然陛下哭出病來，便是死去的美人，心中也會不安的。」

煬帝慢慢的止了傷心，便傳旨出去，用夫人的禮節收殮侯女，從此宮中稱侯女便稱侯夫人；又吩咐把侯夫人的詩句譜入樂器，叫宮女歌唱著。又因侯夫人的性命，全是許廷輔埋沒美貌，害她抱怨自盡；便傳旨把許廷輔打入刑部大牢，著刑部堂官嚴刑拷問。

那許廷輔被官員一次一次的用刑，他實在熬刑不過，只得把自己如何勒索宮女的財物，才把她選進宮去；又因侯夫人不肯親近，又不肯送禮物，因此不與她入選，不想侯夫人便因此怨憤自盡的話，一情一節相招認了。那問官得了口供，不敢怠慢，便一一照實奏聞。

煬帝聽了，十分動怒，說道：「這廝辜負朕恩，在背地裏如此大膽；不處死他，卻如何對得起那屈死的美人？」便傳旨把許廷輔綁到東市去腰斬。

那十六院夫人和眾宮娥，都是許廷輔選進宮來的；今日親承恩來，未免念他舊功。如今聽說要把許廷輔腰斬，便一齊替他竭力勸解，說：「許廷輔罪原該死，但他也是陛下多年寵用之臣，還求陛下格外開恩，賜他一個全屍吧。」煬帝依了眾夫人的勸，便批旨賜許廷輔獄中自盡；那權威赫赫的許太監，空有千萬家財，到此時得了聖旨，也不得在三尺白綾上了卻殘生！

煬帝葬了侯夫人，殺了許太監以後，心中兀自想念那侯夫人，終日長吁短嘆，鬱鬱不樂；蕭皇后百般勸慰，又終日陪著皇上飲酒遊玩，那妥娘、杳娘、貴兒、俊娥，和那影紋院的劉夫人、文安院的狄夫人、迎暉院的王夫人、寶林院的沙夫人，這班都是煬帝寵愛的妃嬪，終日在皇帝跟前輪流著歌的歌，舞的舞，替皇上解悶。

一日，蕭皇后和眾夫人伴著煬帝遊到綺陰院中，那院主夏夫人迎接進去，一樣的也是飲酒作樂；酒吃到半醉，煬帝忽想起侯夫人的詩句來，便吩咐要宮女歌唱起來。蕭皇后說：「若講到歌喉，要算袁寶兒唱得最好。」煬帝便傳旨喚袁寶兒。誰知眾人尋袁寶兒時，卻不知去向；後來才見她帶領著一班宮女，嘻嘻笑笑的從後院走來。

煬帝問：「妳這個小妮子，躲在何處？」

寶兒和幾個宮女一齊跪下，說道：「賤婢等到仁智院看舞劍玩耍，不知萬歲爺和娘娘駕到，罪該萬死！」

煬帝聽說看舞劍，便覺詫異；忙問：「誰舞劍來？」

寶兒奏稱：「是薛冶兒。」

煬帝又問：「誰是薛冶兒？朕從不曾聽說有會舞劍的宮人，快傳來舞與朕看。」那太監得了聖旨，便飛也似的去把薛冶兒傳來。

那薛冶兒見了皇帝，慌忙跪倒；煬帝看時，見她臉若朝霞，神若秋水，玉肩斜削，柳眉擁秀，果然又是一個絕色的美人。煬帝心中便有幾分歡喜，伸手親自去把冶兒扶起來，說道：「妳這小妮子，既能舞劍，為什麼不舞與朕看，卻在背地裏賣弄？」

那薛冶兒嬌聲說道：「舞劍算不得什麼本領，豈敢在萬歲與娘娘面前獻醜？」

煬帝笑說道：「美人舞劍，原是千古韻事；妳且舞一回與朕看。」一面吩咐賜一杯酒，給冶兒壯膽。

薛冶兒聽了，不敢推辭，跪著飲了酒，提起兩口寶劍，走到院心裏；也不攬衣，也不挽袖，便輕輕的舞將起來。初起時一往一來，宛似蜻蜓點水，燕子穿花；把那美人姿態，完全顯露出來。後來漸漸舞得緊了，便看不見來蹤去跡，只見兩口寶劍寒森森的宛似兩條白龍，上下盤旋；到那時，劍也不見，人也不見，只覺冷風颼颼，寒光閃閃，一團雪在庭心裏滾滾。

煬帝和全殿的后妃宮女都看怔了，煬帝口中不絕的稱妙；看冶兒徐徐的把劍收住，好似雪堆消盡，忽現出一個美人身體來。薛冶兒舞罷，氣也不喘，臉也不紅，鬢絲也一根不亂；走到煬帝跟前跪下，口稱：「賤婢獻醜了！」

煬帝看她溫香軟玉般柔媚可憐，便好似連劍也拿不動的模樣，心中便十分歡喜起來；忙伸手去一把攬在跟前，回過頭去，對蕭皇后說道：「冶兒美人姿容，英雄技藝；非有仙骨，不能至此。若非朕今日親自識拔，險些又錯過了一個美人。」

蕭皇后也湊趣道：「對此美人，不可不飲酒。」忙吩咐左右獻上酒來。

煬帝坐對美人，心花都放，便左一盅右一盅，只管痛飲，不覺酩酊大醉；蕭皇后見煬帝有醉幸冶兒之意，便帶了眾夫人悄悄的避去。煬帝這一夜，便真的在綺陰院中幸了薛冶兒；一連幾宵，總是薛冶兒在跟前伺候。

後來煬帝忽然想起：這後宮數千宮女，不知埋沒了多少美人才女；若不是朕親自去檢點一番，怕又要鬧出和侯夫人自盡的一樣可憐事情來。他便去和蕭皇后商量，意思是要和蕭皇后親自到後宮去挑選美人才女。

蕭皇后說：「後宮數千宮女，陛下卻從何人選起？」

煬帝說：「朕自有道理。」

第二天，便傳旨到後宮去，不論夫人、貴人、才人、美人，以及宮娥彩女；或是有色，或是有才，或是能歌，或是善舞，凡有一才一技之長的，都許報名自獻，聽朕當面點選。這個旨意一出，誰不是想攀高的？到了那一日，有能詩的，有能畫的，有能吹彈歌唱的，有能投壺蹴鞠的，紛紛趕到殿前獻藝；煬帝欣欣得意的在顯仁宮大殿上備下酒席，帶同蕭皇后和十六院的夫人，一齊上殿面試。

蕭皇后和煬帝並坐在上面，眾夫人羅列在兩旁，下面排列幾張書案，把紙墨筆硯、笙簫絃管排列在上面；煬帝揀那能做詩的，便出題目，叫她吟詠；能畫的，便說景致，叫她摹畫；能吹的叫她吹，能唱的叫她唱。

一霎時筆墨縱橫，璣珠錯落，宮商迭奏，鸞鳳齊鳴；便是那不能字畫，只有姿色的，也一一叫她在煬帝跟前走過。那能舞的，更是不斷的在煬帝跟前翩囓盤旋；真是粉白黛綠，滿殿盡是美人，看得人眼花，聽得人心蕩。

煬帝看一個愛一個，後來狠心割愛，選而又選，只選了二百多個美人；或封美人，或賜才人，各賜喜酒三杯，一齊送入西苑去備用。選到臨了，單單剩下一個美人；那美人也不吟詠，也不作畫，也不歌，也不舞，只是站在煬帝跟前默默不語。

煬帝看時，只見她品貌風流，神韻清秀，不施脂粉，別有姿儀；煬帝便問她：「喚什麼名字？別人都有供獻，何以獨妳不言不語？」

那美人不慌不忙說道：「妾姓袁，小字紫煙。自幼選入掖庭，從不曾瞻仰天顏；今蒙聖恩多情採選，特敢冒死進見。」

煬帝道：「妳既來見朕，定有一技之長，何不當筵獻與娘娘賞鑒？」

袁紫煙卻回奏道：「妾雖有微能，卻非嬌歌艷舞，只圖娛君王的耳目，博一己之恩寵。」

煬帝聽她說出大道理來，倒不覺悚然起敬；蕭皇后便追問道：「妳既不是歌舞，卻有何能？」

袁紫煙道：「妾自幼好覽天象，觀氣望星；識五行之消長，察國家之運數。」

煬帝聽了便覺十分詫異，說道：「這是聖賢的學問，朕尚且不知，妳這個紅顏綠鬢的女子，如何能懂得這玄機？如今朕便封妳一個貴人，在宮中造一高臺，專管內天臺的職務；朕也得伴著貴人，時時領略天文，卻是從來宮廷中所沒有的風趣。」

袁紫煙聽了，慌忙謝恩，煬帝即賜她列坐在眾夫人下首；眾夫人賀道：「今日陛下挑選美女，不獨得了許多佳麗，又得了袁貴人為內助，皆陛下之洪福也！」煬帝大喜，與眾夫人直飲到更深，便幸了袁貴人。

次日，煬帝便傳旨有司，在顯仁宮東南面起一座高臺，寬闊高低，俱依外司天臺的格式；不到十天工夫，那高臺早已造成。煬帝便命治酒，到黃昏時候，和袁貴人同上臺去；袁紫煙一面伴著煬帝飲酒，一面指點天上的星宿，何處是三垣，何處是二十八宿。

煬帝問道：「何謂三垣？」

袁貴人回奏說：「便是紫薇、太薇、天市三垣。紫薇垣，是天子之宮；太薇垣，是天子出政令諸侯的地方；天市垣，是天子主權衡積聚之都。三星明清氣朗，國家便可享和平的福氣；倘晦暗不明，國家便有變亂。」

煬帝又問：「什麼是二十八宿？」

紫煙奏對道：「角，亢，氐，房，心，尾，箕，七宿是在東方的；斗，牛，女，虛，危，室，壁，七宿是在北方的；奎，婁，胃，昴，畢，紫，參，七宿是在西方的；井，鬼，柳，星，張，翼，軫，七宿是在南方的。二十八宿環繞天中，分管天下地方；如五星干犯何宿，便知什麼地方有災難，或是兵變，或是水災，或是火災，或是蟲災，或是地震，或是海嘯山崩，都拿青黃赤白黑五色來分辨它。」

煬帝又問：「天上可有帝星？」

袁貴人說：「怎的沒有？」便伸手向北一指，說道：「那紫薇垣中一連五星，前一星主月，是太子之象；第二星主日，有赤色獨大的，便是帝星。」

煬帝跟著袁貴人的手指望去，見上面果然有一粒大星；只是光燄忽明忽暗，搖晃不定，忙問：「帝星為何這般動搖？」

袁貴人笑說道：「帝星動搖，主天子好遊。」

煬帝笑道：「朕好遊樂，原是小事，卻如何上干天象？」

袁貴人便正色奏道：「天子是一國之主，一舉一動都應天象；所以聖王明主便刻刻小心，不敢放肆，原是怕這天象。」

煬帝聽了這話，也不答言，只是怔怔的抬頭望著天上；半晌，問道：「紫薇垣中為何這等晦暗不明？」

袁貴人見問，便低下頭去，說道：「這是外天臺臣工的聽分，妾不敢言。」

煬帝說道：「上天既有現象，貴人便說說也有何妨？」

再三催迫著，袁貴人只說得兩句道：「紫薇晦暗，只怕陛下享國不久！」煬帝聽了，也默默不語。

袁貴人怕煬帝心中不樂，忙勸著酒；一邊說道：「上天雖然垂象，陛下但能修德行仁，也未始不可

挽救。」

他兩人在臺上正靜悄悄的，忽見西北天上一道赤氣，直沖霄漢；那赤氣中，隱隱現出龍紋。袁貴人吃了一驚，忙說道：「這是天子之氣，怎麼卻在這地方出現啊！」

煬帝也回頭看時，果然見紅光一縷，結成龍紋，照耀天空，游漾不定；煬帝便問：「何以知道便是天子之氣？」

袁紫煙道：「這是天文書上載明的，五彩成文，狀如龍鳳，便是天子之氣；氣起之處，便有真人出現。此氣起於參井兩星之間，只怕這真人便出在太原一帶地方。」

誰知這夜，煬帝和袁紫煙正在內司天臺上看西北方的赤氣，第二天便有外司天臺的臣工奏稱：「西北方有王氣出現，請皇上派大臣前去查察鎮壓。」接著又有邊關上幾道告急表章。

第一道表章，稱弘化郡以至邊關一帶地方，連年荒旱，盜賊蜂起，郡縣無力抵禦，乞皇上早遣良將去勦捕的話；第二道表章卻是兵吏二部共舉良將，稱關右十三郡盜賊峰起，郡縣告請良將，臣等公推現任衛尉少卿李淵，才略兼全，可補弘化郡留守，責成勦捕盜賊這一番話。

煬帝看了，便在第二道表章上批下旨語，道：「李淵既有才略，即著補授弘化郡留守，總督關右十三郡兵馬，勦除盜賊，安撫民生」等話；發了出去，只覺心中不快，便信步在內苑中閒走。才走到一叢沿水的楊柳樹下面，一陣風來，度著嬌滴滴的歌聲；煬帝聽了，心中便快活起來，急急尋著歌聲走去。

只見一個美人臨流坐在白石欄杆上，扭轉柳腰，低垂粉頸，趁著嬌喉，唱：「楊柳青青可憐，一絲一絲拖寒煙；何須桃李描春色，畫出東風二月天？楊柳青青欲迷，幾枝長鎖幾枝低；不知縈織春多少？惹得宮鶯不住啼。楊柳青青幾萬枝，枝枝都解寄相思；宮中那有相思寄？閒掛春風暗皺眉！楊柳青青不綰春，春柔好似小腰身；漫言宮裏無愁恨，想到秋風愁煞人！楊柳青青壓禁門，翻風掛日欲銷魂；莫誇自得春情態，半是皇家雨露恩。」

那美人正要接下去唱時，煬帝已悄悄的走到她身後，伸手撫著她的脖子，笑說道：「美人為何如此關情楊柳？江南楊柳正多著，朕帶妳到江南遊玩去。」幾句話，把那美人吃了一驚；回過臉來，見是萬歲，忙跪下地去接駕。

煬帝識得她是袁寶兒；這袁寶兒進宮來不久，原是長安令進獻的，生得伶俐乖巧，又是天生成一副嬌喉，能唱各種歌曲，煬帝十分寵愛她。當下為了到江南去的一句話，又連帶想起到西北方巡遊，去鎮壓皇氣，因此調動百萬人伕，掘通御河，蓋造江都行宮；這一場大工程，又不知道斷送了百姓多少性命，糟蹋了天下幾多錢財！

這一番情形，都是申厚卿家裏一個老宮人傳說出來；厚卿的姑丈姨丈，有很多在宮廷裏做官的，也常常把煬帝在宮中的一舉一動傳說出來，聽在厚卿耳中。如今他在舅父朱承禮家中作客，只因他和表妹嬌娜小姐結下了私情，他舅父的姨娘很多，卻個個愛和厚卿兜搭說話；厚卿因和嬌娜小姐恩情很厚，怕得罪了她們，於嬌娜小姐有什麼不方便的地方，因此常常在花前燈下，搬幾樁宮廷中的故事來講講。

上面說的隋煬帝第一次看瓊花，秦夫人假裝花朵，妥娘花瓣引帝，侯夫人含冤自盡，以及治兒舞劍，煬帝選美，袁貴人識天文的種種宮闈艷聞，全是厚卿傳說出來的。

那班姨娘聽厚卿說故事，越聽越有趣；卻天天成了功課，一有空兒，便拉著厚卿講煬帝的故事。厚卿終日埋身在脂粉堆裏，原是十分有艷福的；只是厚卿一心在嬌娜小姐身上，卻也淡淡的。只有那大姨娘飛紅，她自從厚卿初來，便有了意思；從此一天親近似一天，言裏語裏，總帶幾分情意。聽厚卿講故事的時候，也只有她挨近身去坐著；平日厚卿的飲食冷暖，也惟有大姨兒最是關心。

厚卿明知道她一番情意，但一來因自己一顆心被嬌娜小姐絆住了，二來又因舅父面上，卻不敢放肆；因此一個卻成了有意的落花，一個卻做了無情的流水。但飛紅只因要買服厚卿的心，每夜更深人靜，厚卿悄悄的走上樓來，在她臥房門外走過，到嬌娜小姐房中去，她原是每夜聽得的；只望日久了，厚卿也分些情愛在她身上，因此她非但不肯去破他們的好事，還暗暗的在背地裏照應他。

每到夜裏，便悄悄的把自己身旁的丫頭僕婦打發下樓去；房門路口有什麼礙腳的物件，便暗暗的替他搬開了，怕厚卿在暗中摸索著，被器物絆翻了身體，跌壞了她的心肝。這一番深情密意，叫厚卿如何知道？一任她如一盆火似的向著，他總是冷冷的看待她。

看看從秋到冬，從冬到春，厚卿和嬌娜小姐二人真是如膠似漆，難捨難分。在嬌娜小姐的意思，自己這個身體終是厚卿的了，這樣偷偷摸摸的，總非久長之計；便暗暗的催著厚卿，兩人暫時分別著，快回家去挽人出來，向自己父親求親，父親是十分看重外甥兒的，他看在姊弟份上，總沒有不答應的。

厚卿知道嬌娜小姐是好話，無奈捨不得嬌娜小姐天仙般的一個美人兒，因此一天一天的延挨著。看看考期已近，他舅父便叮囑他溫理文章，準備進京去奪取功名；在厚卿心裏，卻因煬帝無道，滿朝全是奸臣，將來便是得了功名，也和這班小人合不上的，意思便不願去考取功名。

無奈何，嬌娜小姐再三勸他，得了一官半職，也使閨中人吐氣；厚卿沒奈何，日間在書房中埋頭用功，一到黃昏人靜，便向嬌娜房中一鑽。他兩人眼見分離在即，便有說不盡的恩言愛語；厚卿口口聲聲答應俟考期一過，便回家去求著父母，挽媒人前來求親。誰知他們閨房中的恩情說話，卻句句聽在飛紅耳中；她見這表兄妹二人如此深情密意，越發勾動得她春心跳蕩。

隔了幾天，看看全府上下都睡靜了，厚卿便按著時候，悄悄的會他心上人去；走上樓梯，正在暗中摸索著，忽覺劈空裏伸過一隻手來，拉住厚卿的臂兒。厚卿握她手時，纖細滑膩，接著那人貼過臉兒來，只覺得香軟溫暖；悄悄的湊在厚卿耳邊說道：「我的好寶貝哥兒！你莫害怕，是你大姨娘和你說話呢。我有多少心腹話兒對哥兒說，趁這夜深時候，人不知鬼不覺的，快跟我到房裏去，我們好說話兒。」

厚卿是偷情來的，原不敢聲張，被她死拉住了臂兒，便掙扎也不敢掙扎，只是乖乖的跟著她走進臥房去；那飛紅見厚卿進了房，便輕輕的把房門下了閂，轉過身來，花眉笑眼的，把厚卿拉在床沿上坐下，又剔明了燈。

厚卿看飛紅的粉腮兒上兩朵紅雲，紅得十分鮮艷，那水盈盈的兩道眼光，不停的向自己臉上斜溜過來；放下帳門，拿厚卿如抱小孩兒一般的抱在懷裏。厚卿雖新近學得竊玉偷香，卻從不曾見過這陣仗兒，早嚇得他胸頭小鹿兒不住地亂撞；嘴裏只是低低的央告道：「好大姨娘！咱們規規矩矩的說著話兒，莫這樣動手動腳的！」

嬌娜小姐在隔房，聽得飛紅如此揉搓她的心上人兒，她又是氣憤，又是心痛，又是害怕，只是暗暗的哭泣；想起自己的終身大事，怕要壞在大姨娘身上，想到傷心之處，便不由得嗚嗚咽咽的痛哭起來。這一哭，直哭到四更向盡；是厚卿在隔房聽得了，再三央求著飛紅，放他到嬌娜房中去。

這一夜，厚卿幸而不曾糟蹋了身子，在飛紅見厚卿這一副可憐的神情，便也不忍得逼迫他；只是要厚卿答應她，從此分些情意給她，她便肯在暗中竭力幫助，勸她老爺答應他表兄妹兩人的婚姻。她只指望厚卿和嬌娜成了眷屬，兩家可以時常來往，她和厚卿也得時常見面；能得厚卿一朝分些情愛與她，便也是終身的幸事了。這一點可憐的痴情，在厚卿當時正要得她的幫助，便也權宜答應了她。

第十一回　帝后荒淫

那朱太守姬妾滿前，廣田自荒；飛紅又是一個伶俐婦人，見了這玉也似一般的書生，豈有不動心之理？因此萬種深情，一齊寄在厚卿身上。她也明知自己是姬妾下陳，厚卿是一個公子哥兒，萬不敢存獨佔的想望；只盼得厚卿肯略略分些恩情與她，已是終身之幸了。

自從那夜一番情話以後，在飛紅認做是厚卿的真情，便從此赤膽忠心的幫助厚卿起來；在背地裏，又百般安慰著嬌娜小姐。嬌娜小姐原也感激飛紅的一片好意，但愛情這件東西，是得步進步的，只怕日久生變；便悄悄的叮囑厚卿，早早動身趕考去，待到將來婚姻成就，那時正名正氣，也不怕飛紅變卦了。

厚卿聽了嬌娜小姐一番話，只得向他舅父告辭，說要早日動身趕考去；如今路上各處建造行館，開掘御河，怕沿路都有阻梗，不如早日啟行的為是。朱太守聽他外甥哥兒的話說得也是，那榮氏便忙著替厚卿料理行裝，又製了許多路菜；諸事齊備，便在內室設下餞行的筵宴，依舊是朱太守和榮氏，帶著安邦公子、嬌娜小姐，以及飛紅、醉綠、眠雲、漱霞、楚岫、巫雲六位姬人，團團坐了一大圓桌。

離筵原不比會筵，分別在即，彼此心中不免有些難捨難分；又加上嬌娜小姐和厚卿有了私情，在眾人眼前要避去嫌疑，愈是不肯多說話，再者，她心中有別恨離愁，柔腸九曲，也找不出話來說了。那大姨娘飛紅，原是一隻鑾嘴老鴉，平日只有她一個人的說話；如今在這離筵上，她心中的委屈，便好似啞子吃黃連，說不出的苦。

她看看厚卿玉貌翩翩，這幾天才得和他親近，還不曾上得手，便一聲說要離去了；好似拾得了一件寶貝，便又失去了，叫她如何不心痛？因此她當時也默默的。那五位姨娘見大姨娘默默的，大家也便默默的；在席上，只有榮氏叮囑厚卿路上冷暖小心，朱太守吩咐厚卿努力功名的話，潦草飲了幾杯，也便散去了。

到了當晚，更深人靜的時候，嬌娜小姐房中卻又開起離筵來；這筵席上的酒菜，都是飛紅瞞著眾人一手料理的。嬌娜小姐在日間筵席上不敢說的話，到了這時候，他二人促膝相對，那深情蜜意、傷離惜別的話，便絮絮滔滔的說個不完。飛紅陪在一旁，一會兒替厚卿斟著酒，一會兒替厚卿拭著淚；看嬌娜小姐和厚卿兩人唧唧噥噥的，說一會，哭一會，飛紅自己也有一半的心事，在一旁也陪著淌眼抹淚的。

這一場泣別，直哭到五更向盡；還是飛紅再三勸解，又因厚卿明天一早要啟程的，才慢慢的止住了哭。嬌娜小姐拿出一個白玉連環來，贈給厚卿，說道：「伴著哥哥的長途寂寞，玉體雙連，宛似我二人終身相守；天可見憐，婚姻有圓滿之日，洞房之夜，便當以此物為證。」

厚卿接了這玉連環，便隨手在汗巾子上解下一個翡翠的雙獅掛件來，揣在嬌娜小姐的手掌裏；順手在她玉腕上握了一握，說道：「妹妹閨中珍重，他日相見，願長保玉臂豐潤。」說著，匆匆的退出房去。

他兩人一步一回頭的，嬌娜小姐直送到扶梯口，實在忍不住了；便伏在扶手欄杆上，嗚嗚咽咽的痛哭起來。這裏飛紅把厚卿送下樓去，悄悄的拿出一面和合小銅鏡來，揣在厚卿懷裏；也說了一句：「哥兒珍重，長保容顏。」便送他進書房去了。

厚卿這一宵昏昏沉沉的，到得自己房裏，只伏在枕上流淚；一會兒天色大明，榮氏進房來料理起身。從此侯門一別，蕭郎陌路，這且不去說他。

我如今再說隋煬皇帝因要重幸江都，帶著眾妃嬪海行不便；便想出一個開掘御河，放孟津的水，直通揚州的法子來。一路上開山破城，不知道費了多少人力；好不容易，掘通了一條淮河，便把孟津閘口放開。

那孟津的水勢，比御河原高有幾丈；待到閘口一放，那股水便翻波作浪、滔滔滾滾的往御河奔來。從河陰經過大梁、汴梁、陳留、睢陽、寧陵、彭城一帶，一直向東通入淮水；果然清波蕩漾，長堤宛轉，好闊大的河面。

這一場工役拘捉的丁伕，原是三百六十萬人，到河道開成，只剩得一百一十萬人；那管工的節級隊長，原是五萬人，到後來只剩得二萬七千人。此外沿途受害的人民，也有十多萬人；總算起來，造成這條御河，共送去三百萬條性命。

煬帝見御河已通，十分歡喜，便吩咐工部打造頭號龍舟十隻，是供皇帝皇后坐的；二號龍舟五百隻，是與十六院夫人和眾妃嬪美人坐的；其餘雜船一萬隻，一併限三個月完工。那工部接了諭旨，不敢怠慢，忙發文書給各郡州縣分派趕造；大縣造三百隻，中縣造二百隻，小縣造一百隻。

那州縣官員又照上中下三戶分派與百姓；有大戶獨家造一隻的，也有中戶三五家合造一隻的，也有下戶幾千家合造一隻的。那龍舟要造得十分富麗，每一條船動輒要上萬的銀兩，方能造成；可憐便是上戶人家，也弄得精疲力盡，中下戶人家，益發不用說起。那沿江沿淮一帶地方，家家戶戶，無一人不受他的禍，亡家破產，賣兒賣女；弄得百姓十室九空，才把所有龍舟造齊，一字兒排在御河的白石埠頭上。

煬帝吩咐龍舟上排宴，親自帶領文武百官來到御河上，一看，只見碧波新漲、一色澄清，水勢瀠漾，一望如鏡；再看那頭號龍舟，有二十丈長，四丈多寬，正中矗起了三間大殿，殿上起樓，樓外造閣。殿後依舊造一帶後宮，四周圍繞著畫欄曲檻、玲瓏窗戶；壁間全用金玉裝成，或五色圖畫，錦幃高張，珠簾掩映，滿船金碧輝煌，精光燦爛。

煬帝在船上四處巡遊一回，心中頓覺得意，便在大殿上和群臣飲酒；飲酒中間，煬帝忽然說道：「龍舟果然造得富麗堂皇，只是太長太寬了些，似宮殿一般的，一隻船篙也撐不動，櫓也搖不動；行走時遲緩萬分，不但朕在船中十分昏悶，似此慢慢行去，不知何日得到江都？」

說話之間，那黃門侍郎王宏便奏對道：「這不消陛下勞心，臣奉旨督造船隻的時候，已將緞疋製成錦帆；趁著東風揚帆而下，何愁遲緩？」

煬帝聽了，沉吟了一回，說道：「錦帆原是巧妙，但也須有風才好；遇到無風的天氣，豈不又寸步難行了嗎？」

王宏接著又奏道：「臣也曾把五色彩絨打成錦纜，一端縛在殿柱上，一端卻令人伕牽挽而行，好似宮殿長出腳來；便是無風之日，也能極平穩的行著。」

煬帝聽了，這才大喜道：「卿真是有用之才！」便賜酒三杯。

說話之間，只見那蕭懷靜接著又奏說道：「錦纜雖好，但恐那人伕粗蠢，陛下看了不甚美觀；何不差人到吳越一帶地方，選取十五六歲的女子，打扮成宮裝模樣，無風時，上岸牽纜而行，有風時，持槳繞船而坐？陛下憑欄閒眺，才有興趣。」

煬帝聽了，不禁連連稱妙；便問王宏道：「船上共須有多少女子，方可足用？」

王宏略略計算了一會，便奏道：「每一隻船有十條錦纜，每一支纜須用十個女子牽挽，十支纜共用

一百名女子；十隻大龍船，共計要選一千名女子方才敷用。」

煬帝笑道：「偌大一隻龍船，諒這一百名嬌小女孩兒，如何牽挽得動？朕意須添一千名內侍幫助著，才不費力。」

蕭懷靜接著奏道：「內侍幫助，臣以為不可。陛下用女子牽纜，原圖個美觀；倘用男子夾雜其間，便不美觀了。倘陛下顧憐那班女孩兒，臣卻有一計；古人儘多用羊駕車的，不如添入一千頭玉色山羊。每一女子手中拿一條綵纜，鞭趕著山羊，人和山羊一齊牽著錦纜；那山羊又有力，配著嬌艷的女子，好似神女牧羊，又是十分美觀。聖意以為如何？」

煬帝聽了十分歡喜，連說：「卿言深得朕心！」這一席酒，君臣們商商量量，吃得十分有興。當時散席回宮，立列傳下聖旨，一面差得力的太監，到吳越一帶地方，去選一千名美女；一面著地方官挑選白嫩的山羊一千頭。那牽纜的美女，稱做殿腳女；只因龍船得了牽纜的女子，便能行走，好似宮殿長了腳的一般。

那煬帝自從那日觀察龍船回宮來，心中十分滿意，告與蕭皇后和眾夫人知道；那眾夫人們聽說龍舟有如此好處，便撒痴撒嬌的奏明皇帝，也要跟皇上去看龍舟。煬帝拗她們不過，到第二天，便又帶了后妃，排駕到御河埠頭去看賞龍舟。

眾夫人見了龍舟，便嬉嬉笑笑的十分歡喜，大家在船艙裏隨喜了一會；你說我愛這個艙房明靜，她說我愛那個艙房寬敞。煬帝便替十六院夫人和一眾寵愛的妃嬪，預定了艙位；又在大殿上設下簇席，眾后妃開懷暢飲起來。

眾夫人到了這新造的龍舟裏，便格外有了精神，大家歌的歌，舞的舞，勸酒的勸酒；煬帝是一位快樂皇帝，見了這情形，便十分快樂。看一回舞，聽一回歌，飲一回酒，不覺吃得酩酊大醉；眾夫人見皇上醉了，忙忙扶上玉輦回宮去。煬帝雖覺酣醉，只因心中暢快，還支持得住；和眾夫人同坐在玉輦上，只是調笑戲耍。

車駕方到半路，只見黃門攔街奏道：「有洛陽縣令貢獻異花。」煬帝原是愛玩花草的，奏說有異花，忙傳旨取花來看；眾宮嬪將花捧到輦前，煬帝睜著醉眼觀看。

只見那花莖有三尺來高，種在一個白玉盆裏，花瓣兒長得鮮美可愛，一圈深紫色鑲著邊，花心兒卻潔白如玉；拿手指撫摩著，十分滑膩，好似美人的肌膚一般。最奇的每一個蒂兒上，卻開著兩朵花；芬芳馥郁，一陣陣送在煬帝鼻管裏，心脾清爽，連酒醉也醒了，便覺精神百倍。

煬帝捧著花兒，只顧嗅弄，心中十分愛悅；便問：「這花有何妙處？」即有黃門官奏稱：「此花妙處，據洛陽令奏說，香氣耐久，沾染衣襟，能經久不散；那香味既能醒酒，又能醒睡。」

煬帝又問：「此花是何名兒？」

黃門官又奏說：「此花乃從嵩山塢中採來，因與凡花不同，方敢進獻；實在連那洛陽令也不知道它的名兒。」

煬帝聽了，略略沉思一會，說道：「此花迎著朕輦而來，又都是並蒂，朕便賜它一個名兒，稱做『合蒂迎輦花』吧。」說著，便催動車馬進了西苑。

眾夫人見小黃門懷中捧著那合蒂迎輦花，大家便上前來爭奪；這位夫人說：「此花待賤妾養去，包管茂盛。」那位夫人說：「此花待賤妾去澆灌，方得新鮮。」眾夫人正紛紛擾擾的時候，煬帝笑說道：「此花眾夫人都不可管，惟交給袁寶兒管去，方得相宜。」

眾夫人聽了都不服氣，說道：「這陛下也忒偏心了！何以見得我們都不及袁寶兒呢？」

煬帝笑說道：「眾夫人不要說這小器量的話，須知道這袁寶兒，原是長安令進貢來御車的；這花朕又取名叫『迎輦花』，御車女管迎輦花，豈不是名正言順？」說著，便傳袁寶兒來，親自將這花交給她，又叮囑好好看管。

那袁寶兒自從那日煬帝偷聽了她的歌兒，從此恩寵日隆；如今又做了司花女，便每日摘一枝在手中，到處跟著煬帝。煬帝因花能醒酒醒睡，便時時離花不得，也便時時離袁寶兒不得；因此袁寶兒受的恩寵越發厚重了。這卻不去提他。

如今再說煬帝自從開通了御河，造成了龍舟以後，便在宮中坐立不安，恨不得立刻坐著龍舟到江南去；無奈那一千個殿腳女還不曾選齊，那錦纜無人拉得，心中十分焦燥。忽然那西苑令馬守忠進宮來求見；那馬守忠，專管西苑一切工程事務的，如今聽說皇上要拋下西苑，遊幸江都去，心中老大一個不樂。

這一天他抓住一個大題目，進宮來勸諫煬帝，說道：「古來帝王，一行一動，都關大典；陛下前次西域開市，受著遠路風霜，已是不該的了。但開拓疆土，尚算得是國家大事；如今陛下遊幸江南，全是為尋歡作樂，駕出無名，只怕千秋萬歲後，陛下受人的指摘。往年陛下造這一座西苑的時候，窮年累月，千工萬匠，也不知費了多少心機，花了多少銀錢，才蓋成這五湖四海、三神山、十六院；這般天宮仙島也似的風景，陛下何必拋棄了它，再去尋什麼江南景色？」

這一番話，如何能勸得轉煬帝的心意？只是「駕出無名」的一句話，煬帝細心一想，卻有幾分道理；如今這樣大排場的巡幸出去，總得要借做大名兒，才可免得後世的笑罵。

煬帝在滿肚子思索一回，忽然被他想起昨日，偶見宇文達上奏章，說遼東高麗多年不進貢了；朕不如借征遼東為名，卻先發一道詔書，傳達天下。只說御駕親征，卻另遣一員良將，略帶兵馬前往遼東，虛張聲勢，朕卻以征遼為名，遊幸為實，豈不把這場過失遮掩過去了？

當下主意已定，第二天大開朝議；煬帝把這旨意宣下群臣，又下一道征遼詔書。上面寫道：

「大隋皇帝，為遼東高麗不臣，將兵征之，先詔告四方，使知天朝恩威並著之化。詔曰：

『朕聞宇宙無兩天地，古今惟一君臣。華夷雖限，而來王之化不分內外；風氣即殊，而朝宗之歸自同遐邇。順則援之以德；先施雨露之恩；逆則討之以威，聊以風雷之用。萬方納貢，堯舜琢之鳴熙；一人橫行，武王用以為恥。是以高宗有鬼方之克，不憚三年；黃帝有涿鹿之征，何辭百戰。薄伐玁狁，周元老之膚功；高勒燕然，漢嫖姚之大捷。從古聖帝明王，未有不兼包胡蠻夷狄，而共一胞與者也。況遼東高麗，近在甸服之內，安可任其不廷，以傷王者之量；隨其梗化，有損中國之威哉？故今爰整干戈，正天朝之名分；大彰殺伐，警小丑跳梁。以虎賁之眾，而下臨螘穴，不異摧枯拉朽；以彈丸之地，而上抗天威，何難空幕犁庭？早知機而望風革面，猶不失有苗之格；倘恃頑而負固不臣，恐難逃樓蘭之誅。莫非赤子，容誰在覆載之外？同一斯民，豈不置懷保之中，六師動地，斷不如王用三驅；五色親裁，聊以當好生一面。款塞及時，一身可贖；天兵到日，百口何辭？慎用早思，無遺後悔。故詔。』」

正好這詔書發下，那一千名殿腳女也已選齊，便分派在十隻大龍舟上；一纜十人，一船百人。有風時掛起錦帆，各持著金蘭槳，繞船而坐；無風時各牽著錦纜，彩鞭逐隊而行。那總管太監也煞費苦心，教練了多日。煬帝便下旨著越王守國，留一半文武，輔佐朝政；又命禮官，選一個起行吉日。

到了這一日，煬帝和蕭皇后果然龍章鳳藻，打扮出皇家氣象；率領著十六院夫人和幾位寵愛的妃嬪，共坐了一乘金圍玉蓋的逍遙寶輦。還有那三千美女、八百宮嬪，都駕著七香車，圍繞在玉輦前後；眾內侍一律是蟒衣玉帶，騎在馬上。又因有征遼的名兒，鑾輿前卻排列著八千錦衣軍；龍旗招展，鳳帶飄搖，沿著御道排列著，足足有十里遙遠。

一聲號砲響，正要起駕，忽聽得一派哭聲從宮中湧出；只見上千宮女聚成一堆，如一陣風似的，直撞在御輦前，攔住馬頭，不容前進了。只聽得一片嬌喉，齊聲嚷道：「求萬歲爺也帶我們往江都去！」

原來煬帝宮中宮女最多，雖有上萬龍舟，畢竟也裝載不盡；只能帶得三千名，留下這一千名看守故宮，這一千名宮女看看不能隨行，因此撒痴撒嬌的擁住車駕，不肯放行。煬帝平素看待宮女，俱有恩情；今見這般行狀，也便不忍叫兵士打開，親自倚定車轅，拿好言安慰眾人道：「妳們好好安心在此看守宮苑，朕此番去平定遼東，少則半載，多則一年，車駕便回。」

那班宮女如何肯聽說，便個個不顧死活，上前挽留；也有拉住幃幔的，也有攀住輪軸的，也有爬上車轅來的，也有跪坐在地下痛哭的。煬帝看看沒奈何，只得下一下狠心，喝兵士們驅車直前；那兵士們領了旨意，便不顧宮女死活，推動輪軸，向前轉去。

可憐眾宮人俱是嬌嫩女子，如何抵擋得住；早被車輪擠倒的擠倒，軋傷的軋傷，一霎時血跡模糊，號哭滿路。煬帝在玉輦中，聽得後面眾宮女一派啼哭之聲，心中也覺有些不忍；便傳喚內侍，取紙筆過來，便在輦上飛筆題了二十個字，道：「我慕江都好，征遼亦偶然，但存顏色在，離別只今年。」吩咐把這詩箋傳與眾宮女知道，不須啼哭。那些宮女看了詩，也無可奈何；只得一個個悽悽慘慘的回進宮去。

這裏御輦到了白石埠頭，也不落行宮；煬帝帶了后妃眾人，一逕上船。帝后坐定了十隻大龍舟，用銅索接連在一起，居於正中；十六院夫人分派在五百隻二號龍舟裏，卻分一半在前，一半在後，簇擁著大龍舟。每船各插繡旗一面，編成字號，眾夫人、美人依著字號居住，以便不時宣召；一萬隻雜船，卻分坐著文武官員和黃門內侍，隨著龍舟，緩緩而行。

只聽著大船上一聲鼓響，大小船隻魚貫而進，一聲金鳴，各船便按隊停泊；又設十名郎將，稱為護纜使，不住的在龍舟周圍巡視。雖說有一萬多隻龍舟，幾十萬的人伕，幾乎把一條御河填塞滿了；卻是整齊嚴肅，無一人敢喧嘩，無一船敢錯落的。

龍舟分派已定，便有大臣高昌，帶領一千殿腳女前來見駕；煬帝看時，一個個長得風流體態，窕窈姿容，略略過目，便傳旨擊鼓開船。恰巧這一天風息全無，張不得錦帆；護纜郎將便把一千頭白色山羊驅在兩岸，又押著殿腳女一齊上岸去牽纜。那一班殿腳女都是經過教練的，個個打扮得妖妖嬈嬈，調理得嬝嬝婷婷；只聽船上畫鼓輕敲，眾女子柳腰款擺，那十隻大龍舟，早被一百條錦纜悠悠漾漾的拽著前行。

煬帝攜著蕭皇后，並肩兒倚在船樓上左右顧盼，只見那兩岸的殿腳女，娥眉作隊，粉黛成行；娥眉作隊，一千條錦纜牽嬌，粉黛成行，五百雙纖腰顯媚。香風蹴地，兩岸邊蘭麝氤氳，彩袖翻空；一路上綺羅蕩漾、沙分岸轉，齊輕輕側轉金蓮，水湧舟迴，盡款款低橫玉腕。

嬝嬝婷婷，風裏行來花有足；遮遮掩掩，月中過去水無痕。羞煞臨波仙子，笑她照水嫦娥，驚鴻偃態，分明無數洛川；神黛橫秋，彷彿許多湘漢女。似怕春光去也，故教彩線長牽；如愁淑女難求，聊把赤繩偷繫。正是珠圍翠繞春無限，再把風流一線串。

煬帝在船樓上越看越愛，便對蕭皇后說道：「朕如此行樂，也不枉為了天子一場！」

蕭皇后也回奏道：「殿下能及時行樂，真可稱得達天知命！」

站了一刻，蕭皇后下船樓去，煬帝便也下樓去，靠定船舷，細細觀看；只見眾殿腳女行不上半里，個個臉泛桃紅，頸滴香汗，看她們朱唇一開一合的，便有幾分喘息不定的神氣。原來此時是四月初上的天氣，新熱逼人，日光又緊逼著粉面；這殿腳女全是十五六歲的嬌柔女子，如何當得起這苦楚？所以走不多路，便露出這狼狽形狀來。

煬帝看了，心中暗想：這些牽纜的女子，原貪著她的美色嬌容，若一個個的都是香汗涔涔，嬌喘吁吁的行走著，不但毫無趣味，反覺許多醜相；便慌忙傳旨，叫鳴金停船，那殿腳女一齊收了纜，回上船

來。

蕭皇后見停住了船，不知何故；急問時，煬帝說道：「御妻，妳不見這班殿腳女，才走不上半里路程，便一齊喘急起來；若再走上半里，弄得個個流出汗來，脂粉零落，還成甚麼光景？故朕命她們暫停，必須商量一個妙法，才免了這番醜態。」

蕭皇后笑道：「殿下原是愛惜她們，只怕晒壞了她們的嫩皮膚！」

煬帝也笑道：「御妻休得取笑，朕並不是愛惜她們；只是這般光景，實不美觀。」

當帝后談論的時候，恰恰有翰林院學士虞世基隨侍在一旁，便奏道：「依臣愚見，這事也不難；只須陛下傳旨，將兩岸上盡種了垂絲楊柳，望去好似兩行翠幃，怕不遮盡了日光。」

煬帝聽了，又搖著頭說道：「此法雖妙，只是這千里長堤，一時叫地方官怎能種得這許多柳樹？」

虞世基奏道：「這也不難，只須陛下傳下道旨意下去，不論官民人等，但有能栽柳一株的，便賞絹一疋；那窮苦小民只貪小利，不消五七日，便能成功。」

煬帝稱讚道：「卿真有用之才也！」便傳旨出去，著兵工二部火速寫告示，飛馬曉諭兩岸相近的百姓人家，有能種柳樹千株的，賞絹一疋；又著許多內侍，督同戶部官員，裝載無數絹疋銀兩，沿途按樹發給。

真是錢可通神，不到一日工夫，遠近一百里的兩岸，早已把柳樹種得密密層層；煬帝坐在船上，看眾百姓種柳樹種得熱鬧，便說道：「這才是臣民同樂！朕也親種一株，留作紀念。」說著，帶領百官走上岸來；眾百官見了，一齊拜倒在地。

煬帝走到柳樹邊選了一株，早有許多內侍把那柳樹移去，挖了一個深坑，栽將下去；煬帝只把手在上面摸了一摸，便算是親自種的了。

第十二回　亂世英雄

眾百姓見煬帝親自來種柳樹，大家便愈加踴躍，不消五七天工夫，把這千里隋堤，早已種得如柳巷一般；春光覆地，碧影參天，風來嫋嫋生涼，月上離離瀉影。

煬帝看了，連稱好風景！又對蕭皇后說道：「從前秦始皇泰山封禪，一時風雨驟至，無處躲避；幸得半山上五株大松樹遮蓋，始皇說他有功，便封它為大夫，稱五大夫松。如今朕遊幸江都，全虧這兩行柳樹遮掩日光，亦有大功；朕便賜它一個御姓，姓了楊吧。」因此後世的人，喚柳樹便喚楊柳。

當時蕭皇后見煬帝加封柳樹，便湊趣道：「今日陛下得了同姓的功臣，也該慶賀。」便命令左右拿上酒來，奉與煬帝。

煬帝接酒笑道：「真可當得一個功臣！」飲了幾杯，便命擊鼓開船；一聲鼓響，一千殿腳女依舊上岸去，牽著錦纜，手拿著彩鞭，趕著山羊，按步走去。

此番兩堤種了楊柳，碧影沉沉，一絲日影也透不下來，時時有清風拂面，涼爽可人；那眾殿腳女在兩岸走著，毫不覺苦。煬帝帶著眾夫人在龍舟上飲一回酒，聽一回歌，趁著酒興，便帶了袁寶兒到各處龍舟上繞著雕欄，將兩岸的殿腳女細細的選看；只見那些女子絳綃彩袖，翩躚輕盈，一個個從綠楊蔭中行過，都長得風流苗條，十分可愛。

看到第三隻龍舟上，只見一個女子，更長得俊俏；腰肢柔媚，似風前楊柳纖纖，體態風流，如雨後輕雲冉冉。一雙眼秋水低橫，兩道眉春山長畫；白雪凝膚而鮮妍有韻，烏雲挽髻而滑膩生香。金蓮款款，行不動塵；玉質翩翩，過疑無影。莫言婉轉都堪愛，更有銷魂不在容。

煬帝對著那女子從上看到下，從下看到上；看了半天，大驚道：「這女子柔媚秀麗，竟有西子、王嬙般姿色，如何卻雜在此中！」

煬帝正在出神時候，忽然朱貴兒、薛冶兒奉了蕭皇后之命，來請皇上飲酒；煬帝只是把兩眼直直的注定在岸上，任妳百般催請，他總給妳個不睬。朱貴兒見煬帝不動，只得報與蕭皇后；蕭皇后笑道：「萬歲又不知道著了誰的魔了！」便同十六院夫人，一齊都到第三隻龍舟上來。

只見煬帝倚定欄杆，那兩道眼光，齊齊注射在岸上一個女子身上；蕭皇后也讚道：「這女子果然長得嬌媚動人！」又說：「遠望雖然有態，近看不知如何，何不宣她上船來一看？」這句話提醒了煬帝，便著人去傳宣。

待宣到面前看時，不但是長得風流嬝娜，她臉上畫了一雙彎彎的長眉，好似新月一般；最叫人動心的是，明眸皓齒，黑白分明，一種奇香，中人欲醉。煬帝看了，喜得眉歡眼笑，對蕭皇后說道：「不意今日又得了這絕色美人！」這句話說了又說。

蕭皇后也說道：「陛下天生艷福，故來此佳麗，以供玩賞。」

煬帝叫把那女子喚到跟前，問道：「美人是何處人？喚甚名字？」

那女子嬌羞靦腆的答不出話來；左右宮女又一連催問著，她才低低的答道：「賤妾生長在姑蘇地方，姓吳，小字喚做絳仙。」

煬帝又問：「今年幾歲了？」

絳仙奏稱：「十七歲。」

蕭皇后在一旁說道：「正是妙齡。」問她：「曾嫁丈夫嗎？」

絳仙害羞，把頭低著，只是不說話。

蕭皇后在一旁湊趣道：「不要害羞，只怕今夜便要嫁丈夫了！」

煬帝聽了，笑道：「御妻倒像做媒人的！」

蕭皇后也笑說道：「陛下難道不像個新郎？」

眾夫人接著說道：「婢子們少不得有會親酒吃呢！」妳一言我一語，愈把個吳絳仙調弄得羞答答的，只是背過臉兒去，說不出一句話來。

這模樣兒叫人越看越覺可憐，煬帝傳旨，鳴金停船。這時天已昏黑，船艙內燈燭齊明，左右排上夜

宴；煬帝與蕭皇后並坐在上面，十六院夫人分坐在兩旁，那妥娘、貴兒、杳娘、俊娥、寶兒、冶兒、紫煙一班得寵的美人，一字兒隨立在煬帝身後。

宮人指點絳仙斟上兩杯酒去，一杯獻與蕭皇后，一杯獻與煬帝；那絳仙卻也很知禮節，雙手捧著金杯兒，走到煬帝跟前去，雙膝跪倒，把那金杯兒高高舉起。煬帝正一心寵愛著她，如何捨得她跪；忙伸手去接過酒杯來，握住她的纖纖玉手，說道：「妳也伴著朕在一旁坐下。」

絳仙忙謝恩說道：「有娘娘和眾夫人在此，焉有賤婢的座位？賤婢得侍立左右，已是萬幸。」幾句話說得伶伶俐俐，煬帝聽了，更是歡喜；說道：「妳既守禮不肯坐，那酒總可以吃得的。」說著，喚宮女上酒來，賜絳仙飲酒；絳仙飲了一杯，又跪下去謝恩，煬帝趁勢握絳仙的手不放。眾夫人見煬帝有幾分把持不定，便都湊趣，妳奉一杯，我獻一盅，把個煬帝灌得醉眼也斜。

煬帝到此時忍耐不住，便站起身來，一隻手搭在絳仙的肩上，只說得一句：「朕不陪妳們了！」竟退入後宮臨幸絳仙去了。

這一宵恩愛，煬帝直把個吳絳仙當做天仙一般看待；次日直睡到晌午，還和絳仙在床上綢繆。絳仙再三勸諫：「婢子蒙萬歲收錄，隨侍之日正長；若垂愛太過，只恐娘娘見罪。」

煬帝道：「這娘娘是再也不嫉妒的。」

絳仙說道：「娘娘雖不嫉妒，也要各守禮分。」

煬帝被她說不過，方才起身梳洗；果然，蕭皇后見煬帝貪歡晏起，心中大不歡喜，見著面便說道：

「陛下初幸新人，正要窮日夜之歡；如何這早晚便起身了！」

煬帝明知道蕭皇后話裏有醋意，且故意笑說道：「只因絳仙柔媚可人，朕不覺昏昏貪睡，是以起身遲了，御妻休怪。」

蕭皇后聽了，卻也不好意思再說，便邀著煬帝同出宮去用了早膳；吃酒中間，煬帝又提起絳仙來，說道：「朕愛絳仙兩彎長眉，畫得十分有韻。」

正談論時候，忽見一個黃門官進來，奏道：「波斯國進獻螺子黛。」

煬帝大喜道：「這波斯國卻也湊趣，朕要取來賜與絳仙畫眉。」傳旨將螺子黛取來，當筵打開，分了一斛，著宮人去賜與絳仙。

這日絳仙因起身遲了，尚在後宮梳洗；宮女捧著螺子黛，正要送進去，煬帝吩咐傳話給絳仙道：「妳對她說，這螺子黛是波斯寶物，畫眉最綠，最有光彩；今朕獨賜與她畫長眉用，叫她快畫成了，出來與大家賞玩。」

內侍傳旨，忙把螺子黛送去交與絳仙；絳仙這時要賣弄才情，便信筆寫了四句詩，叫內侍拿出去呈與煬帝，算是謝恩，一面細細的畫著娥眉。那詩道：「承恩賜螺黛，畫出春山形；豈是黛痕綠，更由聖眼青！」

煬帝看了詩句，愈加歡喜，對蕭皇后說道：「絳仙詩句清新，不在班婕妤之下；朕意也要將她拜為婕妤，御妻意下如何？」

蕭皇后忙奏道：「聽說絳仙曾許嫁玉工萬群為妻，如今陛下又拜她為婕妤，只怕外宮聽了不雅。」煬帝知是蕭皇后有嫉妒之意，便也不做聲了。

過了一會，吳絳仙粧成了出來，先向煬帝謝了恩，再拜見蕭皇后和眾夫人；她昨日還是殿腳女打扮，如今經煬帝臨幸過以後，便珠膏玉沐，容光煥發，更兼螺子黛畫了兩道彎彎的長眉，真個是眉彩飛舞，飄飄欲仙。

絳仙拜謝過以後，依舊要上岸去充殿腳女；煬帝如何肯放，忙傳旨在宮女中選一名，去補充殿腳女，卻令絳仙坐在船上，臨流把槳，陞她做龍舟首楫，便在煬帝坐的船上弄槳。只見她坐在船舷上，腰肢嬝娜，顧盼生姿；真是一經露雨，便不尋常。

眾殿腳女見吳絳仙因畫長眉得寵的，便大家也都學著她畫起來；無奈煬帝一片寵愛，全傾注在吳絳仙身上，絳仙每日把槳，煬帝也每日憑欄玩賞。看看愛到極處，便對蕭皇后說道：「古人說秀色可餐，以朕看來，如絳仙這般顏色，真可以療飢呢！」

說罷，便提起筆來寫上一首詩道：「舊曲歌桃葉，新收艷落梅；將身傍輕楫，知是渡江來。」又命左右把詩抄了，分頭傳與眾殿腳女，大家念熟了，一齊當吳歌唱起來。唱了一遍，又是一遍；兩岸上殿腳女唱著，龍舟中眾宮女和著。一片嬌喉，煬帝聽了滿心歡喜，便又把吳絳仙封做崆峒夫人；從此只須她每日陪伴在煬帝左右，不須她去持楫了。

龍舟在御河裏一天一天的行著，不多日已到了睢陽地方；是煬帝預先吩咐下的，黃門官忙上殿去，奏稱龍舟已到了睢陽。煬帝傳旨停了船，自有一班地方官前來朝參；待捱過了白日，天色一黑，煬帝只同了蕭皇后，登閣望氣。

此時紅日西沉，早換上一天星斗；煬帝舉頭四望，只見銀漢橫空，疏星燦爛，高閣上燈也不點，只煬帝與蕭皇后兩人悄悄的憑欄而坐。煬帝因常與袁紫煙講究天文，知道這些星辰部位，便一一指點與蕭皇后觀看。

二人閒話了半晌，天氣已漸近二更；此時河中雖有一萬餘隻龍舟，兩岸又有無數軍馬，只因煬帝立法森嚴，不許喧嘩，無人敢犯他的旨意，因此四下裏靜悄悄的，絕無一人敢說笑。煬帝在閣上徘徊良久，四處觀察，卻不見有什麼天子氣出現；便笑對蕭皇后說道：「那些腐儒的談論，如何信得！」

蕭皇后也說道：「若非今夜陛下親自察看，終免不了心中疑惑；如今陛下可放心了。」二人又站了一會，漸覺風露逼人，頗有涼意；蕭皇后便把煬帝扶下高閣去。

第二天開船，依舊今日吳絳仙，明日袁寶兒，早起朱貴兒，晚間韓俊娥的追笑尋歡；煬帝好似穿花蝴蝶，無日不在甜情蜜意中，一路上窮奢極慾，歌舞管絃，龍舟過處，香聞數里。過了幾天，又不知不

覺的到了江都，眾文武忙上船奏聞，煬帝大喜，便吩咐明日便要登岸；眾官領旨，各自分頭去打點。

百事齊開，到了次日，煬帝和蕭皇后並帶了眾夫人，依舊坐上逍遙寶輦；一路旌旗招展，鼓樂喧天，將車駕迎入離宮。

那離宮蓋造十分寬大，前面是宮，後面是苑；苑中也有十六所別院，在別院東邊，蓋了一所月觀。宮門口三架白石長橋，九曲御池，十分清澈；一處處都是金輝玉映，一層層俱是錦裝繡裹。蕭皇后住了正宮，眾夫人和美人依舊各住一所別院，卻獨賜吳絳仙住在月觀裏；殿腳女分發各院，也便當做宮女供用。

煬帝在宮中繁華歌舞，也玩得膩了；如今到了江南，見了這山明水秀，天然景色，很想得些自然的樂趣。一夜，月色甚明；煬帝因厭絲竹聒耳，便同蕭皇后，帶了十六院夫人和五六個寵愛的美人，命小黃門提了酒盒，緩緩的步行到白石橋頭看月去。

這時夜盡三更，一天涼月，正照當頭；煬帝吩咐不要設席，便拿錦氈鋪在橋上，不分尊卑，團團席地而坐，清談調笑。飲了一會兒酒，煬帝道：「我們這等清坐賞月，豈不強似那簫歌聒耳？」

蕭皇后說道：「在此時，若得吹兩三聲玉簫，也是十分清雅。」

煬帝也說道：「月下吹簫，最是韻事。」便命朱貴兒取了一支紫竹洞簫，悠悠揚揚的吹了起來；大家聽了，無不神往。簫聲歇處，寶兒又提著嬌喉，清歌了一曲，冶兒也趁著月光，舞了一回劍；煬帝看到開懷，便命宮女斟上酒來，飲了一回。

蕭皇后忽問：「這橋兒喚什麼名字？」

煬帝說道：「不曾題名。」

蕭皇后道：「既未題名，陛下何不就今日光景，賜它一個名兒；傳在後世，也留一個佳話？」

煬帝聽了，便低頭思索一會，又向眾人看看，說道：「景物因人而得名，古人有七賢鄉、五老堂等，全是以人數著名；朕今夜和御妻與十六夫人，連絳仙一班美人在內，共是二十四個人，便賜它一個名兒，喚做二十四橋吧。」

眾夫人聽了，齊聲讚說：「好一個二十四橋！足見陛下恩情普遍。」便一齊奉上酒去；煬帝接杯在手，開懷暢飲。

後來唐人杜牧有一首詩，是弔二十四橋遺跡的，道：

「青山隱隱水迢迢，秋盡江南草未凋；二十四橋明月夜，玉人何處教吹簫！」

從此以後，煬帝在離宮裏，一日亭臺，一日池館，儘足遊玩。一日，御駕臨幸月觀，吳絳仙正在對鏡理粧，忙握住頭髮，要出來接駕；煬帝忙吩咐她：「不用接駕，朕在水晶簾下看美人梳頭，最是韻事。」說著，便走進房來，宮女移過一張椅子，坐在鏡臺旁，看絳仙梳著雲髻，畫著長眉。

絳仙見煬帝只是目不轉睛、喜孜孜的向她臉上看著，便笑說道：「粗姿陋質，有什麼好看之處，卻勞萬歲如此垂青？」

煬帝說道：「看美人窗下畫眉，最是有趣。朕只恨那些宮殿蓋得曠蕩，窗戶又太高大了，顯不出美人幽姿；若得幾間曲房小室，幽閨靜軒，與妳們悄悄冥冥相對，與民家夫婦一般，這才遂了朕生平之願。」

絳仙奏道：「萬歲若要造幾間幽窗曲戶，也並非難事；只是要造得曲折幽雅，怕宮中沒有這般巧匠。」

煬帝當時便把管工程的近侍高昌傳喚進來，又把要造曲窗幽戶的話，對高昌說了。

高昌奏道：「奴才有一個朋友，常自說能造精巧宮室；此人姓項，名昇，是浙江人，和奴才原是同鄉，現在宮外閒住。」煬帝便吩咐傳喚項昇，高昌不敢遲留，便出去帶領項昇進宮來拜見。

煬帝道：「高昌推薦你能建造宮室，朕嫌這些宮殿忒造得曠野穹蕩，沒有曲折幽雅之妙；你可盡心替朕蓋造幾間幽秘的樓房，先打圖樣進呈，候朕裁定了再行動工。」

項昇領了旨意，退出宮來，獨自一人在屋子裏，滿肚子思索著；通宵不睡，直費了十日的心力，才把圖樣畫成，便進宮來獻與煬帝。煬帝細看那圖上畫了一間大樓，中間分出千門萬戶，有無數的房屋；

左一轉，右一折，竟看不明白從何處出入。

煬帝大喜，說道：「你有這般巧心，造成這一所幽秘的宮室；朕住在裏面，也不負為天子一場，儘可老死其中了！」

左右侍臣聽煬帝竟說出這個話，大家都不覺臉上變了顏色；煬帝卻毫不在意，便吩咐先賞賜項昇許多綵緞金銀，派他專事督看工程。一面傳旨工部，選四方的材料；去派封德彝，催發天下的錢糧人伕，如有遲緩，便當嚴查辦。

朝廷意旨一下，誰敢不遵？可憐做地方官的，只得剜肉補瘡，前去支應。無奈那天下百姓，自從煬帝開掘御河，建造各處行宮別館以後，早已弄得民窮財盡；那封德彝奉了聖旨，便雷厲風行的到各處去催逼錢糧，捉拿人伕。

他也不想在這幾年裏面，起宮造殿，東京才成，又造西苑；長城剛了，又動河工，又兼西域開市，東遼用兵，不知費了多少錢財，傷了多少人命？如今又要徵集幾十萬人伕，到江都去建造宮樓，那百姓原都是要性命，大家被歷來的工役都嚇怕了，知道此一去，十有九是性命不保的，在家裏也是生計四絕，去也是死，不去也是死，便橫了一橫心，拼著性命去做盜賊；這裡成群，那裏結黨，漸漸的聚集起來。

其中有幾個亂世英雄，便把亂民搜集成隊，像竇建德在漳南作亂，李密在洛陽猖狂，瓦崗寨有翟讓聚義，後來又有劉武周稱雄；盜賊紛紛四起，那班文武只圖得眼前無事，便各自把消息瞞住，煬帝終日尋歡作樂，昏昏沉沉，好似矇在鼓裏。

隔了一年工夫，那項昇才把一座大樓蓋造完竣；雖然費盡錢糧，卻也造得曲折華美，極人天之巧。外邊望去，只見傑閣與崇褸高低相映，畫棟與飛甍俯仰相連；或斜露出幾曲朱欄，或微窺見一帶繡幕，珠玉光氣，映著日色，都成五彩。乍看去好似大海中蜃氣相結，決不信人間有此奇工巧匠；誰知一走進樓去，愈弄得人心醉目迷，幽房密室，好似花朵一般。

這邊花木扶疏，那邊簾櫳掩映，一轉身，只見幾曲畫欄，隱隱約約，一回頭，又露出一道迴廊，宛宛轉轉；進一步便別是一天，轉一眼又另開生面，才到前軒，不覺便轉入後院。果然是逶迤曲折，有愈轉愈奇之妙。況又黃金作柱，碧玉為欄，瑤階瓊戶，珠牖瑣窗；千門萬戶，輾轉相通。人若錯走了路，便饒你繞一天，也繞不出來。

唐·韓偓的「迷樓記」裏，有一段說道：「樓閣高下，軒窗掩映，幽房曲室，玉檻朱楯；互相連屬，回環四合，曲屋自通，千門萬牖，上下金碧。金虬伏於棟下，玉獸蹲於戶旁；壁砌生光，瑣窗射日，工巧之極，自古無有也！」這一番話，也可見得當時工程的巧妙了。

項昇造成了這座大樓，便去請煬帝臨幸。煬帝坐著油碧小車，一路行來，遙見景色新奇，恍恍惚惚，便好似到了神仙洞府一般；待走到屋子裏面，只見錦遮繡映，萬轉千迴，幽房邃室，婉轉相通。

煬帝一面走著，口中不絕的讚嘆，說道：「此樓如此曲折精妙，莫說世人到此沉迷難認，便是真仙來遊，也要被它迷住，可取名便喚做迷樓。」又命項昇領著眾宮娥，細細的在樓中辨認路徑；又傳旨吏部，賜項昇五品官職，另賜內庫綾絹千疋，項昇謝恩辭出宮去。

煬帝這一天便不還宮，自迷樓中住下，一面召吳絳仙、袁寶兒一班得寵的美人，前來承應；另傳下一道詔書，選良家十二三歲的幼女三千人，到迷樓中充作宮女。在正中大樓上，安下四副寶帳，全是象床軟枕，錦裀繡褥，特定下四個名兒：第一帳，稱做「散春愁」；第二帳，稱做「醉忘歸」；第三帳，稱做「夜酣香」；第四帳，稱做「延秋月」。

煬帝不分日夜，只除了吃酒，其餘無一時一刻不在帳中受用；又把那水沉香、龍涎香，在屋子的四角焚燒起來，香煙繚繞，從外面望進去，好似雲霧一般氤氳縹緲。煬帝終日在屋子裏，和幾個得寵的嬪妃遊玩著，真宛同瓊樓天女，神仙眷屬。

那三千幼女，全是乳鶯雛燕、嫩柳嬌花；披著輕羅薄縠，打扮得嬝嬝婷婷，專在各處幽房密室中煮茗焚香，伺候聖駕。煬帝終日穿房入戶的，十分忙碌；只恨那幽秘去處，全是逶迤曲折，高低上下，坐不得輦，乘不得輿，每日全要煬帝勞動自己的兩條腿，走來走去，十分費力。

誰知那時左右侍臣見煬帝專好遊幸，便一齊在遊幸的器物上用工夫，造出許多靈巧的機器來，討皇帝的好兒；只因當初何安獻了御女車，得了功名富貴，他弟弟何稠，這時打聽得煬帝在宮中步行十分勞苦，便用盡他的聰明，製造了一輛轉關車，獻進宮來。

這車身下面裝上四個輪子，左右暗藏機括，可以上，可以下；登樓上閣，都好似平地一般，轉彎抹角，一一皆如人意，絲毫沒有遲鈍的弊病。那車身也不甚大，只須一個太監在後面推著，便可到處去遊幸；車子打造得精工富麗，全是金玉珠翠點綴在上面。

煬帝見了這車子，心中大喜，便親自坐上車去，叫一個內侍推著試看；果然輕快如風，左彎右轉，全不費力，上樓下閣，比行走快上幾倍。煬帝試過了車，便傳旨賞何稠黃金千兩，另給官職，在朝隨侍。

從此煬帝有了這轉關車，終日在迷樓中往來行樂；也不知幾時為日，幾時為夜。窮日累月的，只把個頭腦弄得昏昏沉沉；他脾胃既被酒掏壞，又因歡慾過度，便支撐不住，大病起來。

第十三回　奪命金丹

煬帝這一病，卻非等閒；平日病酒病色，只須喚袁寶兒採那合蒂迎輦花來一嗅，便立刻把酒解去，精神復原。如今卻不行了，那袁寶兒把花獻上去，煬帝不住的嗅著，全然沒有應驗，只得把花丟了，昏昏睡倒；後來虧得御醫巢元方開方下藥，盡力調治，煬帝的病才減輕了許多。

這時煬帝身邊有一個忠義小臣，名喚王義；他原是煬帝在東京時候，南楚道州進貢來的。那時海內十分殷富，又值四方安靖，各處邊遠地方年年進貢，歲歲來朝；也有進明珠異寶的，也有進虎豹犀象的，也有貢名馬的，也有獻美女的，獨有那南楚道州，進這個王義。

那王義身材長得特別矮小，濃眉大眼，手腳靈活；只因他巧辯慧心，善於應對，才把他獻進宮來。煬帝當面問過幾次話，只覺他口齒伶俐，語言巧妙，便也十分歡喜；從此或是坐朝，或是議事，或是在宮外各處遊賞，都帶著王義在左右伺候。那王義又能小心體貼，處處迎合煬帝的心性；日子久了，煬帝便覺不能離開他。

只因他不曾淨得身，不能帶他進宮去；王義也因不能在宮中隨駕，心常怏怏。後來他遇到仁壽宮的老太監，名叫張成的，給他一包麻醉和收口止血的靈藥，竟狠一狠心腸，把下面那話兒割去了；從此便能進宮去，時刻隨在煬帝左右，說笑解悶兒。煬帝看他一片愚忠，便另眼相待。

如今，王義見煬帝被酒色拉翻了身體，他便趁時跪倒在龍床前，哭諫道：「奴才近來窺探聖躬，見精神消耗，無復往時充實；此皆因陛下過近女色之故。」

煬帝道：「朕也常想到此理，朕初登極時，精神十分強健，日夜尋歡，並不思睡；必得婦人女子前擁後抱，方能合眼。今一睡去便昏昏不醒，想亦為色慾所傷矣！但好色乃極歡樂之事，不知如何反致精神疲倦？」

王義奏道：「人生血肉之軀，全靠精神扶養；精神消耗，形體自然傷憊。古人說：『蛾眉皓齒，伐性之斧。』日剝月削，如何不傷聖體呢？倘一日失於調養，龍體有虧，彼時雖有佳麗，卻也享用不得，奴才竊為陛下不取。」王義一時說得情辭激迫，不禁匍匐在地，悲不能已。

煬帝被他這番盡言極諫，心下便也有幾分醒悟；便吩咐王義道：「汝可回宮，選一間幽靜院落，待朕搬去潛養；屋中只用小黃門伺候，宮人彩女一個也不許出入，飲奉供奉俱用清淡。」王義領旨，忙到後宮去選得一間文思殿；殿內圖書四壁，花木扶疏，十分幽靜。王義督同黃門官，把屋內收拾得乾乾淨淨，便來請煬帝去養靜。

眾夫人聽說煬帝要避去婦女，獨居養靜，早趕來把個煬帝團團圍住；煬帝對眾夫人說道：「朕一身乃天下社稷之主，不可不重，近來因貪歡過度，身體十分虛弱，且放朕去調攝幾時，待精神充足，再來與汝等行樂。」

眾夫人見煬帝主意已定，只得說道：「萬歲靜養龍體，原是大事，妾等安敢強留；但朝夕承恩，今一旦寂寞，願假杯酒，再圖片時歡笑。」

煬帝道：「朕亦捨汝等不得，但念保身，不得不如此；眾夫人既以酒相勸，可取來痛飲為別。」

眾夫人慌忙取酒獻上，說道：「萬歲今日進殿，不知幾時方可重來？」

煬帝道：「朕進文思殿，原是暫時調攝，非久遠之別；少則一月，多則百日，精神一復，便當出來。汝等可安心相守。」說罷，大家痛飲了一回，天色已近黃昏，蕭皇后便率領眾夫人，點了許多燈籠，送煬帝進了文思殿，個個分手入宮院去了。

煬帝到了殿中，只見侍候的全是小黃門，並無一個妃嬪彩女；煬帝因有幾分酒意，便竟自解帶安寢。次日起身，小黃門服侍梳洗完畢，閒坐無事，隨起身到處看看花兒；又去書架上，取幾冊圖史來觀看。

只因乍離繁華，精神不定，才看得兩行，便覺困倦起來，因想道：「靜養正好勤政」，隨喚小黃門去取奏疏來看；誰知不看猶可，看了時，早把煬帝弄得心下慌張起來。看第一本，便是楊玄感兵反黎陽，以李密為主謀，攻打洛陽甚急。煬帝不覺大驚道：「玄感是越國公之子，他如何敢如此橫行！洛陽又是東京根本之地，不可不救。」便提筆批遣宇文朮、屈突通領兵討伐。

再打開第二本看時，又是奏劉武周斬太原太守王仁恭，聚兵萬餘，自稱太守，據住洛陽行宮，十分蠻橫；再看第三道奏章時，又稱韋城人翟讓，亡命在瓦崗寨，聚眾萬餘人，同郡單雄信、徐世勣，都附和在一起。再看第四道奏章時，又稱薛舉自稱西秦霸王，盡有隴西一帶地方；再看第五道奏章，也稱杜伏威起兵歷陽，江淮盜賊蜂起相應；再看第六道奏章，上稱李密兵據洛口倉，所積糧米，盡行劫去。

一連看了二十多本奏疏，盡是盜賊反叛情形；煬帝不禁拍案大叫起來，說道：「天下如何有這許多盜賊！虞世基所管何事，他也該早早奏聞，為何竟不提及？」說著，便一疊連聲的傳旨，喚虞世基進殿問話。

那虞世基聽說煬帝傳喚，便急趕進宮來；煬帝一見，便把那一疊奏摺擲給他看，問道：「天下群盜洶洶，汝為何不早早奏聞？」

那虞世基忙跪奏道：「聖上寬心，那盜賊全是鼠竊狗偷之輩；無甚大事，臣已著就地郡縣捕捉，決不致有亂聖心。」

煬帝原是一時之氣，聽虞世基如此說了，便又轉怒為喜道：「我說天下如此太平，那裏有甚麼許多盜賊；如今聽你說來，全是鼠竊之輩，好笑那郡縣便奏得如此慌張！」說著，便把那奏疏推在一旁；虞世基見瞞過了皇上，便退出殿去。

這裏煬帝站起身來閒步，東邊走一回，西邊走一回，實覺無聊；左右排上午膳來，煬帝拿起酒杯來，看看獨自一人，卻又沒興，欲待不飲，又沒法消遣，只得把一杯一杯的悶酒灌下肚去。冷清清的，既無人歌，又無人舞，吃不上五七杯，便覺頹然醉倒；也不用膳，也不脫衣，便連衣服倒在床上去睡。一閉上眼，便見吳絳仙、袁寶兒、朱貴人、韓俊娥一班心愛的美人，只在他跟前纏繞著；忽又見蕭皇后從屏後轉出來，對那班美人大聲喝罵著，一下子醒來，原來是南柯一夢。這一夜，煬帝睡在文思院殿裏，也不知有多少胡思亂夢；好不容易挨到天明，他也等不得用早膳，急急上了香車，向中宮而來。

王義慌忙趕上去，諫道：「陛下潛養龍體，為何又輕身而出？」

煬帝氣憤憤的說道：「朕乃當今天子，一身富貴無窮，安能悒悒居幽室之中！」

王義又奏道：「此中靜養，可得壽也。」

煬帝愈怒道：「若只是悶坐，雖活千歲，又有何用！」王義見煬帝盛怒，也只得默然退去，不敢再諫。

這裏煬帝到了中宮，蕭皇后笑說道：「陛下潛養了這一兩日，不知養得多少精神！」

煬帝也笑道：「精神卻未曾養得，反不知又費了多少精神呢！」

蕭皇后勸說道：「原不必閉門靜養，只是時時節省淫慾便好。」

煬帝道：「御妻之言最是。」說著，帝后兩人又同坐寶輦，到月觀中看薔薇花去。

到了觀中，早有吳絳仙接駕。這時正是四月天氣，薔薇開得滿架，花香襲人，十分悅目；煬帝又傳旨，宣十六院夫人和寶兒一班美人前來侍宴。不消片刻，眾夫人俱已到齊，團坐共飲，好似離別了多時，今日重逢一般；歌一回，舞一回，整整吃了一日一黃昏方住。從此煬帝依舊天天坐著轉關車，在迷樓中遊幸。

一天，煬帝坐著車任意推去，到一帶繡窗外，只見幾叢幽花，低壓著一帶綠紗窗兒，十分清雅有趣，煬帝認得稱做俏語窗。忽見一個幼女在窗下煎茶，煬帝便下了車，走向窗前去坐下；那幼女卻十分乖巧，便慌忙取一隻玉甌子，香噴噴的斟了一杯龍團新茗，雙手捧與煬帝，又拜倒身去接駕。

煬帝順手把她纖手拉住，仔細看時，只見她長得柳柔花嬌，卻好似十二三歲年紀；且是眉新畫月，鬢乍拖雲，一種痴憨人情，更可人意。煬帝問她年歲名姓，她奏對稱：「一十三歲，小字喚做月賓。」

煬帝笑說道：「好一個月賓！朕如今與妳稱一個月主如何？」

月賓自小生長吳下，十分伶俐；見煬帝調戲她，便微笑答道：「萬歲若做月主，小婢如何敢當賓字，只願做一個小星，已是萬幸的了！」

煬帝見她應答得很巧，便喜得把她一把摟住，說道：「妳還是一個小女兒，便有這般巧思，真覺可愛！」一時歡喜，便有幸月賓之意；傳旨取酒來飲，左右忙排上筵席來。

月賓在一旁伺候著，歡飲了多時，不覺天已昏黑；煬帝已是雙眼也斜，大有醉意，左右掌上燈來，煬帝已昏昏睡去。月賓忙悄悄的把悄語窗閉上，扶著煬帝，在軟龍床上睡下；又怕皇帝立刻醒來，她不敢十分放膽睡去，只挨在一邊，朦朦朧朧的過了一宵。

到了次日一早，日光才映入窗紗，便悄悄的抽身起來，穿上衣服，在錦幔裏站著；煬帝一覺醒來，見她不言不語的立在枕邊，便笑說道：「小妮子！好大膽兒，也不待朕旨意，便偷著起身；既是這樣害怕，誰叫妳昨日那般應承？」幾句話嚇得月賓忙忙跪倒。

煬帝原是愛她的，見她膽小得可憐，便伸手去將月賓攙起；月賓急急服侍煬帝穿好了衣服，同到鏡臺前去梳洗，又伺候煬帝用早膳。正在用膳的時候，忽見一個太監進房來報道：「前日獻轉關車的何稠，如今又來獻車，現在宮外候旨。」煬帝聽了，便出臨便殿，傳何稠進見。

只見何稠帶了一輛精巧小車上殿來，那小車四圍都是錦圍繡幕，下面配著玉轂金輪；煬帝道：「此車精巧可愛，不知有何用處？」

何稠奏道：「此車專為陛下賞玩童女而設，內外共有兩層。要賞童女，只須將車身推動，上下兩旁立刻有暗機縛住手足，絲毫不能抵抗；又能自動，全不費陛下氣力。」說著，便一一指點機括與煬帝觀看。

煬帝這時見了月賓，正沒法奈何；如今見了此車，不覺滿心歡喜，便問：「此車何名？」

何稠奏道：「小臣任意造成此車，尚未定有名稱，望萬歲欽賜一名。」

煬帝聽了笑說道：「卿既任意造成，朕又得任意行樂，便取名任意車吧！」一面傳旨陞何稠的官職；何稠謝過恩，退出宮去。

煬帝把任意車帶進宮去，挨不到晚，便吩咐把任意車兒推到悄語窗下，來哄月賓道：「此車精緻可愛，朕與卿同坐著到處閒耍去。」

月賓不知是計，便坐上車兒去，煬帝忙喚一個小黃門上去推著；那車兒真造得巧妙，才一動手，早有許多金鉤玉軸，把月賓的手腳緊緊縛住。煬帝看了笑說道：「有趣有趣！今日不怕妳逃上天去了。」便上去依法賞看；這月賓是孩子身體，被煬帝蹂躪了多時，受盡痛楚，早哭倒在煬帝懷中，煬帝便用好言撫慰一番。

煬帝自得了這機械以後，便忘了自己身體，拚著性命，不論日夜，只在迷樓中找人尋樂；這迷樓中藏著三千幼女，只覺這個嬌嫩得可愛，那個痴憨得可喜。一個人能得有多少精力，天天敲精吸髓；不多時又精疲日盡，支撐不住。往往身體虧損的人，慾念更大；但因力不能支，常常弄個掃興。無法可想，只得傳畫院官，把男女的情意圖兒多多畫著，多多掛著在迴廊曲檻上，觸目都是；煬帝看了，便多少能夠幫助他的興致。

一日，忽有太監奏稱：「宮外有一人名上官時的，從江外得烏銅屏三十六面，特來獻與萬歲。」煬帝忙吩咐抬進來看。

只見每幅有五尺來高，三尺來闊，四面都磨得雪亮，好似寶鏡一般，光輝照耀，裏外通明；每幅下面，全以白石為座。煬帝吩咐把一座一座排列起來，三十六座，把個煬帝團團圍在中央，便好似一座水晶宮；外面的花光樹影，一一映在屏上，又好似一道畫壁，人在屏前行動，那鬚髮面貌，都照得纖毫畢露。煬帝大喜道：「玻璃世界，白玉乾坤，也不過如此了！」

便傳來群人在屏前來來去去，不知化成了多少影兒；只見容光交映，艷色流光，竟分辨不出誰真誰假，不覺大笑說道：「何美人如此之多也！」

袁寶兒也笑說道：「美人原不多，只因萬歲的眼多。」

煬帝接著道：「朕眼卻不多，只是情多罷了！」大家說說笑笑，煬帝飲到陶然之際，見眾美人的嬌容艷態映入屏中，愈覺令人銷魂；從此日日帶了眾美人，不是在任意車上，便是在烏銅屏邊，無一時無一刻能得空。無奈精神有限，每日只靠笙歌與酒杯扶住精神；一空閒下來，便昏昏思睡。

一日，正在午睡的時候，忽一個太監來報道：「蕃釐觀瓊花已盛開了！」

煬帝兩次到江南來，只為要看瓊花，都不曾看得；好不容易守到如今花開，他心中如何不喜，隨傳旨排宴蕃釐觀。一面宣到蕭皇后和十六院夫人，同上香車寶輦，一路往蕃釐觀中來；嚇得觀中一班道士，躲避得無影無蹤。聖駕到得觀中，走上殿去，只見一樣也供著三清聖像；蕭皇后終是婦人家心性，敬信神明，見了聖像便盈盈下拜。

煬帝問：「瓊花開在何處？」

左右太監忙說：「瓊花在後殿花壇上。」

傳說這株瓊花的來歷，是從前有一個仙人，道號蕃釐，和同伴談起花木之美，彼此賭勝兒；他取白玉一塊，種在地下，頃刻之間，長出一樹花來，和瓊瑤相似，因此便名瓊花。後來仙人去了，這瓊花卻年年盛開，附近鄉里人家，便在這花旁蓋起一座蕃釐觀來。講到這瓊花，長有一丈多高，花色如雪，花瓣正圓，香氣芬芳異常，與凡花俗草不同，因此在江都地方得了一個大名。

當日煬帝和蕭皇后便轉過後殿，早遠遠望見一座高壇上，堆瓊砌玉的，開得十分繁盛；一陣陣異香從風裏飄來，十分提神。煬帝滿心歡喜，對蕭皇后道：「今日見所未見，果然名不虛傳！」說著，一步步走近臺去。

忽然，花叢中捲起一陣香氣，十分狂驟；左右宮人慌忙用掌扇御蓋，團團將煬帝、蕭皇后圍在中間。待到風過，把扇蓋移開，再抬頭看時，煬帝不由大吃一驚；只見花飛蕊落，雪也似的鋪了一地，枝上連一瓣一片也不留。蕭皇后和眾美人都看著發怔，半晌作不得聲。

煬帝不禁大怒起來，說道：「好好一樹花兒，朕還不曾看個明白，就謝落得這般模樣，實覺令人可惱！」再回頭看時，見當臺搭起一座賞花的錦帳，帳中齊齊整整的排著筵宴；一邊笙簫，一邊歌舞，甚是興頭。無奈這時臺上瓊花落得乾乾淨淨，心中十分掃興；意欲竟自折回，卻又辜負來意，意欲坐下飲酒，又覺鼓不起性子。

沉思了半晌，胸頭一陣怒氣按捺不住，說道：「那裏是狂風吹落，全是花妖作怪，不容朕玩賞；不盡情砍去，何以洩胸中之恨！」便傳旨喝令左右砍去。

眾夫人忙上去勸道：「天下瓊花，只此一株，若砍去了，便絕了天下之種；何不留下，以待來年？」

煬帝愈怒道：「朕巍巍一個天子，尚且看不得，卻留與誰看？今已如此，安望來年，便絕了此種，有甚緊要！」說著，連聲喝砍；眾太監誰敢違拗，便舉起金爪斧鉞，一齊動手，立刻將一株天上少、世間稀的瓊花，連根帶枝，都砍得稀爛。

煬帝看既砍倒了瓊花，也無興飲酒，便同蕭皇后和眾夫人一齊上車，駕還迷樓；那玉輦走在路上，煬帝還是氣憤憤的，只是罵花妖可惡，蕭皇后和眾夫人都再三勸諫。正說話時，忽見御林軍簇擁著一個道士來，奏道：「這道士攔在當路，不肯迴避；又口出胡言，故拿來請旨。」

誰知那道人見了煬帝，卻全不行禮；煬帝問道：「朕貴為天子，乘輿所至，鬼神皆驚；你一個邪道小民，如何不肯迴避？」

那道士冷冷的說道：「我方外之士，只知道長生，專講求不死，卻不知道什麼天子！誰見你什麼乘輿！」

煬帝又問他道：「你既不知天子乘輿，便該深藏在山中，修你的心，煉你的性，卻又到這輦下來做什麼事？」

那道人卻答道：「因見世人貪情好色，自送性命；我在山中無事，偶採百花，合了一種丹藥，要救渡世人，故此信步到這大街上來喚賣。」

煬帝聽說丹藥，心中不覺一動，便問道：「你這丹藥有什麼好處？」

道人說道：「固精最妙。」

煬帝近日因精神不濟，不能快意；聽說丹藥可以固精，便回嗔作喜，忙說道：「你這丹藥既能固精，也不消賣了，可快獻來與朕；若果有效，朕便不惜重賞。」

道人聽了，點著頭說道：「這個使得。」便將背上一個小小葫蘆解下，傾出幾粒丸藥，遞與近侍；近侍獻與煬帝，煬帝看那丸藥只有黍米般大小，數一數剛剛十粒。

煬帝不覺好笑起來，說道：「這丹藥又小又少，能固得多少精神！」

道人說道：「金丹只須一粒，用完了再當相送。」

煬帝問：「你在何處居住，卻往何處尋你？」

道人說道：「尋我卻也不難，只須向蕃釐觀中一問便知。」說罷，下了一個長揖，便搖搖擺擺的向東而去。

煬帝回到迷樓，蕭皇后只怕皇帝心中不樂，便帶了一班夫人美人團團坐著，輪流替煬帝把盞；煬帝因得了丹藥，一心要去試驗，便也無心飲酒，巴不得蕭皇后早散，只是左一杯、右一杯勸著。煬帝指望拿蕭皇后灌醉了，便好尋歡；不期心裏甚急，你一盞、我一杯的，倒把自己先灌醉了，倒在椅上，不能動彈。

一眾美人把煬帝擁上了轉關車，送入散春愁帳中去睡；煬帝這一睡，直睡到夜半方才醒來，連連嚷著口渴。吳絳仙和袁寶兒守在一旁，忙送過一杯香茗去；煬帝急著要試藥，便取一粒含在嘴裏，送下一口茶去。誰想那丹藥拿在手中時，便似鐵一般硬，及到舌上，渾如一團冰雪，也不消去咀嚼它，早香馥馥的化成滿口津液；一霎時精興勃勃，忙坐起身來，那頭暈酒醉一齊都醒，精神大增，比平日何止強百倍。

煬帝和眾夫人日夜尋著嬉樂，不知不覺早把幾粒金丹吃完，依舊精神消索，興致衰敗；忙差遣前日跟隨出門，認得道人的幾個太監，趕到蕃釐觀中尋訪道人。誰知到觀中去一問，並沒有什麼賣藥的道士；眾太監正要回宮去覆旨，不期剛走到廟門口，只見對面照壁牆上，畫著一個道人的像兒。細看面貌，卻與前日賣藥的道士一模一樣，手中也拿著蒲扇，背上也掛著胡蘆；眾太監一齊吃驚道：「原來這道人是個神仙！」要拿像兒去覆旨，卻又是畫在牆上的，扛也扛它不動；只得把實情前去覆旨。

煬帝急打發畫院官，前去臨摹畫像，那像兒卻早已消滅了；煬帝便下旨，著各處地方官尋訪仙人，不論道人羽士，但有丹藥賣的都一一買來。天下事，無假不成真，是真皆有假；只因煬帝有旨尋求丹藥，早驚動了一班燒鉛錬汞的假仙人，都將麝香、附子諸般熱藥製成假仙丹，來哄騙煬帝。

也有穿著羽衣鶴氅，裝束得齊齊整整，到宮門來進獻的；也有披著破衲衣，骯骯髒髒，裝做風魔樣子，在街市上喚賣的，這個要千金，那個要萬兩。地方官因聖旨催逼得緊，又怕錯過了真仙人，只得各處收買；不多時，丹藥猶如糞土一般，流水也似的，送入宮來。

煬帝得了，也不管它是好是歹，竟左一丸、右一丸的服下肚去；那藥方原是一味興熱的，吃下去，腹中和暖，只認做是仙家妙物，今日也吃，明日也吃。不期那些熱藥發作起來，弄得口乾舌燥，齒黑唇焦，腹中便如火燒一般，十分難受；見了茶水，便好似甘露瓊漿一般，不住口的要吃。

蕭皇后看看十分危急，便去宣御醫巢元方來看脈；那御醫看了脈，奏道：「陛下聖體，全由多服了熱藥，以致五內煩燥，須用清涼之劑慢慢解散，才能萬安；又有真元太虛，不宜飲水，恐生大病。」便撮了兩服解熱散火的涼藥獻上。

第十四回　龍鳳之姿

煬帝多服了舉陽的熱藥，肚子裏十分焦燥；雖有御醫巢元方獻上清涼的藥物，無奈煬帝心頭煩悶至極，藥力也是緩不濟急。

後來御醫想出一個冰盤解燥的法子來，裝著一大盤冰放在跟前，煬帝把臉貼著，眼看著，心裏稍稍寬舒；從此便行坐住臥，離不得冰。眾美人見了，都去買冰來堆作大盤，望煬帝來遊幸；一個買了，個個都買，迷樓中千房萬戶，無一處不堆列冰盤。江都地方冰價立時飛漲；藏冰的人家，都得到大利。

幸而煬帝的病，一天一天的清爽起來；雖說一時精神不能復舊，但他是每日遊幸慣的，如何肯省事，依舊帶著眾美人飲酒作樂。自知身體不佳，卻只飲一種淡酒，又揀那無風處起坐；便是於色慾上，也竭力避忌。煬帝究竟是先天充足的人，不多幾天，便把身體恢復過來。

有一天，煬帝十分有興，把眾夫人、眾美人和蕭皇后，邀集在月觀裏，大開筵席；你飲我勸，比平常更快活幾分，歌一回，舞一回，整整吃到黃昏月上。煬帝吃得醉醺醺地，不放蕭皇后回宮。

這時是五月天氣，滿架荼蘼映著月光，雲也似一片白，一陣陣送過幽香來，十分動人；煬帝戀著這風景，不肯入房，便在大殿上鋪了一榻，和蕭皇后共寢。二人一直睡到三鼓後，方才醒覺；睜眼看時，裏外清澈，側耳聽時，萬籟無聲，一抹月光照入殿來。煬帝和蕭皇后說道：「月臨宮殿，清幽澄澈；朕與御妻同榻而寢，何異成仙！」

蕭皇后笑道：「想昔日在東宮時，日夕侍奉，常有如此光景，當時並不覺快樂；今老矣，不能如少艾時一般的親暱，偶蒙聖恩臨幸，真不啻登仙也！」兩人話說未了，忽聽得階下吃吃笑聲；煬帝急披上單衣，悄悄的尋著聲走去。

站在廊下，向院子裏一看，此時月色朦朧，只見荼蘼架外，隱隱約約有兩個人影交動，一個是瘦怯怯的女人身影；煬帝疑心是袁寶兒和誰在花下偷情，忙跑下階來，躡著腳，直到花下去擒拿。原來不是袁寶兒，卻是小太監名柳青的，和宮婢雅娘在花下戲耍；兩人衣帶被花刺兒勾住，再也解拆不開，因此吃吃的笑不住聲。

忽見煬帝跑來，二人慌做一團，沒躲藏處；煬帝看這情形，逕自哈哈大笑著走回殿去，蕭皇后也披衣迎下殿來。煬帝說明小黃門和雅娘戲耍的情形，又說：「朕往年在東京十六院中私幸妥娘，光景正與今夜相似，彼此猶如遇了仙子一般。」

蕭皇后也笑說道：「往時曾有一夜在西京，妾伴著陛下，在太液池邊納涼，花蔭月影，也正與今夜相似，陛下還記得否？」

煬帝道：「怎麼不記得？朕那夜曾效劉季納作『雜憶詩』二首，御妻也還記得否？」

蕭皇后道：「怎麼不記得？」便信口念那二首詩道：「憶睡時，待來剛不來；卸粧仍索伴，解珮更相催。博山思結夢，沉水未成灰。憶起時，投籤初報曉，被惹香黛殘，枕隱金釵裊。笑動上林中，除卻司晨鳥。」

煬帝聽了，笑說道：「難得御妻如此好記性，光陰過得真快，一轉眼又是多年了！」

蕭皇后說道：「但願陛下常保當年恩情，便是賤妾終身之幸。」帝后二人，親親密密的過了幾天，丟得那袁寶兒、吳絳仙一班美人，冷冷清清的；便是煬帝也很紀念那班美人，趁蕭皇后回宮的時候，便到迷樓中來大開筵宴，眾美人一齊陪在左右。

忽有太監奏稱：「宮外有越溪野人，獻耀光綾二疋，說是仙蠶吐絲織成的。」說著，把那二疋綾子獻上。煬帝看時，果然十分奇異，光彩射人，綾上花紋，朵朵凸起；眾美人看了齊讚，稱果然精美的綾子。

便傳野人進宮來，當面問時；那野人奏道：「小人家住越溪，偶乘小舟，過石帆山下，忽見岸上異光飛舞，只道是寶物，忙捨舟登山去看，到那放光處，卻不見什麼寶物，只有蠶繭數堆，便收回來，交小人女兒織成彩綾。後來遇到一位老先生說道：『這野蠶不可看輕，是禹穴所生，三千年方得一遇，即江淹文集中所稱壁魚所化也；絲織為裳，必有奇文，可持獻天子。若輕賤天物，必有大罪。』因此不敢自私，特來獻上萬歲。」

正說著，報蕭皇后駕到；蕭皇后見了這耀光綾，便歡喜道：「好兩疋綾子，天孫雲綿，不過如此！做件衣服穿穿，卻也有趣。」

煬帝說道：「既是御妻要，便即奉送。」蕭皇后忙即謝恩，卻也不曾收，因有別事，便走出去。不期蕭皇后才走開，那吳絳仙和袁寶兒又走來，拿這耀光綾看了又看，不忍放手；煬帝見她二人愛不釋手，又以為蕭皇后不要了，便一時湊趣說道：「妳二人既愛它，便每人賜妳一疋。」

二人聽了，滿心歡喜，嘻嘻笑笑的拿去收藏；待蕭皇后回進殿來看時，龍案上已不見了綾子，便問道：「陛下賜妾的綾子擱在何處？」

煬帝佯驚道：「這綾子因御妻不收，朕已轉賜他人了。」

蕭皇后忙問：「是賞了誰？」

煬帝一時回答不出來，禁不住蕭皇后連連追問，煬帝說道：「方才是吳絳仙袁寶兒二人走來，因她們看了歡喜，便賞了她二人拿去。」

蕭皇后因煬帝過分寵愛吳袁二美人，久已嫉妒在心；如今見煬帝把已經賜了自己的東西，又轉賜給二人，如何再忍耐得住，氣昂昂地大怒道：「陛下欺妾太甚，專寵這兩個賤婢來欺壓妾身！妾雖醜陋，也是一朝主母，如今反因這兩個賤婢受辱，教妾如何再有面目做六宮之主！」說著，便忍不住嚎啕大哭起來。

煬帝慌得左不是，右不是，再三勸慰，如何肯停；那十六院夫人知道了，也一起趕來勸慰。這蕭皇后卻口口聲聲說：「除非殺了這兩個賤婢，方洩我胸中之氣！」

秦夫人暗暗的對煬帝說道：「看來，只是空言已勸不住娘娘的傷心了；陛下只得暫將二位美人貶一貶，方好收場。」

煬帝沒奈何，只得將吳絳仙、袁寶兒二人，一齊貶入冷宮，永遠不得隨侍；蕭皇后見真的貶了二位美人，又經眾夫人再三勸說，便也趁勢收篷。

正飲酒時，忽見一個太監慌忙來報，道：「西京代王差一近侍，有緊急表文奏呈。」

煬帝便接過太監手中的表文來看時，只見上面寫道：

「留守西京代王臣侄侑稽首頓首奉表於皇帝陛下：自聖駕南遷，忽有景城人劉武周，殺馬邑太守王仁恭，得眾萬餘，襲破樓煩郡，進據汾陽宮，十分猖獗；前又擄掠宮女，賂結突厥。突厥得利，隨立武周為定陽可汗，兵威益震；近又攻陷定襄等郡，自稱皇帝，改元天興。又與上谷賊宋金剛，歷山賊魏刁兒，連結一處，甚是強橫。自今又斬雁門郡丞陳孝思，竊據離宮，大有雄吞天下之心。侄侑懦弱，又無精兵良將，西京萬不能守；屢疏求救，未蒙天鑒。今亡在旦夕，特遣宦臣，面叩天顏，伏望皇上念先皇社稷之重，早遣能臣，督兵救援，猶可支大廈之將傾，援狂瀾於既倒；倘再延時日，則關右一十三郡，非國家有矣！臨表倉皇，不勝迫切待命之至！」

煬帝看了大驚，道：「朕只道是一班鼠賊，卻不料竟結連胡奴，這樣猖狂起來。」便親臨便殿，宣虞世基和眾文武百官上殿商議。

虞世基奏稱：「劉武周原係小賊，只因邊將無才，不出力勦捕，致養成今日不可收拾之勢；為今之計，必須嚴責邊將，再遣在朝親信大臣帶兵前往，保守西京重地，則長安可無虞了。」

煬帝便問：「如今是何人把守邊關？」

宇文達奏稱：「關右一十三郡兵馬，皆歸衛尉少卿唐公李淵節制。」

煬帝聽了，不由得大怒：「李淵原是獨孤太后的姨侄，朕自幼兒和他在宮中遊玩，何等親密，因此朕才付與邊疆重權；他竟弄得喪地折兵，養成賊勢，他的罪真不容誅了！」

遂傳旨著欽使大臣，賫詔到太原地方去，囚執李淵到江都來問罪；又下旨，著朝散大夫高德儒為西河郡丞，多調兵馬，保守西京。煬帝下了這兩道旨意，只當大事已了，便急急退入後宮去。

蕭皇后問起西京之事，煬帝說：「朕已遣高德儒領兵前去救援，料來不難恢復的。」

蕭皇后大驚道：「妾素知高德儒是庸儒之輩，劉武周結連突厥，聲勢浩大，叫他如何抵擋得住？」

煬帝笑道：「御妻不用憂慮，天下大矣，朕有東京以為根本，江都以為遊覽，儘足朕與御妻行樂；

便算失了西京，也不過只少了長安一片土，也不壞什麼大事，御妻何必惱恨！且取酒來飲，以取眼前快樂！」

蕭皇后聽了，也不好再說，只得喚左右奉上酒來；煬帝正拿著酒杯要飲，忽又有一個太監來奏道：「東京越王，也有表文奏上。」說著，呈上表文。

煬帝看時，見上面寫道：「留守東京越王臣侹伺稽首頓首奉表於皇帝陛下：去歲楊玄感兵反黎陽，蒙遣將宇文朮、屈突通率兵勦捕，以彰天討，幸已敗亡；但玄感雖死，而謀主李密統有其眾，愈加猖狂。先奪回洛倉，後據洛口倉，所聚糧米盡遭擄劫；近又遍張檄文，侮辱天子，攻奪東京，十分緊迫。伏乞早發天兵，以保洛陽根本，如若遲延，一旦有失，則聖駕何歸？臨表惶恐，不勝激切待命之至！」

煬帝又看那檄文時，上面寫道：

大將軍李密，謹以大義佈告天下：隋帝以詐謀生承大統，罪惡盈天，不可勝數。紊亂天倫，謀奪太子乃罪之一也；弒父自立，罪之二也，偽詔殺弟，罪之三也；逼姦父妃陳氏，罪之四也；誅戮先朝大臣，罪之五也；聽信奸佞，罪之六也；關市騷民，征遼黷武，罪之七也；大興宮室，開掘河道，土木之功遍天下，虐民無已，罪之八也；荒淫無度，巡遊忘返，不理政事，罪之九也；政煩賦重，民不聊生，毫不知恤，罪之十也；有此十罪，何以君臨天下？可謂罄南山之竹，書罪無窮；揚東海之波，濯惡難盡！密今不敢自專，願擇有德以為天下君；仗義討賊，望風興師，共安天下，拯救生靈。檄文到日，速為奉行，切切特佈！

煬帝看了大驚，道：「李密何人，卻也敢窺視東京？又出此狂言，朕恨不生嗜其肉！」意欲調兵救援；細思卻又無良將可用，只長嘆一聲道：「天意若在朕躬，鼠輩亦安能為也！」說著，依舊拿起酒杯來飲。無奈酒不解，人真愁，吃來吃去，情景終覺索然；從此煬帝也自知天意已去，便一味放蕩，每日裏不冠不裳，但穿著便衣，在宮中和那班夫人美人們遣愁作樂。

一夜，和月賓、妥娘兩人，同睡在解春愁帳中，想起東西兩京的事情來，睡不能安；在帳中左一翻，右一覆，竟不能合眠。半夜裏又穿了衣服起來，帶著眾美人各處閒行，行了一會，實覺無聊；眾美人要解聖懷，只得又將酒獻上，煬帝強飲幾杯，帶些酒意，又擁了眾美人去睡。

先和杳娘睡一時，睡不安，又換了貴兒，依舊是睡不安，再換冶兒；換來換去，總是個睡不安，才朦朧了一會，又忽然驚醒。後來直換到韓俊娥，俊娥說道：「萬歲若要得安寢，必須依妾一計方可。」

煬帝道：「美人有何妙計？」

俊娥道：「須叫眾美人奏樂於外，不可停聲；萬歲枕著妾身，睡於帳內，必定可以成夢。」

煬帝依了韓俊娥的話，真個傳命眾美人，笙簫管笛，先奏起樂來；奏到熱鬧時候，便帶著韓俊娥進帳睡去。在帳外的眾美人，只見流蘇亂顫，銀鉤頻搖，簫笛之間，戛戛有聲；羞得眾美人的粉腮兒，一齊紅暈起來。

那消一刻工夫，早聽得煬帝的鼾聲雷動，沉沉一夢；直睡到次日紅日上升，方才醒來。聽那眾美人的樂聲猶未停住；煬帝大喜，對韓俊娥道：「朕得一夜安寢，皆美人之功也！」說著，便披衣而起，方叫眾美人住樂。

自此以後，便成了定例，夜夜皆要俊娥擁抱，帳外奏樂，方能入睡；若換別的美人陪寢，便徹夜不眠。煬帝因此甚愛俊娥，時刻不能離她，便寵擅專房。煬帝道：「朕虧俊娥，方得成夢，便另賜一名，喚個來夢兒。」

俊娥如此得寵，別的夫人美人，亦不敢有嫉妒之念；只是蕭皇后心中卻暗暗不樂，便背地裏使人去窺探俊娥，看是何用法能使煬帝安寢。那人去打聽半天，卻打聽不出一個道理來；只見床帳搖動，不多時，萬歲爺便鼾起入睡，蕭皇后細細推敲，不解其理。

隔日，趁煬帝不在跟前的時候，便私喚韓俊娥前來，問道：「萬歲苦不能睡，美人能曲意安之，必有善媚之術，可明對我說。」

俊娥答道：「婢子蒙娘娘寬恩，得侍御床，衾裯之內，行褻之行，如何敢瀆奏。」

蕭皇后道：「是我問妳，非妳之罪，便說何妨？」

俊娥至此，只得說道：「萬歲聖心好動不好靜，前次妾從遊江都時，萬歲在御女車中行幸宮女，見車行高下，享天然之樂，習以為常；今安眠寢榻，支體不搖，又加國事驚心，故不能寐，妾並非有善媚之術，不過仿傚車中態度，使萬歲四體動搖，便得安然而寢矣。」

蕭皇后道；「妳雖非善媚，迎合上意，用心亦太過矣！」

韓俊娥道：「妾非迎合，皆善體娘娘之意也。」

蕭皇后笑道；「我之意，非汝所能體也！且去且去！」俊娥聽了，默默而退。

從此蕭皇后和煬帝同寢，也模仿車中態度取悅煬帝；然未經親身經歷過來，畢竟不如俊娥能夠動盪合拍，煬帝每夜半睡半醒，終有幾分思念俊娥，但又礙著蕭皇后顏面，終不敢提起。

如今且丟開隋煬帝一面，再說那李淵；他是將來唐朝開國皇帝，在本書中是第一個主人翁，不得不詳細敘說一番。

這李淵，字叔德，原是隴西成紀人氏；是西涼武昭王李暠的七世孫，在東晉的時候，李暠佔據秦涼一帶地方，自立為王，傳到兒子李歆，被北涼滅去。歆生子重耳，重耳生子名熙；熙生子名天錫，天錫生子名虎。李虎在西魏時候，是一位功臣、賜姓大野氏，官做到太尉；後來與李弼等八人，幫助周朝伐魏國，稱做八柱國，死後便封唐國公。

李虎的兒子名昺，在隋文帝駕下為臣，襲封唐公；李昺的夫人，便是獨孤氏，與隋文帝獨孤皇后是同胞姐妹，因此文帝和李昺名為君臣，實為襟兄襟弟。後來獨孤后生下一個兒子，便是李淵；文帝見他相貌不凡，自幼兒養在宮中，和煬帝常在一塊兒遊玩。文帝格外垂愛他父子二人，便復李姓。

李昺死後，便由李淵襲爵，歷任譙州隴州刺史；隋煬帝登位，又升做太守，後來又召進京來，拜做殿前少監，衛尉少卿，待到煬帝征遼，又命李淵督運兵糧。那時楚國公楊玄感，乘著車駕遠征，便起兵作亂，圍攻東都；李淵飛書奏聞，煬帝急回京師，便拜李淵做弘化留守，抵敵玄感。玄感兵敗身死，李淵便久駐東京留守；他看待部下，寬大有恩，頗得人心。

隋朝自從煬帝即位以來，日事荒淫，萬民吁怨，京師地方起了一種謠言；起初只在街市中宣傳，後來便漸漸的傳入宮廷之中，連煬帝也常常聽得。那謠言是說：「桃李子，有天下」；又說：「李氏將興，楊氏將滅。」煬帝聽了這種謠言，便十分注意姓李的人。

李淵是他的姨表弟兄，兩人自幼兒交情很厚的，他做夢也不疑到這一個人；只有蒲山公李寬的兒子李密，常常入朝，隨侍左右，煬帝暗暗的留心。見李密長得額高角方，目分黑白，便說他顧盼非常，立即罷職；這李密見無過丟了功名，從此便把個煬帝含恨在心。後來楊玄感造反，李密便從中指揮，待到玄感兵敗，李密逃入瓦崗寨，投在翟讓門下，頗想援據民謠，稱孤道寡起來；他卻不知，真命天子別有一李，不是他的李姓。

煬帝趕走了李密，又疑心到郕國公李渾身上去，硬說他謀反，殺死了李渾，還不放心，又拿他全家抄斬了；直到宇文達奏稱，李淵總督關右一十三郡兵馬，他才慌張起來，便立刻派人去，推說因李淵保護地方不力，把他拿進京來。

這時李淵帶兵留守太原，兼領晉陽宮監，裴寂為副監；聽說有聖旨傳他赴江都，便知事情不妙，眼看著從前李渾屈死，他越發膽寒起來，便和裴寂商議。那裴寂原是一個聰明有大志的人物，他見隋室江山終是難保，早存了一條揭竿起義的心腸；只因李淵平素為人正直，不好把這意思說破。

如今見事已危急，便教唆李淵，一面推病不見，一面拿許多金銀去孝敬那位欽差官兒，算是程儀；便託他用婉言回京去覆旨，只說李淵病勢危急，待病狀稍痊，便當入朝聽命。煬帝手下的太監，沒有一個不是貪財的；那欽差官得了金銀，便樂得做一個人情，便照樣把李淵病重的話去覆了旨。

煬帝這時又恣意尋樂，早把李淵的事情丟在腦後了。過了幾個月，煬帝忽然在宮裏遇見李淵的甥兒王某；這王某原在後宮當差多年，煬帝見了他，不由得便想起了李淵。便問王某道：「你的母舅為何多日不來見朕？」

王某答道：「只怕病尚未痊，所以延遲了。」

煬帝笑說道：「你舅父死了也罷！」一句話嚇得王某開口不得；待轉了背，急急寫了密書，寄與李淵，報告煬帝的話。李淵看了他外甥的信，頓時惹得驚魂不定，左思右想，無法脫禍；只得託病在家，縱酒養晦。

這李淵的夫人竇氏，原是一位女中豪傑；她父親竇毅，在周朝官做到上柱國。當時周武帝的姊姊襄陽公主，便下嫁給竇毅做妻子，生女竇氏，自小兒十分聰慧；母親傳授她「女誡」、「列傳」等書，便能過目不忘。後來隋高祖楊堅奪了周朝的天下，竇氏這時年紀還小，知道周朝滅亡，便哭倒在地；說道：「恨我非男子，不能救舅家！」

竇毅忙掩住她的口，叫她不可妄說；暗地裏卻很驚訝，常對他夫人襄陽公主說道：「此女有奇相，又是智識不凡，宜為她小心擇婿。」便令木工製起一座精細的屏風來，在屏上畫兩隻孔雀，凡有人來求婚的，便先令新郎向屏上連射三箭，有能射中孔雀雙目的，才肯把女兒許配給他。

一時裏，王孫貴冑都來比射，幾乎把竇家的門限也要踏穿了；無奈那來射箭的一班公子哥兒，十有八九，都是連一隻孔雀眼也是射不中的，個個弄得趁興而來，敗興而返。獨有李淵最後趕到，只連發得兩箭，一箭射中孔雀左眼，一箭射中孔雀右眼，因此便得成就了這一段良緣。

這竇氏自嫁到李家去以後，便接連生了四男一女；長子名建成，次子名世民，三子名玄霸，四子名元吉，一女嫁給臨汾人，名柴紹的。

就中單說李世民，是一位少年英雄；在世民四歲的時候，有一個書生，自稱善相，特地上門來拜見李淵。才一見面，便說道：「公當大貴，且必得貴子。」

李淵便把自己的四個兒子齊喚出去，請書生察看；那書生卻獨指世民，道：「龍鳳呈姿，天日露表，將來必居民上；公試記取此兒二十年後，便能濟世安民，做一番掀天揭地的事業。」

李淵聽了書生「濟世安民」的一句話，便把第二個兒子取名世民。

第十五回　大漠風雲

隋煬帝北巡的那一年，駕出雁門，忽遇到一大隊突厥兵，由酋長始畢可汗率領著，迎頭攔擊，竟欲劫奪乘輿；煬帝見時勢危急，忙逃回雁門，據關自守。始畢可汗竟調集番兵數十萬，把一座雁門關圍得和鐵桶相似；煬帝悶在關裏，心中十分焦急，便傳檄天下，令各路都起勤王兵來救駕。

當時有一位屯衛將軍，名叫雲定興的，便奉旨在營前招募天下義士；當時忠心皇室的人還多，便有許多少年英雄前來應募。其中有一位英俊的少年，跑到定興軍營中來報名；雲將軍問他年紀，卻只有十六歲，問他姓名，原來便是留守將軍李淵的次子李世民。雲定興知道他是將門之子，又兼面貌奇偉，便拿另眼看待他。

當下李世民向雲將軍領了一小隊兵馬，連夜偃旗息鼓，悄悄的繞到突厥兵後背去，在荒山暗地裏齊聲吶喊起來；東邊喊聲才了，西邊又叫喊起來，喊了一夜，慌得那突厥兵滿心疑惑，挨不到天明，便一齊拔營逃去。

正出山口的時候，李世民帶領校刀手，著地衝將出去，一陣大殺；打得突厥兵首尾不相應，棄甲拋盔，逃亡死傷的不知有多少，直把突厥兵趕得很遠很遠了，世民才整隊回來繳令。煬帝虧得他這一場殺，才得解圍安返東都。

世民立了這一場大功，卻絲毫得不到好處，閒住在定興營中一年多光陰；聽得煬帝遊幸江都，早晚荒淫，不理朝政，世民嘆一口氣，說道：「主昏若此，我在此何為！」便辭別定興，回到父親太原任上去。

第二年，有一路賊兵主帥甄翟兒，他自號歷山飛，帶領大群賊黨來攻太原；李世民見有廝殺可尋，便提槍躍馬，便要衝出城去抵敵。李淵見他年紀太小，終覺不放心；便命世民守城，親自帶領兵馬，前去殺賊。

那賊兵來勢十分兇猛，李淵和甄翟兒對陣，從午時直殺到黃昏；那賊兵越來越眾，李淵一支兵被他們團團圍在核心，看看有些支持不住了。世民在城上看見，便帶同生力軍衝出城去，直殺入重圍，把他父親救出；父子兩人左右夾攻，殺得賊人屍橫遍野，血流成渠，好不容易把這甄翟兒殺退，太原百姓又得太平無事。

但自從煬帝七年起直到十三年，這六年間，各路揭竿起事的直有四十九起；第一個劉武周稱帝，起兵馬邑；接著便是林士弘稱帝，起兵豫章；劉元進稱帝，起兵晉安；朱粲稱楚帝，起兵南陽；李子通稱楚王，起兵海陵；邵江海稱新平王，起兵岐州；薛舉稱西秦霸王，起兵金城；郭子和稱永樂王，起兵榆林；竇建德稱長樂王，起兵河間；王須拔稱漫天王，起兵恆定；汪華稱吳王，起兵新安；杜伏威稱吳王，起兵淮南；李密稱魏公，起兵鞏邑；王德仁稱太公，起兵鄴郡；左才相稱博山公，起兵齊郡；羅藝稱總管，起兵幽州；左難道稱總管，起兵涇邑，馮盎稱總管，起兵高羅；梁師都稱大丞相，起兵朔方；孟海公稱錄事，起兵曹州；周文舉稱柳葉軍，起兵淮陽。

此外，高開道起兵北平，張良憑起兵五原，周洮起兵上洛，楊士林起兵山南，徐圓朗起兵豫州，張善相起兵伊汝，王要漢起兵汴州，時德叡起兵尉氏，李義滿起兵平陵，綦公順起兵青萊，淳于難起兵文登，徐師順起兵任城，蔣弘度起兵東海，王薄起兵齊郡，蔣善和起兵鄆州，田留安起兵章邱，張青持起兵濟北，臧君相起兵海州，殷恭邃起兵舒州，周法明起兵永安，苗海潮起兵永嘉，梅知巖起兵宣城，鄧文進起兵廣州，楊世略起兵循潮，冉安昌起兵巴東，寧長真起兵鬱林；李軌稱涼王，起兵河西；蕭銑稱梁王，起兵巴陵。

這數十起草頭王，都是史冊上有姓名可查的；此外還有許多妖魔小丑，東撲西起，真是數不勝數；可笑那日坐迷樓，酒色荒淫的隋煬帝，外面鬧得天翻地覆，他卻好似矇在鼓中一般，不見不聞。

在他左右的百官，大家只圖得眼前富貴，把各處的反信，瞞得鐵桶相似；真是滿朝君臣醉生夢死的過著日子。獨有這位太原留守李淵，眼看著破碎的江山，時常愁嘆；只有世民懷抱大志，時時留心眼前英雄，傾心結交，預備大舉。

其中晉陽令劉文靜和副監宮裴寂，二人來往得最是密切；有一夜，文靜和裴寂二人同宿在城樓上，遠見境外烽火連天，禁不住長嘆一聲，說道：「身作窮官，又遭亂世，叫人何以圖存！」

文靜聽了，忙一把拉住裴寂，說道：「盜賊四起，時勢可知；你我兩人果屬同心，還怕什麼貧窮呢！」

裴寂道：「劉大令有什麼高見，幸乞指教。」

文靜說道：「從來說的，亂世出英雄；裴大人平日看在眼裏，究竟誰是英雄？」

裴寂聽了，把大拇指一伸，說道：「當今英雄，還數李總監！」

文靜點著頭說道：「李淵果然是英雄，他公子世民，尤屬命世奇才，大人不可錯過。」裴寂心中終嫌世民年紀太輕，聽了文靜的話，仍是將信將疑，含糊過去。

隔了幾天，忽然江都又有詔來，說李密叛亂；文靜和李密是兒女親家，照律應該連坐，著即革職下獄。李淵奉到這個聖旨，卻不敢怠慢，便將文靜除去冠帶，拿來拘入監中；待世民回衙來，聽說文靜下獄，急急趕到監牢中去探望。

兩下見了面，文靜不但不發怨，反箕踞在草席上，高談天下大事；又說道：「如今天下大亂，還講什麼是非；除非有漢高的約法、光武的中興，撥亂反正，為民除暴，或尚有撥雲見日的一天。」

世民聽了，直跳起來，說道：「君亦未免失言，焉知目下無漢高、光武一般的救世英雄出現？只怕你肉眼不識真人呢！」

文靜急拍手大笑道：「好！我的眼力果然不弱，公子果然是一位真人！如今天下洶洶，群盜如毛，公子正好收為己用，縱橫天下。不說別的，單說太原百姓，因避盜入城，一旦收集，可得十萬人；尊公麾下，又有數萬精兵，趁此乘虛入關，傳檄天下，不出半年，帝業成矣。」

世民聽了這一番話，轉覺躊躇起來。

文靜再追一句道：「敢是公子無意於天下嗎？」

世民嘆著氣說道：「小姪原久有此志，只恐家父不從，奈何！」

文靜道：「這也不難。」說著，便附著世民耳邊，低低的說了幾句；世民點頭稱是，告別出獄，自去邀裴寂飲酒賭博。

裴寂生平所好的，便是這兩件事。世民這一天在私室裏，用盛宴相待；又拿出十萬緡錢來，兩人作樗蒲之戲。從午刻賭起，直賭到黃昏人靜，世民故意把自己的錢一齊輸去；裴寂贏了錢，又吃了酒，十分歡喜。

從此兩人天天聚在一處，話到投機的時候，世民便把文靜的主意說了出來。裴寂聽了，拍著手說道：「我也有此意久矣！只是尊公為人正直，明言相勸，恐反見拒；如今我卻想得一條偷天換日的妙計在此，今日既承公子相託，待我明日便把這條計行出去罷了。」說畢，兩人各自分頭去預備。

到了次日，裴寂便設席在晉陽宮，請李淵入席。這晉陽宮，是煬帝在四處遊幸預備下的行宮之一，行宮裏一樣也養太監宮女們，準備聖駕到時使喚的；皇帝不在行宮的時候，便立正副宮監二人，管理行宮中一切事務。如今這晉陽宮的正宮監便是李淵，副宮監便是裴寂。

當日，裴寂在宮中設宴款待李淵，李淵心想：自己原是宮監，可以進得宮中，又兼和裴寂是多年的老友，設宴相請，也是常有的事，便也毫不疑心，欣然赴宴去了。裴寂迎接入座，談些知己說話，十分開懷；從來說去，酒落歡腸，兩人說到同心處，便不覺連杯痛飲起來。

裴寂這一天特意備著許多美酒佳餚，把李淵灌得爛醉；他自己雖也一杯一杯吃著陪著，但卻不是真的飲下肚去，卻趁著李淵不見的時候，一杯一杯的倒在唾壺中去的。因此兩人一樣的飲酒，一個吃得醉態朦朧，一個卻越吃越清醒了。

正在暢飲的時候，忽聽簾鉤一響，踅進來兩個花朵兒也似的美人兒，長得一般高大，一般苗條；望去一樣十七八歲年紀，好似一對姊妹花，笑盈盈拿手帕兒掩著朱唇，並著肩兒，走向李淵身邊去。從來說的：酒不醉人人自醉，色不迷人人自迷；如今李淵當著這酒色兩關，他肚子裏裝著絕好的酒，眼中看了絕好的美色，任你是鐵石人兒，也要被她迷醉倒了。

李淵睜著兩隻醉眼正看著，那兩個美人已並對兒盈盈拜倒在地，慌得李淵忙伸手去扶起；裴寂吩咐兩美人在李淵左右肩頭坐下，那美人坐在兩旁，不住的把著壺兒勸酒。李淵一邊飲酒，一邊望著這兩個美人的姿色，只見她們眉黛含顰，低鬟攏翠，盈盈秋水，嬌嬌紅粉，一言一笑，都覺可人；還有那一縷一縷的幽香，從她們翠袖中暗暗的傳入鼻管來。

可憐李淵半生戎馬，如何經過這種艷福，早已弄得神情恍惚，醉倒懷中了；兩美人便扶著李淵，逕直入內宮去安寢。這一睡，雖不及顛鸞倒鳳，卻也儘足偎玉依香。

到次日天明，李淵從枕上醒來，只覺錦繡滿眼，深入溫柔，鼻中送進一陣一陣異香來，似蘭非蘭，似麝非麝；急揉眼看時，只見左右兩個美人側身擁抱著。看她們穿著嬌艷的短衣，長著白嫩的肌膚，由不得伸手去撫弄著；這兩個美人也是婉轉隨人，笑啼如意。

李淵便問她們的姓氏，一個美人自稱尹氏，一個美人自稱張氏；李淵又問她們：「家住在什麼地方？是何等樣人？是誰喚妳們來侍寢的？」

那兩個美人聽了，抿著嘴笑說道：「如今妾身既已有託，便實告訴了大人吧。我們並不是尋常女子，原是此地晉陽宮的宮眷；只因聖上荒淫，南遊不返，烽火四起，亂象已定，妾等非大人保護，眼見得遭盜賊污辱了。今日之事，是依裴大人的主張，使妾等得早日託身，藉保生命。」

李淵話不曾聽完，便嚇得從床上直跳起來；說道：「宮闈重地，宮眷貴人，這、這、這事如何可以行得！」他一邊說著，一邊急急跳下床來，連衣冠也來不及穿戴齊整；三腳兩步逃出寢宮。

兜頭撞見裴寂，李淵上去一把拉住，呼著裴寂表字說道：「玄真，玄真！你捉弄得我好！你莫非要

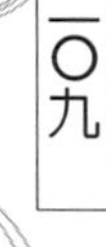

害死我嗎？」

裴寂笑著說道：「李大人為何這般膽小？收納一二個宮女，算不得什麼大事；便是收納了隋室江山，也算不了什麼大事呢！」

李淵聽了，愈加慌張起來，說道：「我二人都是楊家臣子，奈何口出叛言，自召滅門大禍？」

裴寂卻正色說道：「識時務者為俊傑，如今煬帝無道，百姓窮困，群雄並起，四方逐鹿，烽火連天，直到晉陽城外；明公手握重兵，公子陰蓄士馬，今日不趁時起義，為民除暴，尚欲待至何日？」

正說話時候，突有一個少年，手挽著劉文靜闖入宮來；李淵認是他的次子世民，忙指著劉文靜說道：「這劉大令是聖上旨意拿下的欽犯，你如何擅敢釋放？」

世民卻大聲說道：「什麼聖上不聖上！如今天下大亂，朝不保暮；父親若再守小節，下有寇盜，上有嚴刑，禍至無日矣！」

文靜接著說道：「大人事已至此，還不如順民心、興義師，或可轉禍為福。」

李淵被他三個人逼著，一時憤無可洩，便上去一把揪住他兒子世民，大聲喝道：「你們只是一派胡言，我只拿住你自首去！免得日後牽累。」

裴寂見了，忙上去勸解；世民也說道：「孩兒細察天時人事，機會已到，所以敢大膽發此議論；如大人必欲將孩兒扭送，孩兒也不敢辭死。」說著，不由得滴下淚來。

父子究關天性，聽世民這樣說了，李淵便也不覺把手放鬆；世民見他父親怒氣稍退，復又勸道：「如今盜賊四起，橫行天下；大人授詔討賊，試思賊可盡滅的麼？賊不能盡，終難免罪。況世人盛說李氏當興，楊氏當滅；郕公李渾無罪遭禍，即使大人果然能盡滅賊人，那時功高不賞，我家又是姓李，那時又難免遭忌，今日起義，正是免禍之道。」

李淵聽此，自想既已污辱宮廷，時勢逼迫，也是無法；只得嘆一口氣，道：「罷！罷！今日破家亡軀，由你一人；他日化家為國，也由你一人，我也不能自主了！」

第二天，便拜劉文靜參贊軍務，商議出兵的計謀；一面派人星夜趕赴河東，迎接家眷。正商議間，忽報突厥大隊人馬殺來，劉文靜眉頭一轉，計上心來；便令世民、裴寂率兵分頭埋伏，反把四門大開，洞澈內外。突厥兵直闖進外城，見內城門一樣也洞開著，不由得心頭疑惑起來；喧嘩了一陣，竟引兵退出城去，李淵才復闔上城門，調兵遣將。

到次日，突厥兵又來攻城，淵遣部將王康達等，率千餘騎出戰，不消片刻工夫，竟被突厥兵殺得全軍覆沒；城中得了敗耗，頓時驚慌起來。世民想得一計，連夜打發將士潛行出城；待至天曉，卻張旗伐鼓，吶喊前來。突厥兵疑是別路來的救兵，便一齊退出去；城中轉危為安，軍民相率歡慰。

隔了幾天，那李淵的家眷居然取到。這李淵的正夫人竇氏，早已去世，二夫人萬氏和長子建成、四子元吉，連同女婿柴紹，也一併入見；骨肉團聚，相對言歡。李淵問起三子玄霸，才知是在籍病故；又有萬氏生的兒子名智雲的，已在中途失散，生死未卜，因此在歡敘中，還帶幾分悲悼。

李淵見了柴紹，便又想起女兒來，問：「我女如何不來？」

柴紹答道：「小婿原寄寓長安，備官千牛；因得二舅兄密書相召，是以小婿星夜趕來，在中途適遇岳父眷屬，幸得隨行。小婿行時，原欲帶令媛同行；令媛卻說路途中不便，臨時自有妙計脫身。」

正談話間，世民從外邊進來，說道：「如今家眷已到，大事須行；速議出兵，掩人不備，遲恐有變。」李淵便在密室召集劉文靜、裴寂一班人，共議出兵方法。

劉文靜說道：「出兵不難，所慮突厥時來糾纏；今日要策，莫如先通好突厥，然後舉兵。」

李淵說：「這說得也是。」

便由劉文靜起草，與突厥通信；信上大約說：「目下欲舉義兵，迎立代王，再與貴國和親，如漢文帝故事；大汗如肯發兵相應，助我南行，幸勿侵虐百姓，若但欲和親，坐受金帛，亦惟大汗是命。」這一番話，由李淵親筆寫就，便遣劉文靜為使，送書到突厥營裏去。

李淵自從劉文靜去後，城中暫時無事，暇時便想起幼子智雲，屢遣人到河東去探聽下落；後來得到確實消息，智雲被官吏執送長安，被留守陰世師所害。淵與如夫人萬氏得了這個消息，十分痛心，裴寂和柴紹都來勸解；淵含淚說道：「玄霸幼慧，在十六歲時，便在籍病死；智雲頗善騎射，兼能書奕，年比玄霸尚小二歲，不料今竟死於奸吏之手，我他日出兵，必為吾兒報此仇恨！」

正傷心的時候，忽報劉文靜從突厥營回來；李淵當即召入，問他情形。文靜道：「突厥主始畢可汗說：『須請大人自為天子，他方肯出兵相助。』」

裴寂在一旁聽了，不禁躍身而起，說道：「突厥且願主公為帝，大事不足慮矣！」

無奈李淵終覺膽小，便另立了一個主意，尊煬帝為太上皇，奉代王為帝，藉此安定隋室；一面移檄郡縣，改換旗幟，一面再命文靜往突厥營去報命，約與突厥兵定京師，土地歸李淵，子女玉帛歸突厥。始畢可汗大喜，便先打發使臣到晉陽城中來，饋馬千匹，李淵也和突厥和好；此後每寄書與突厥，竟至自稱外臣。在李淵，原是暫時攏絡外人的意思，但從此卻叫突厥人瞧不起唐朝，真是自取其辱。

劉文靜執掌文書，便傳檄各處，自號義兵；檄文送到西河郡丞高德儒那裏，他因新受煬帝征討之命，便拒絕李淵的來使，李淵便命長子建成、次子世民，率兵直攻西河。世民的軍隊直至西河城下，高德儒閉門拒敵，世民身先士卒，竭力猛攻；足足打了三天三夜，在清早時候冒險登城，建成的軍隊隨後攻入，河西全城頓時陷落。

世民拿住高德儒，立刻斬首示眾；當即大赦軍兵，秋毫無犯。李淵見初戰得利，便決意打進關去；裴寂和同伴商量停妥，上李淵尊號，稱為大將軍。開府置官，命裴寂為長史，劉文靜為司馬，唐儉、溫大雅為記室；大雅與弟大有，共掌機密。武士彠為鎧曹，劉政會和崔道張道源為戶曹，姜暮為司功參軍，殷開山為府椽，長孫順德、劉弘基、竇琮、王長諧、姜寶誼、陽屯都做左右統軍。此文武各屬，量才授任：封世子建成做隴西公，兼任左領軍大都督；封次子世民做敦煌公，兼任右領軍大都督，都可任用官員。女婿柴紹做右領軍府，長史諮議劉贍，領西河守；部署大定，各有專司。

長史裴寂又把晉陽宮內的積粟，移送到大將軍府去，共有九百萬斛；又有雜綵五百疋，鐵盔四十萬副，也一齊移到大將軍府中去。那第一夜在晉陽宮中，伴李淵宿的尹、張兩個宮眷，此時也都封了美人，早晚陪伴在李淵左右，李淵也十分寵愛；原有五百名宮女，也一齊撥入大將軍內府去聽用。

這時是隋煬帝大業十三年，李淵把家事府事料理清楚，便親自帶了三萬甲士，從太原出發；元吉留守晉陽宮，建成、世民都帶兵從征。一面移檄各地，只說尊立代王為帝；誰知軍隊行到中途，便有探子來報，稱隋郎將宋老生和將軍屈突通，奉代王侑命，帶領大隊人馬前來抵抗。

這時屈突通駐兵在河東，宋老生卻已領兵到霍邑了；李淵聽了，知道師出無名，不覺躊躇起來。這時李淵軍隊駐紮在賈胡堡地方，離霍邑還有五十多里，又值大雨滂沱，不便行軍；軍中糧食原帶得不多，數日前，李淵已打發府佐沈叔安到太原，去運一月糧草來，至今未到。

看看那雨勢一天大似一天，滿路泥濘，眼見得大家坐食，無法行動；正悶守的時候，忽有探子呈上李密的檄文，歷數煬帝的十大罪狀。李淵當即傳裴寂、世民進帳來商議；裴寂說：「李密如今略取河洛，有瓦崗寨大盜翟讓等，奉他為盟主，自穩魏公，現有眾數十萬，聲勢極盛；為我軍計，不如暫與聯絡，免有東顧之憂。」

李淵父子聽了，都以為是；當即由溫大雅起稿，修成文書，約李密為同盟；李密覆書，有「所望左提右挈，戮力同心，執子嬰於咸陽，殪商辛於牧野」的一番話，李淵看了頗覺放心。再過了幾天，雨勢依舊不減，那太原的糧米也還未到；看看坐食將盡，忽又有騎探特來急報，說劉武周約同突厥，將趁虛直攻晉陽。

李淵看看時勢不順，便要打算退兵；這消息傳到世民耳朵裏，他是一個愛廝殺的英雄，如何肯罷休？他在父親跟前一再勸說，甚至淚隨聲下，李淵才慢慢的把退兵的心思打消。恰巧沈叔安的糧草也到了，天氣也晴朗起來了；李淵便傳令三軍，就崗的陽面曝甲而行。

不多幾天，到了霍邑城下，宋老生固守不出；世民性急，先領數十騎直趨城下，令眾兵士辱罵。老生耐不住氣，便率領三萬大軍開城出戰；李淵怕世民有失，便親率數百騎前去接應，一面令殷開山催召後軍，後軍如召而至。李淵和建成合兵列陣城東，世民列陣城南；城內隋兵由東門如潮水一般湧出，李淵和建成父子兩人迎頭攔殺。兩軍喊聲震天，從辰時直殺到未時；李淵手下傷亡的兵士很多，隋兵奮勇當前，步步進逼。

看看李淵有些招架不住了，虧得柴紹領生力軍躍入陣中，揮刀力戰，才得支住；那宋老生又從南門殺出，趨向城東，夾攻李淵。世民在南城看著父親勢危，便和軍頭段志玄帶領大軍，從高崗上直殺衝下來；宋老生腹背受敵，見世民來勢兇猛，只得回馬交鋒。

第十六回　李淵起兵

宋老生手下個個都是能征慣戰的，幸得世民神力敵住；只見他手握雙刀，轉動如風，東衝西突，凡是近他的敵軍，都被他殺死，流血滿袖，刀口盡捲。世民急向左右親兵手中換過刀來，再躍馬奮臂，大殺一陣；段志玄等緊隨馬後，拼命趕殺。手下的戰士個個以一當十，以十當百；不消一兩個時辰，早已殺得隋軍旗靡轍亂，馬仰人翻。

世民心生一計，傳令手下的兵士，大聲呼喚著道：「老生已被擒住，隋兵何不速降！」那時城東的隋軍正與李淵酣鬥；到吃緊的時候，忽聽說城南主將已被擒捉，便也無心戀戰，急急退避進城。

李淵趁勢緊追，那隋兵只顧逃性命要緊，一路棄甲拋盔，飛也似的逃進城去，把城門緊緊閉住；恰恰把宋老生一支孤軍閉在城外，弄得他前無去路，後有追兵。急欲折回南門去時，被世民橫衝過來，攔住去路；再欲轉入東門，那李淵的兵又殺來，把宋老生的兵截成兩段。

他父子兩支兵，從南下裏包圍攏來；宋老生看著不是路，便長嘆一聲，提著馬韁，向壕中一躍，意欲尋個自盡。恰巧劉弘基飛馬趕到，一刀下去，把老生的身體砍作兩段；轉身又把隋兵殺得七零八落，東逃西竄，這時只恨爹娘不給他多生兩條腿，使他可以快逃得性命。

這一場惡戰，李淵雖得了勝仗，但手下兵士也是死亡枕籍；李淵傳令兵士在城下飽餐，休息一會。到夜深時候，城外鼓聲四起，李淵和世民手下的兵一躍登城；城中守兵便不戰而降，李淵便進城安撫軍民。休息過兩天，李淵又引兵攻打臨汾；臨汾守吏不戰而降。

從此一路打去，連得絳郡、龍門、河東幾座城池；又從梁山渡過大河，奪韓城，攻馮翊，勢如破竹。適值劉文靜從突厥出使回來，帶領五百突厥兵，又戰馬二千匹；那突厥兵又個個驍勇善戰，戰馬又馳騁自如，李淵得了，便好似虎之添翼，軍事十分順利。奪得河東以後，李淵自率諸軍沿河西進；一路朝邑、蒲津、中潬、華陰、永豐倉、京兆，許多郡縣都自願投降。

李淵便命長子建成、司馬劉文靜，帶同王長諧一班人，屯兵永豐倉，守潼關以控河東，慰撫使竇軌以下兵馬，概受節制；命次子世民，帶同劉弘基一班兵馬，駐紮渭北，慰撫使殷開山以下戰員，概受節制。兩軍分頭行事，李淵自己住在長春宮裏。

有一天，鄠縣地方李氏女使人到宮中來下書，李淵拆開信看時，知道是他親女的書信；李淵十分歡喜，忙喚他女婿柴紹進宮來，一同觀看。原來柴紹夫婦兩人，住在長安的時候，接到世民喚她的信；在柴紹的意思，要和夫人同行，李氏卻說：「夫婦二人在路同行，頗多不便，大丈夫功業要緊，你盡放心一人前去；我一婦人在家容易避禍，且我也別有計較，君可莫問。」

紫紹到此時也無可如何，只得狠一狠心腸，丟下他夫人，到岳父這裏來；那李氏自丈夫離開太原以後，便悄悄的回到鄠縣的別莊上去，散去家財，招兵買馬，也立起義師來。這時有李淵的從弟，名神通的，因地方官捉拿得他緊急，也逃到鄠縣山中來，卻和馬安大俠史萬寶一班人暗通，起兵響應李淵。李氏和神通合兵在一起，攻入鄠縣，佔據了城池；又令家奴馬三寶招集關中群盜，如何潘仁、李仲文、向善志一班人，都打通一氣，一路進兵出去，奪得盩厔、武功、始平一帶縣分，共有七萬人馬。

左親衛段綸，他的妻子，原是李淵妾生的女兒，到此時，也在藍田地方聚集同黨一萬多人，和李氏聯為一氣；如今打聽得李淵大兵已過河來，便由李氏領銜通信給她父親，所有一班人馬，都願受她父親的節制。

這柴紹跟著岳父東征西殺，多日得不到妻子的消息，如今見了這封信，知道他妻子也帶領人馬，攻城掠地的大做起來；忙向岳父討得將令，出帳來跳上馬，飛也似的迎接他夫人去。這裏李淵便拜神通為光祿大夫，段綸為金紫大夫；此外各路大盜都給他官階，照舊帶領他部下，駐紮在原處，所有一切軍隊，都歸世民調遣。

這世民帶領大隊人馬向西急進，沿路群盜歸附，幾不勝數；待到涇陽地方，連營數里，共有大軍十萬。路過隰城，隰城尉房玄齡，親自到轅門口來請見；世民和他一見如故，立時拜官記室參軍，充做隨營軍師，兩人在軍中朝夕談論，十分投機。

恰巧柴紹夫婦也帶兵到來，世民欣然出迎，只見他姊姊首插雉尾，身披軟甲，腰佩寶劍，足頓蠻靴，望去果然十分威武，活似一位女將軍；那柴紹卻跨著一匹白馬，隨在他夫人身後。他臉上只有喜孜孜的笑容，後面便是萬餘人的軍隊；挑選得個個精壯，旗幟鮮明，刀槍雪亮。世民見了，忍不住眉眼上堆下笑來，拍馬向前，向他姊姊拱手道：「阿姊辛苦了！」三人並馬進帳，帳中設下筵席，圍坐痛飲起來；飲罷，各自歸帳。

柴紹軍隊居左，李氏軍隊居右，當時營中稱李氏軍為娘子軍；次日，世民率領左右軍進兵阿城，一面遣使稟告父親，請李淵會師長安。這時，李淵已帶領人馬離長春宮，到永豐倉；一面開倉發粟，一面進兵馮翊，又命劉弘基、殷開山，分兵西攻扶風。扶風太守領兵應戰，被弘基打敗，便佔得扶風城池；從此一路無阻，直到長安城下。那次子世民早已駐軍待著，兩方合兵，共有二十餘萬；李淵一面巡視營壘，一面傳諭守城官吏，願擁立城中的代王。

這代王名侑，是煬帝的孫子，故太子昭季的兒子；太子早死，遺子三人：長子倓，封燕王；次子侗，封越王；侑是第三子，在長安留守。長安又稱西京，有京兆內史衛文昇一班人輔佐代王，保守城池；無奈這衛文昇年紀又老，受不起驚嚇，聽說李淵軍隊已臨城下，早嚇出一場大病來，倒在床上，不能管事，只任那左翊衛將軍陰世師、郡丞骨儀，忙著調兵守禦。

李淵先把文書送進城去，被陰將軍退回；李淵動了怒，便督同各軍攻城。各將士奉令撲城，骨儀帶同士卒在城上抵禦；孫華帶領弓弩手，奮勇當先，城上矢石齊下。孫華用遮箭牌擋著，冒險越過城濠，手中搖著紅旗，正要攀登城牆；忽然城上一箭下來射中要害，立時陣亡。

李淵兵士見先鋒戰死，便個個憤怒，死力進攻，前仆後繼，日夜不休；戰到第二天黎明時分，只見那軍頭雷永吉，左手執旗，右手握盾，首先登城。後面軍士便如潮湧的一般上去，殺退城上守兵，斬開城門，迎李淵大將進城。那陰世師和骨儀還不肯投降，帶領少數兵士在街巷中喊殺；不多時，被李淵的軍士擒住，解送中軍帳中。

衛文昇病在床上，聽得外面喊殺，又聽說陰世師、骨儀兩將軍都已被擒，便立刻嚇死；這時代王侑在東宮，接連幾次太監報來，說李淵軍隊已殺進城來，又說陰將軍和骨將軍都兵敗被擒，又說衛內史驚嚇而死，又聽得宮外一陣一陣喊殺之聲，愈喊愈近。看看左右，都自顧逃命要緊，一齊丟下代王，東奔西竄；代王只是十三歲的孩子，如何吃得起驚嚇？也不禁慌做一團。

其時，只有侍讀學士姚思廉不曾走得，站在殿前保護代王；李淵的兵士鼓噪入殿，思廉厲聲喝止，道：「千歲在此，何得無禮！」眾兵士聽了，便由不得噤聲站住。

李淵下馬上殿，仍行臣禮拜見代王，啟請代王遷居大興殿後廳；代王見李淵帶劍上殿，他身體早抖個不住，思廉至此也是無法，只得上去扶住代王下殿，泣拜而去。李淵亦退宿長樂宮，一面出令約束兵士，毋得犯隋氏七廟及代王宗室；有敢違令者，夷及三族。

次日陞座，從獄中拉出陰世師、骨儀等十多個官員，責他平日貪贓枉法，又抵抗義師，一律斬首；所有從前獄中被官員冤屈的犯人，便一齊釋放。其中有一個犯官，長得眉清目秀，年紀甚輕；他見了李淵，卻不肯下跪。李淵問他姓氏官職，犯了什麼罪，為何監禁在此？

那犯官見問，便哈哈大笑道：「我李靖原不曾犯什麼國法，現做馬邑郡丞；只因打聽得公在太原起事，我苦於無從告變，便自願裝入囚車，故令長官押送到江都去，以便在天子跟前告密。不料囚車送到長安，正值公來圍城；城守不知我計，便將我寄在獄中。」

李淵聽到這裏，忍不住大怒起來，說道：「諒你這小小郡丞，卻敢告發我麼？」喝令左右推出轅門斬首。

李靖見李淵動怒，便冷笑著說道：「公舉義兵，欲平天下暴亂，乃竟敢以私怨殺忠義之士嗎？」淵不答話，左右便上去把李靖擁出轅門，準備行刑。

忽見敦煌公李世民拍馬趕來，喝叫：「刀下留人！」急急下馬進帳去，求著李淵道：「這李靖和孩兒有一面之交，望父親看在孩兒面上，饒他一命吧。況孩兒素知這李靖才勇兼全，大人不記得韓擒虎的遺言麼，擒虎也說靖可與談將略；若收為我用，必能立功，請大人不念舊惡，赦罪授官。」

李淵聽了這番話，半晌才說道：「我看李靖矯矯不群，他日恐不易駕馭。」

世民道：「大人若把李靖交給孩兒，我自有駕馭之術，大人不必過慮。」李淵至此方才允諾。

世民出帳，親替李靖解縛，用好言撫慰一番；李靖進帳謝過李淵，世民引入自己帳中，待以上賓之禮。

講到李靖的來歷，在下已在第六回書上交代明白；如今他又在長安城中出現，那虬髯客卻又到什麼地方去了呢？原來這虬髯客，也不是個平常人，他是專門在江湖上物色英雄的；那天在客店裏遇到了李靖，他知道李靖將來是大富大貴的人，便一力成全了他和紅拂姬人的姻緣，又替他在楊素跟前做說客，從此李靖反因他夫人得了一官半職，這真可算得裙帶福了。

從此虬髯客把紅拂姬人認做了妹妹，常到李靖家中來坐；閒談之中，問李靖：「太原一帶尚有異人否？」

李靖答稱：「我交遊之中，尚有一人可以稱做少年英雄；這人與我同姓，名世民，是總督唐公李淵之子。」

虬髯客聽了，忙問：「我可以和他一見麼？」

李靖說：「世民常在我友人劉文靜家中起坐，只須走訪文靜，便可以見得。」

虬髯客說道：「我生平相天下士，百不失一；郎君何不帶我去見見？」

李靖答應，虬髯客便約定次日在汾陽橋上相會；到了時候，李靖跨馬趕到汾陽橋上，那虬髯客早已候著，便一同到劉文靜家中去。

虬髯公自稱善相，願見李公子，文靜平素也賞識世民，說他器宇不凡；如今聽說虬髯善相，忙打發人去把世民請來。那世民不衫不履，大踏步走來，虬髯客見了，不覺大吃一驚；忙拉著李靖到屋角去，悄悄的說道：「此人有天子之相，我看來已十定八九；我尚有一道兄，給他一見，便百無一失了。」

李靖聽了，暗地裏去對劉文靜說；文靜便約在三日後，再在寓中相見。到了日子，虬髯客果然攜一道士同來，邀著李靖同去訪劉文靜；文靜正與客對奕，見道士來，便邀道士入局對奕。又寫一字條兒，去把世民請來觀奕；停了一刻，果見世民掀簾而入，長揖就坐，顧盼不群。

道士見了，心中一動，下子也錯了；忙把棋子收在盒子裏，說道：「此局全輸，不必枉費心計了。」便起身拉著虬髯客。

李靖在後面跟著，一塊兒走出門去；走在半路上，那道士對虬髯客說道：「此處已有人在，君不必強圖，可別謀他處去吧。」說著，便一灑袖，向別路揚長而去。

這裏虬髯客拉著李靖，跨上馬，尋路默默的走去；回到李靖家中，入內堂坐下，那紅拂夫人見虬髯客來，便也出來在一旁陪坐著。半晌，虬髯客才抬起頭來，對紅拂一笑，說道：「妹子不是常常說起，要去見妳嫂嫂嗎？我家住在城西大石坊第四小板門便是。我明日合宅西行，便請妹子和妹夫明午到舍下來一別，順便也可與妳嫂子一見。」

李靖平日常說要到虬髯客家中去拜見嫂嫂，那虬髯總不肯告訴他地名；如今聽虬髯邀他夫婦到家中去相見，喜得他直跳起來，當日和虬髯分別了。到了次日中午，紅拂打扮齊整，坐著車兒；李靖跨著馬，迤邐尋到城西去。

那大石坊是一個極荒涼的所在，走到第四小板門口，李靖上去，輕輕的打著門，便有一個僮兒走來開門，把他夫婦迎接進去；走過第三重門，李靖不覺怔了一怔，原來裏面高廳大廈、傑閣崇樓，和外面絕不相稱，望去簾帳重疊，奴婢成群。

小僮兒把李靖夫婦引入東廳，只見虬髯客哈哈大笑著，從裏面迎出來；看他紗帽紅衫，十分文雅，身後隨著一個絕色少婦，端莊秀麗，把李靖的眼光也看住了。紅拂夫人知是虬髯的妻室，忙悄悄的拉著她丈夫的衫袖，一齊上去拜見；那少婦也殷殷還禮。虬髯客邀他們進了中堂，兩對夫婦相對坐定；有四個俊俏丫鬟搬上酒餚來，大家開懷暢飲，又有一隊女樂，在簾前吹打著勸酒。

酒到半酣，虬髯客站起身來，止住樂聲，命二十個家奴，搬出二十具大衣箱來，排列在堂下；虬髯指著衣箱，對李靖說道：「這裏面全是我歷年所積，如今送給妹夫，算是我妹子的奩資；我原打算在此地成立大業，昨日既遇有真人，便不應再在此逗留。那李公子確是英主，三五年內當成大事；妹夫才器不凡，將來必位極人臣。我妹子獨具隻眼，得配君子，他年夫榮婦貴，亦是閨中人吐氣；非妹不能識李郎，非李郎亦不能遇妹，原非偶然的姻緣。從此妹夫努力前途，莫以我為念；十年後只打聽東南數千里外，有異人崛起，便是我成功之日，妹與李郎可在閨中瀝酒相賀。」

說著，便把府中內外鑰匙、銀錢簿冊，和奴婢的花名冊子一併交出；又把全府中的奴婢僮僕，傳集在院子裏，命大家拜見李靖夫婦。又叮囑眾人道：「這一對夫婦，便是你們的新主人；事新主須如事舊主，不得略有怠慢。」李靖夫婦十分惶惑，正要推辭，那虯髯客和他夫人已轉進入內，須臾便戎裝出來，向李靖夫婦拱一拱手，出門跨馬去了。

李靖夫婦送客出門，回進屋去檢點箱籠，盡是珍寶；從此李靖十分富有。又有虯髯客留下的兵書一箱，書中詳說風角、鳥占、雲祲、孤虛種種法術；李靖盡心攻讀，頗有心得，從此用兵如神，料事如見。直到唐太宗貞觀年間，有東南蠻奏稱，海外番目入扶餘國，殺主自立；李靖知道虯髯事已成功，便告知紅拂夫人，兩人在閨中相對瀝酒，向東南方拜賀。這都是後來的事，且不去說他。

當時李淵入踞長安，便奏代王侑為皇帝，即位大興殿，改年號稱義寧，遙尊煬帝為太上皇；淵自稱大丞相，都督內外軍事。自己加封為唐王，把武德殿改做丞相府，設官治事，仍用裴寂為長史，劉文靜為司馬，台前尚書左丞李綱為相府司錄，專管選事；前考功郎中竇威為司錄參軍，使定禮儀。一面上尊號祖父虎為景王，父昞為元王；夫人竇氏為穆妃，立長子建成為世子，次子世民為京兆尹秦公，四子元吉為齊公。從此李淵的勢力，一天大似一天。

那各處地方官的文書，雪片也似報到江都地方來；無奈煬帝左右的大臣，都是只圖眼前利祿的，把所有文書一齊擱起，不送進宮中去。那煬帝終日在宮中，和眾夫人美人遊玩著，昏天黑地的，也不知外間是如何的情形。

這時煬帝因十分寵愛吳絳仙，不把別的美人放在眼裏，那許多夫人和眾美人不由得嫉妒起來，大家都在蕭皇后跟前說吳絳仙的壞話；蕭皇后也因為煬帝寵愛絳仙，待自己也冷淡了些，心中很不自在，只因自己是國母之尊，不便和人去吃醋撚酸，便也暫時忍耐著。

自從那天煬帝把已賜給蕭皇后的綾子，轉賜了絳仙以後，便再也忍不住了，和煬帝大鬧了一場，立逼著要煬帝把絳仙貶入冷宮；煬帝看蕭皇后正在氣憤頭裏，又因他正宮的體面，便沒奈何，暫時把吳絳仙貶入月觀去，從此絕不臨幸。但吳絳仙是煬帝心中最寵愛的人，日子隔得久了，難免兩地相思。

一日，煬帝獨步迷樓，見遠處春山如畫，忽然又想起吳絳仙來；嘆道：「春山如此明秀，宛如絳仙畫的蛾眉；久不見美人，叫人十分想念。」心中正悵惘的時候，忽見一個太監從瓜州公幹回來，帶得合歡水果一雙，持進宮來獻與煬帝；這水果外面重重包裹，上邊嵌著玲瓏花草，中間製成連環之狀，所以稱做合歡水果，看去十分工巧。

煬帝大喜道：「此果名色俱佳，可賜速與吳絳仙，以不忘合歡之意。」便喚小黃門捧著水果，走馬到月觀去賜與絳仙，立等回旨；那黃門領了旨，不敢怠慢，上馬加鞭，飛也似的向月觀中奔去。

吳絳仙自眨入月觀，終日惟以眼淚洗面；這一天也不梳不洗，悄悄的憑欄而立。忽見黃門手捧一物，匆匆進來；絳仙問時，那黃門說道：「萬歲掛念貴人，今得合歡水果一雙，特賜貴人，以表不忘合歡之意。」

吳絳仙聽了，頓把長眉一展，笑逐顏開，說道：「自從遭貶，已拼此身終棄，再無蒙恩之時；不意萬歲尚如此多情，今承雨露之私，不可不拜。」當即入內梳粧起來，排下香案，向北再拜；謝了聖恩，將合歡水果連盤捧來一看，不期黃門在馬上跑得太急了，中間合歡巧妙之處，俱已搖散。

吳絳仙一看，不覺流下淚來，說道：「名為合歡，實不能再合矣！皇上以此賜妾，是明明棄妾也！」

黃門急解勸說道：「貴人不必多心，此果在萬歲前賜來時，原是緊接相連；只因一時聖旨催促，走馬慌張，以致搖散，實非萬歲有意拿此破果賜貴人的。」

吳絳仙說道；「既是好好賜來，到此忽散；縱非萬歲棄妾，天意亦不容妾合矣！」說著，只是淌眼抹淚，一任黃門再三勸說，她總是悲咽難勝；黃門在一旁頻頻催著道：「萬歲吩咐，立候回旨的；貴人有何言語，快快說來。」

那吳絳仙這時愁腸百折，無從說起；被黃門官一聲一聲催逼不過，便在粧臺上提起筆來，寫成一首詩，交給黃門官。那太監接著詩，飛馬回宮去覆旨；煬帝看那詩時，上面寫道：「驛騎傳雙果，君王寵念深；寧知辭帝裏，無復合歡心。」

煬帝看了這詩，十分疑惑；說：「朕好意賜她合歡果，記念她昔日合歡之意，今看她來詩，百種憂懷，盡流露在字裏行間，何怨朕之深也？」

那黃門官見問，知是隱瞞不過，忙跪倒在地，把在路上合歡水果搖散的情形說了；煬帝聽了，又拿絳仙的詩句細細吟詠，詠到出神的時候，不覺嘆道：「絳仙不但容貌絕世，情思深長，即此文才華貴，也不愧於班婕妤、左貴嬪之流。」

正嗟嘆間，忽背後轉出一人，劈手將煬帝手中詩箋奪去；說道：「這淫娃，又拿這淫詞來勾引陛下了！」

第十七回　宇文化及

煬帝正把玩吳絳仙的詩箋，蕭皇后從背後走來，劈手把持箋奪去，說道：「陛下儘看些淫詞做什麼！今日乃上巳良辰，有杜寶學士製成水飾圖經十五卷，備言水中故事；又有黃衮所造水飾七十二種，上面都裝著木人，那木人有二尺多長，穿著綾羅，內藏暗機，盡能生動如意。其他禽獸魚鳥，無一件不窮極天下之巧；妾已令陳設在九曲池中，特來請陛下前去遊覽。不料陛下又正思念那妖精吳絳仙，未得有閒心腸去行樂！」

煬帝聽了，只得勉強笑道：「御妻又來取笑了，怎見得朕沒有心腸？」說道，和蕭皇后一同上輦，向九曲池來。

未到池邊，遠遠的見五光十色，堆垛得十分精巧；那許多太監和宮女團團圍住，看著笑著。煬帝下輦走近去看時，原來那水飾是用十二隻方船裝載著；一船一船挨次在水面上行去，船上雕刻著生動的木人，有傍山的，有臨水的，有據定磐石的，有住在宮殿裏的，裝成七十二件水上的故事。

船身一動，那木人笙簫絃管，齊齊奏樂，曲調悠揚，十分動聽；又能舞百戲，百般跳躍，與生人無異。又有妓船十二隻，雜在水飾船中；那妓女也都拿木頭製成，專管行酒。每一船有一木妓，擎杯立在船頭，又一木妓捧壺站在一旁；另一木妓站在舟梢上把舵，又二木妓坐在船中盪漿。船慢慢的行著，每到客位前，便停船不去，獻上酒來，候客飲乾，方才移動；酒若不盡，終不肯去。機括都在水中，絕不看見，真是窮極機巧，巧奪天工。

這時煬帝和蕭皇后同席坐在那池邊，一面飲酒，一面把那水飾一樣一樣的玩賞：第一樣，是神龜負八卦出河授於伏羲；第二樣，是黃龍負圖出河；第三樣，是玄龜啣符出洛水；第四樣，是鱸魚啣籙圖出翠嬀之水，並授黃帝；第五樣，是黃帝齋於玄扈，鳳鳥降於河上；第六樣，是丹甲靈龜，啣書出洛，投於倉頡；第七樣，是赤龍載圖出河，授於堯；第八樣，是龍馬啣甲文出河，授於舜；第九樣，是堯與舜遊河，值五老人；第十樣，是堯見西子於汾水之陽。

第十一樣，是舜漁於雷澤，陶於河濱；第十二樣，是黃龍負黃符璽圖出河，授於舜；第十三樣，是舜與百工相和而歌，魚躍於水；第十四樣，是白面長人魚身，捧河圖授禹舞而入河；第十五樣，是禹治水，應龍以尾畫地，導決水之所出；第十六樣，是禹鑿龍門；第十七樣，是禹過江，黃龍負舟；第十八樣，是玄夷蒼水使者，授禹山海經；第十九樣，是禹遇兩神女於泉上；第二十樣，是黃魚化鯉，化為黑玉赤文。

第二十一樣，是姜嫄於河濱，履巨人之跡；第二十二樣，是棄后稷於寒冰之上，鳥以翼覆之；第二十三樣，是文王坐靈沼；第二十四樣，是太子發渡河，赤文白魚躍入王舟；第二十五樣，是武王渡孟津，操黃鉞以麾陽侯之波；第二十六樣，是成王舉舜禮，榮光幕河；第二十七樣，是穆天子奏鈞天樂於玄池；第二十八樣，是獵於澡津，獲玄貂白狐；第二十九樣，是觴西王母於瑤池之上；第三十樣，是過九江，黿鼉為梁。

第三十一樣，是涂修國獻昭王青鳳丹鵲，飲於浴溪；第三十二樣，是王子晉吹笙於伊水，鳳凰降；第三十三樣，是秦始皇入海，見海神；第三十四樣，是漢高祖隱碭山，澤上有紫雲；第三十五樣，是武帝泛樓船於汾河；第三十六樣，是遊昆明池，去大魚之鉤；第三十七樣，是遊洛水，神上明珠及龍髓；第三十八樣，是漢桓帝遊河，值青牛自河而出；第三十九樣，是曹瞞浴譙水，擊水蛟；第四十樣，是魏文帝興師，尋河不濟。

第四十一樣，是杜預造河橋成，晉武帝臨會，舉酒勸預；第四十二樣，是五馬浮滹沱，一馬化為龍；第四十三樣，是仙人酌醴泉之水；第四十四樣，是金人乘金船；第四十五樣，是蒼文玄龜，啣書出洛；第四十六樣，是青龍負書，出河，並獻於周公；第四十七樣，是呂望釣磻溪，得玉璜文；第四十八樣，是釣汴溪獲大鯉魚，腹中得兵鈐；第四十九樣，是齊桓公問愚公名；第五十樣，是楚王渡江，得萍實。

第五十一樣，是秦昭王宴於河曲；第五十二樣，是金人捧水心劍造之；第五十三樣，是吳大帝臨釣臺望喬玄；第五十四樣，是劉備躍馬過檀溪；第五十五樣，是周瑜赤壁破曹操；第五十六樣，是澹臺子羽過江，兩龍負舟；第五十七樣，是留丘訴與水神戰；第五十八樣，是周處斬蛟；第五十九樣，是屈原遇漁父；第六十樣，是卞隨投潁水。

第六十一樣，是許由洗耳；第六十二樣，是趙簡子值津吏女；第六十三樣，是孔子遇浴河女子；第六十四樣，是秋胡妻赴水；第六十五樣，是孔愉放龜；第六十六樣，是莊惠觀魚；第六十七樣，是鄭宏樵徑還風；第六十八樣，是趙炳張蓋過江；第六十九樣，是陽谷女子浴日；第七十樣，是屈原沉汨羅水。第七十一樣，是巨靈開山；第七十二樣，是長鯨吞舟。形形色色，過了一船，又是一船。

煬帝賞玩到歡喜時候，命眾夫人傳杯痛飲；正熱鬧快樂的時候，忽見一官員踉踉蹌蹌的闖進宮來，那左右太監忙上去攔阻也攔阻不住。那人直跑到煬帝腳下，伏地痛哭；煬帝看時，原來是東京越王楊侗的近侍趙信。

煬帝問他：「何事如此淒涼？」

那趙信奏道：「東京亡在旦夕，越王殿下遣奴婢潛身逃遁，來萬歲爺跟前告急。」

煬帝是素來不問朝政的，如今聽說東京危急，十分詫異，忙問：「東京有何危急？」

那趙信奏說：「西京已被李淵佔據，東京也被李密圍困甚急，城破便在旦夕，望萬歲速發兵去解圍。」

煬帝聽了，嚇得手中的酒杯落在地上，打得粉碎；嘆一口氣，說道：「朕久不問朝政，國事已敗壞至此，如今大局已去，叫朕也好可挽回。」說道，命宮女換上酒杯；煬帝說道：「朕且圖今天的快樂，眾夫人伴朕一醉吧！」說著，舉杯向眾夫人連杯痛飲。

那趙信卻兀自跪在地下，不肯起身；口口聲聲說：「求陛下快發兵，去救越王和代王！」

煬帝笑對趙信說道：「朕江都富貴，享之不盡，何必定要東京！局勢既如此危急，索性置之不問罷了！」趙信聽煬帝如此說法，便也不敢再奏；只得磕一個頭，退下階去。

煬帝見趙信起去，忽然想起東京的景色，忙喚住問道：「我且問你，西苑中風景如何？」

趙信奏道：「西苑自聖駕東遊，內中臺榭荒涼，園林寂寞，朱戶生塵，綠苔繞砌，冷落蕭條，無復當時佳麗矣！」

煬帝道：「湖海中魚鳥，想猶如故？」

趙信說道：「別的魚鳥如故，只有萬歲昔年放生的那個大鯉魚；二月內有一天風雨驟至，雷電交加，忽化成一條五色金龍，飛上天去，在半空中盤旋不已，京城外人皆看見。」

煬帝聽了，十分吃驚，說道：「大奇！大奇！這魚竟成龍而去！」

蕭皇后在一旁說道：「曩日妾伴陛下遊北海時，妾見它頭上隱隱有角，便已疑心，故勸陛下射它；不料天生神物，竟是人力所不能害的。」

煬帝接著又問道：「西苑中花木想也無恙？」

趙信奏道：「別的花木都依舊，只有那年酸棗邑獻的玉李樹，近來越發長得茂盛；那晨光院的楊梅樹，卻在一月前枯死了。」

煬帝聽了，不禁拍案大叫道：「李氏當興，楊氏當亡，天意有如此耶！」

原來煬帝素來以楊梅合姓，卜隋室之興亡；今聽說楊梅枯死，李樹繁榮，又聽說鯉魚化龍，他便認定姓李的要奪他的江山，因此失驚打怪。嚇得個趙信汗流浹背，不知是何故；惟有蕭皇后知道煬帝的心事，當時便勸說道：「無情花草，何關人事？陛下何必認真？」

煬帝也覺蕭皇后的說話有理，心裏略放寬些；又想如今在江都的近臣，都沒有一個姓李的，眼前量來總沒有什麼危險，心裏便放寬了一層，便說道：「外面如此反亂，兩京縱不殘破，朕亦無心歸矣！聽說江東風景秀美，丹陽、會稽、永嘉、餘杭一帶，山水奇麗；朕欲別置宮室，遷都丹陽，不知御妻願伴朕同去否？」

蕭皇后道：「江東地方雖僻，晉宋齊梁陳五代皆相繼建都，風景想也不惡，陛下之言甚是。」

煬帝大喜，到了次日，逕出便殿召集群臣商議；煬帝說道：「兩京皆為盜賊所據，朕不願復歸，意欲退保江東以為子孫之計，不識眾卿之意如何？」

當有虞世基出班奏道：「退保江東，坐觀中原成敗，不獨子孫萬世之業，亦以逸待勞之妙策也。」

煬帝聽了大喜，便傳旨丹陽，重治宮闕，接挖新河，以通永嘉餘杭，限日要成此大工；當下工部大臣領旨前去，開河的開河，治宮殿的治宮殿。此時民窮財盡，萬人吁怨，那地方官卻一味壓迫，只圖工程早完；那煬帝也終日在迷樓中追歡尋樂，只待江東宮殿完工，早日遷都。

那兩京之事，早已置之度外；便是眾美人也，知道歡樂不久，便沒日沒夜，拿酒色兩字去迷弄煬帝。煬帝身體雖尋著快樂，但因國事日非，心中終不免鬱悶；再加上他身體多年在酒色中掏磨過來，早不覺形銷骨立。

有一天，杳娘正臨鏡梳粧，煬帝從她身後走去，原想逗著杳娘作樂的，誰知從鏡中照著自己容顏，十分憔悴，滿臉都是酒色之氣；自己不覺驚詫起來，說道：「何以消瘦至此！」

蕭皇后只怕煬帝傷心，故意湊趣說道：「這正所謂渣滓日去，清虛日來。」

煬帝對鏡注視了半天，忽然自己撫著頸子，說道：「如此好頭顱，有誰斬去！」

蕭皇后和眾夫人聽了，一齊大驚失色；蕭皇后說道：「陛下何出此言？」

煬帝只是哈哈大笑，笑罷，又索酒與蕭皇后對飲；直吃到酩酊大醉，由兩個美人扶著，進帳睡去。無奈上床睡不多時，便又驚醒，醒來無可消遣，和兩個美人調弄著，轉覺乏味；忽聽得窗外隱隱有女子歌唱的聲音，腔調悲悲切切，十分淒楚。

煬帝不覺從床上驚起，問：「誰在窗外唱這悲涼的曲子？」連問幾聲，沒有人答應；煬帝耐不住，

便披衣下床，走到簾櫳之下，側耳細聽。那斷斷續續的歌聲又起，卻唱得字字清楚；道：「河南楊柳謝，河北李花榮；楊花飛去落何處？李花結實自然成！」

煬帝躡著腳，繞出簾外看時，只見七八個宮女圍著一個宮嬪，聽她唱歌，那宮嬪站在中央；煬帝心中暗想，楊花李花，一成一敗，情見乎詞。宮闈之中，如何有此不祥之歌？急上去喚那宮嬪問時，那宮嬪原是無心唱的，不期在這夜盡更深的時候，被煬帝親自出來問住，慌得眾宮女驚惶無措；那宮嬪尤其嚇得匍匐在地，不敢抬起頭來。

這煬帝平素在宮女身上，是不肯用大聲呼喝的；忙安慰眾人說：「不要驚慌。」又拉起那宮嬪來問道：「此歌是誰教給妳唱的？」

宮嬪奏對道：「此乃道路兒童所歌，非妾婢自編的。」

煬帝問：「兒童之歌，妳在深宮，如何得知？」

宮嬪道：「賤婢有一個兄弟，在民間聽得，因此流傳入宮。」

煬帝聽宮嬪說出這個話來，便不禁大聲叫道：「罷了！罷了！這真是天意呢！」

在這半夜時分，煬帝忽然大驚小怪起來，早有人報與蕭皇后知道；蕭皇后急急趕來，再三勸煬帝回宮安寢。煬帝說道：「時勢相逼而來，叫人如何安寢？惟酒可以忘憂，吩咐快拿酒來！」宮人把酒奉上，煬帝直著頸子，一連五七杯倒下肚去；他越是痛飲，越覺怒氣沖沖，站起身來，在院子裏走來走去，又仰首向天，夜空咄咄，心中沒有個安排處。

又坐下來捧著酒壺，向口中直倒；放下酒壺，胸中覺得有萬轉千愁，便提起筆來，寫出一首詞兒道：「瓊瑤宮室，金玉人家，簾珠開處碧鈞掛。嘆人生一場夢話，休錯了幾歲桃花！奈中原離黍，霸業堪嗟！干戈滿目，阻斷荒遐。梨園檀板動新稚，深痛恨，無勤王遠將，鑾輿迓！須拼飲，顧不得繁華天下！」寫罷，自己又把詞兒歌唱起來，歌聲嗚嗚，聲淚俱下。

蕭皇后忙上前來勸住，又拿酒勸煬帝飲著，直飲到迷迷糊糊，蕭皇后親自扶進帳去睡下；第二天從床上醒來，還未起身，便有王義頭頂奏本，直走到御榻前跪下。煬帝隨接過他奏本來看時，見上面寫道：

「犬馬臣王義稽首頓首奉表於皇帝萬歲：臣本南楚侏儒，幸逢聖明為治之時，故不愛此身，願從入貢；幸因自宮，得出入左右。積有歲時，濃被恩私；侍從乘輿，周旋臺閣，皆逾素望。臣雖至鄙至陋，然素性酷好窮經，頗知善惡之源，略識興亡之故。又且往還民間，周知利害；深蒙顧問，故敢抒誠瀝血次第敷陳。

自萬歲嗣守元符，休臨大器，聖神獨斷，規諫弗從，自發睿謀，不容人獻。大興西苑，兩至遼東；開無益之市，傷有用之財。龍舟踰於千艘，宮闕遍於天下；兵甲常役百萬，士民窮乎山谷。征遼者百不存十，死葬者十無一人；帑藏全虛，穀粟湧貴，乘輿四出，行幸無時。兵人侍從，常役數十萬；遂令四方失望，天下為墟。

方今有家之村，寥寥可數；有人之家，寂寂無多。子弟死於兵役，老弱困於泥土；屍積如岳，餓殍盈郊。狗彘厭人之肉，烏鳶食人之餘，臭聞千里；骨積高原，血膏草野，狐兔盡肥。陰風吹無人之墟，野鬼哭寒草之下；目斷平野，千里無煙，萬民剝落，莫保朝昏。孤苦何多，飢荒尤甚！亂離方始，生死孰知；仁主愛人，一何至此！陛下素性剛毅，誰敢上諫？或有鯁臣，又令賜死。

臣下相顧鉗結，以自保全；雖龍逢復生，比干再世，安敢議奏。左右近侍，凡阿諛順旨，迎合帝意者，皆逢富貴；萬歲過惡，從何可聞？方今盜賊如麻，兵戈擾攘；社稷危於春雪，江山險於夏冰。生民已入塗炭，官吏盡懷異心。萬歲試思，世事至此，若何為計？雖有子房妙算，諸葛奇謀，亦難救金甌於已破也！

近聞欲幸永嘉，不過少延歲月，非有恢復大計；當時南巡北狩之神武威嚴，一何銷鑠至此？萬歲雖欲發憤修德，加意愛民；然大勢已去，時不再來。所謂巨廈之傾，一木不能支；洪河已決，掬壤不能救。臣本遠人，不知忌諱，事已至此，安忍不言。臣今不死，後必死兵；敢獻此書，延頸待盡。伏乞聖明採擇，臣不勝生死榮幸之至！」

煬帝看完了奏摺，便說道：「你的話雖有理，但自古安有不亡之國，不死之主？」

王義聽了，忍不住大哭起來，說道：「萬歲時至今日，猶欲文過飾非；萬歲常說，當誇三皇超五帝，視商周，使萬世不可及。看今日時勢，車輦尚不能回，還說什麼富國強兵的話？」煬帝到此時，也忍不住流下淚來，說道：「汝真是忠臣，說話如此剴切，朕悔不早聽汝之言也！」王義說道：「臣昔不言，誠戀主也；今既奏明，死又何憾？願以此身報萬歲數年知遇之恩！天下方亂，願萬歲努力自愛，勿以臣為念。」說罷，磕一個頭，涕泣辭出。

煬帝認他是悲傷感恩之意，也不放在心中；不料到了午後，忽有幾個內相匆匆來報，道：「王義在自己屋中大哭一場，自刎死了。」

煬帝聽了，頓足流淚道：「有這等事，是朕負王義了！」

蕭皇后在一旁勸道：「王義既死，悲傷亦無益。」

煬帝說道：「朕看滿朝臣子皆高爵厚祿，曾無一人能如王義之以死諫，豈不可恨，豈不可惜！」便傳旨，命厚葬王義。從此煬帝在宮中每想起王義，總是鬱鬱不樂；蕭皇后百般指使宮女歌舞，美人勸酒。在十分熱鬧的時候，煬帝總是長吁短嘆的不快樂。

袁寶兒在一旁勸解，道：「如此年月，終日為歡尚恐不足，況乃戚戚乎？」一句話點醒了煬帝，便又高興起來。命宮女日夜歌舞作樂，自己拉著幾個寵愛的夫人、美人飲酒作樂，片刻不許離開左右；又傳旨一切國事，不許瀆奏，如有報兩京消息者斬。從此迷樓裏的人，終日戲笑歌舞，如痴如狂；所有外邊烽火、遍地刀兵，他們都置之不理。煬帝更是徹夜歡樂，不到天明不肯休息；弄成白晝高睡，夜半笙歌，越是夜深，煬帝越愛到各處去遊玩。

這時初春天氣，秦夫人院中梅花盛開，煬帝說月下看梅，更添韻致；便傳旨，黃昏後在梅花樹下開宴，煬帝披著重裘，帶著十六院夫人和眾美人赴宴去。只見一輪寒月，映著花光人面，倍覺清艷；煬帝坐下，吃過幾巡酒菜，命薛冶兒在月下舞一回劍，袁寶兒當筵唱一折歌，煬帝趁著酒興，拉著秦夫人出席步月去。

煬帝近日胸中煩悶，常愛離開眾人，到清靜無人的地方去走走；秦夫人也知道煬帝的意思，便也扶著煬帝，兩人靜悄悄的在月下走去。度過梅花林，是一片空地，天上一輪皓月，正照當頭；煬帝讚聲：「好月色！」吩咐秦夫人，在一株梅花樹下的石上坐著，候著他，自己慢慢的向空地上踱去。

他腳下走著，一面抬頭望著天上的月兒，不期走到一叢荊棘面前；那荊棘忽地索索抖動起來，接著跳出一頭長頸子的巨物來。煬帝原是心血掏虛的人，只叫得一聲哎喲，急轉身逃去，踉踉蹌蹌的逃到秦夫人跟前。

秦夫人看煬帝嚇得面貌失色，衣冠斜散，忙上去抱住，問何事？煬帝氣喘吁吁的，指著身後說道：「怪物！怪物！」秦夫人是女流輩，有什麼膽識的；一聽說怪物，早已嚇得兩腿打顫，軟綿綿的，一步也行不得了。幸得有許多宮女太監，奉著蕭皇后追蹤尋來，把煬帝接回院去；一面命太監拿著兵器，去追捉怪物。

誰知眾人在月光地下，空鬧了一大場，也不見什麼妖怪，只有幾頭長頸花鹿，在月光下吃著草遊玩著；大家回來覆旨，煬帝才知道月下所見的，便是長頸花鹿。但這一驚也不小，從此一連臥床七八日不能起身；待起身來，也十分膽小，凡冷僻所在，亦不敢獨自行走。

這迷樓宮殿建造得十分廣大，雖有三五千宮女和許多太監住在裏面；但這宮女和太監，都是陰性的人，膽子原是十分小的。自從那夜煬帝在月下受驚以後，大家便疑神疑鬼，有的說在冷宮裏看見妖魔，有的說在長巷中遇到鬼怪；一人傳十，十人傳百，頓時傳遍宮廷，說得人人心驚，個個膽戰。

這宮院中，閒空的屋子原是很多，一到天黑，大家便不敢向空屋中走去；那冷僻的地方，愈覺冷僻，荒涼的所在，愈覺荒涼。大好樓臺，任令狐鼠跳樑，一到夜間，空屋中的狐鼠，成群結黨的啼嘶跳擲，徹夜不休；給那班宮女太監聽得了，更加說得活靈活現，神出鬼沒。

傳在煬帝耳中，他雖不信有鬼怪之事，但一想到皇室正在危急之秋，宮殿中因近來玉輦不常臨幸，那荒涼的院落越是多了；深怕有刺客大盜趁此躲在冷宮裏，做出兇惡事情來。煬帝想到這裏，真有些不寒而慄，便把這意思和蕭皇后說知；蕭皇后便勸煬帝，把御林軍調進宮來，在冷僻的宮院中分班駐紮，又可以防得盜賊，又杜絕了眾人的謠言。

煬帝聽了蕭皇后的話，便連稱好主意！次日傳旨，喚屯衛將軍宇文化及進宮。這宇文化及，便是宇文士及的哥哥，士及是煬帝的女婿，尚南陽公主的；化及和士及兄弟兩人，常在宮中走動，煬帝如家人

父子一般看待。化及在朝供職，也十分忠順；煬帝因託他，便把御林軍歸化及統帶，隨駕到江都來，保護皇室。

第十八回　江都陰謀

煬帝因宮廷中十分冷清，深怕有盜賊奸險匿跡在深宮裏；便打屯衛將軍宇文化及傳進宮來，當面囑咐他，要他把御林軍調進宮來，在各處冷宮長巷裏，日夜看守盜賊。那宇文化及領了旨意，便去揀選了五百名少年精壯的兵士，親自帶領著進宮去，在各處冷靜宮巷中駐紮看守；日夜分作四班，輪流替換，又派了四個少尉官，不時進宮查察。

那少尉官，全是大臣的子弟們保舉充當，其中單說有一位少尉官，便是宇文化及的四公子，名叫宇文慶德；長得猿臂狼腰，清秀面目，自幼兒愛玩刀槍，射得百石硬弓，百發百中。宇文化及最是寵愛這個兒子，其餘三人都從軍在外，只把這慶德留在身旁，當了這一名清貴的少尉官；當時奉父親的命令，進宮去查察御林軍。

他們的軍令，每夜在三鼓以後，直到五鼓，是巡查得最吃緊的時候；須這四個少尉督同手下的兵工，在冷僻的宮巷中四處巡查。當時夜靜更深，天寒露冷，在冷宮長巷中摸索著，原是一件苦事；但吃了皇上家的俸祿，也是無可奈何的事。

這一夜三更時分，宇文慶德正率領一隊御林軍，在衍慶宮的長廊一帶巡查過去；才繞過後院，只聽得東北角門「呀」的一聲響，接著一盞紅紗宮燈，從走廊上慢慢的移動著。宇文慶德見了，忙站住，悄悄的約退兵士，吩咐他們退回前院去候著；自己忙把手中的燈火吹熄了，隱身在穹門腳下。

這時滿天冷月，遍地寒霜，偌大一個院子黑黝黝的，靜悄悄的；那院子牆腳下一帶花木，高高低低的蹲伏著，月光如水，照在樹葉上，發出點點滴滴的寒光來。再看那走廊上一盞紅燈時，卻一步一步的越向眼前移來；院子裏月光越是分明，走廊上卻越是逼得黑暗。這時紅燈離得尚遠，慶德用盡眼力望去，終看不出是何等樣人。

煬帝臨幸宮女，常常愛在暗中摸索；宇文慶德是不曾見過皇上的，他想：萬一那來的是萬歲爺，叫我卻如何見得？想著，不覺心中打起顫來。轉心又想到：萬歲原是怕深宮冷巷中埋伏刺客，才叫我們進宮來巡查的；前面那來的，莫非便是刺客？他一想到這裏，不覺連身子上也打起顫來；又轉心想到：宮中近來常常鬧鬼，莫非那來的便是鬼怪？他一想到這裏，更不覺連兩條腿兒也索索抖動起來了。

看那紅燈越走越近，由不得這宇文慶德急把佩刀拔在手中候著；那紅燈慢慢的移到月光照著的廊下，才看出那人上下穿著黑色衣裳，一手提著一盞紅燈，一手托著一隻爐盤，嬝嬝婷婷的走著，原來是一個女身。再向她臉上看時，不由得慶德又嚇了一跳；只見她高高的梳著一個髻兒，漆黑的一個臉面，也分辨不出耳目口鼻來。這明明是一個鬼怪！

慶德這一嚇，連兩條腿也酥軟了，急欲轉身時，那兩隻腳，宛如被長釘在地面上釘住一般，一步也不能移；那手臂要舉起來時，又好似被十道麻繩，綁住在身子上一般，只撐大了兩眼，向那鬼怪目不轉睛的看著。

看那鬼怪兀自不停步的，向宇文慶德跟前走過去；慶德萬分慌張，幾乎要失聲叫喊出來。又轉心一想，我在同伴中自命不凡，如今見了這一個女鬼便如此膽怯，我這一叫喊出來，一世的英雄名兒，也掃地盡了；急把自己的嘴揑住，又在自己胸口拍了一下，壯壯自己的膽。

正在這個當兒，忽見那女鬼卻轉身，冉冉的步下白石臺階去，在庭心裏站著，仰頭望一望天上的月色；看她把手中的爐盤，放在庭心的石桌上，又慢慢的伸手，把那頭上黑色的罩紗除下，露出一張玉也似白的臉兒來。又點上三支香，俯身跪倒在地，一支一支的向爐中插下；又深深的拜著，站起身來。

看她體態長得十分苗條，原來是一個宮女，並不是什麼女鬼，宇文慶德這才把膽子放大；便手提佩刀，搶到庭心裏去。那宮女聽得身後有人走來，急把那黑紗遮住頭臉，捧著爐盤，轉身要逃去，誰知已被宇文慶德攔住去路；見他手中提著明晃晃的刀，嚇得那宮女哎喲一聲，把手中的爐盤摔在地下，那身子便不由自主的倒了下來。

慶德手快，急搶上去，把宮女把在懷中；可憐那宮女，已暈絕過去了！慶德伸手去，把她頭上的黑紗揭起，露出臉蛋兒來，月光照著看時，卻把慶德吃了一驚！原來這個宮女，竟是一個絕色的美女。看她彎彎的眉兒，高高的鼻兒，小小的唇兒，圓圓的臉龐兒；映著月光，把個慶德看出了神，幾疑自己遇著天仙了。

這宇文慶德也是二十四歲的少年了，在他的同伴中，也算得是一個美男子；生平高自期許，非有美女子，他是不娶的。他父母再三替他做主，勸他早早娶一房妻小，誰知道這宇文慶德，終日卻只知盤馬彎弓，從不知憐香惜玉的勾當；如今也是他的艷福到了，在這深夜裏，深宮中遇到這絕世美人。

他眼中看著這玉也似的容貌，鼻中又聞著一陣一陣中人欲醉的香味；便把他自出娘胎未曾用過的愛情，都勾引了起來。他趁這美人兒不曾醒來的當兒，便和她酥胸緊緊的貼著，香腮輕輕的搵著；半晌，那美人星眸微轉，一眼見自己的身體倒在一個男子懷裏，羞得她急推開身，站起來，從地上拾著爐盤，一轉身走去。

這宇文慶德如何肯捨，忙搶上前去攔住；那宮女見慶德手中提著刀，以為是要殺她來的，忙跪倒在地，兩行珠淚從粉腮兒上直滾下來。慶德上去扶她，那宮女急把身體倒躲，一手指著慶德的佩刀；慶德知是她害怕，便把佩刀收起。

那宮女站起身來，慶德問：「妳叫什麼名兒？在何處宮院中當差？在這夜靜更深的時候，到這冷靜宮院裏來燒香，是什麼事？」

那宮女被他這一問，不曾開得口，只輕輕的嘆了一口氣，忍不住又拿袖口搵著眼淚；慶德見了這嬌姿艷態，也忘了自己的職務，便挨近身去，問道：「妳莫慌，我決不欺侮妳，也不把妳的事去告訴別人；妳心中有什麼為難的事，只須告訴我。妳若須我替妳幫忙，便是拚去我的腦袋也是肯！」

不想一個鐵錚錚，平日何等驕傲的少年公子，今日見了這個宮女，卻說出這許多可憐的話兒來；他原是被這宮女的美色打動了心，他心中早打定了主意。想我宇文慶德，今生今世不愛女人便罷，若要愛女人，這個宮女，我是決不放她逃去的；因此一任那宮女如何冷淡、不作聲，他總是一遍一遍的央求著。

這宮女被他糾纏不清，便冷冷的說道：「將軍願意幫婢子的忙麼？婢子只求將軍答應兩件事兒：第一件，請將軍許婢子，依舊每夜到此院子裏來燒香，莫說與外邊人知道；第二件事，以後將軍倘再遇到婢子，切莫與婢子說話。」那宮女把這兩句話說完，便急托著盤，轉身走去。

這兩句話若出在別人口中，給宇文慶德聽了，早要拿出公子哥兒的氣性來，拔刀相向；無奈他如今，心中已愛上了這個宮女，一任她如何搶白，如何冷淡，他總是不動怒。非但不動怒，他只圖要和這宮女天天見面起見；這每夜三更以後，到衍慶宮去巡查的差使，便向他父親去討定了。

每夜總是他帶了一隊御林軍進宮來，先把兵士調開，吩咐他們在前院子守候著；他卻獨自一人轉到後院去，看那宮女出來燒香，看她燒罷了香，捧著香盤進角門去，他才回身走出前院來，帶了兵士到別處巡查去。

後來日子久了，那宮女見了慶德，也不覺害怕了；只是他們約定在先，不許說話的，這慶德竟和奉聖旨一般的，雖夜夜和宮女見面，卻不敢和她說一句話，只怕這一開口，美人便要惱他。到後來，反是那宮女忍不住了，低低的問道：「將軍為何夜夜在此？」

慶德便恭恭敬敬的答道：「我看妳一個嬌弱女兒，夜靜更深，在這深宮廣院裏燒香；怕有什麼鬼怪來嚇著了妳，因此我夜夜到此來保護妳的。」

這一句話，柔情千疊，任你是鐵石心腸的人，也要動了感恩之念；何況是一個多愁善感的女孩兒聽了，早不覺在她粉腮兒上，堆下嫣然的笑容來。又低低的說了一聲：「多謝！」從此以後，這一對美男妙女，夜夜在這深宮曲院中，互訴起肺腑來。

那宮女問：「起初幾夜見了我，為什麼不說話兒？」

慶德說：「只因遵守美人的吩咐，又怕一開口惱了美人，反為不美；再者，便是不開口，靜靜的站在一旁，看看美人的行動模樣，已夠人消受的了。」

看官須知道，天下的女人，都犯著一樣的毛病；你若當面稱她一聲美，她心裏便覺得非常得意，十分感謝。如今這宇文慶德得步進步，竟對著這宮女美人長、美人短的稱呼起來；這宮女非但不惱，反放出百般嫵媚，千種風流來。兩人看了愈覺得可愛，那說話也愈說愈多。

你想，一個美男、一個少女，在這夜靜更深，幽宮密院、月下花前的地方，靜靜的相對著，如何不勾起萬種的柔情來；便是那宮女眼中，看著這月下少年萬分可愛，也不知不覺的有說有笑，相親相愛起來，兩人常常互握著手兒，互依著肩兒。

後來他們談話的時候愈久了，便覺得蒼苔露冷，寒月浸肌；宇文慶德便大著膽，去偷偷的開了衍慶宮的正殿。這正殿原是預備煬帝平日召見妃嬪用的，中間設著軟褥龍椅，四圍豎著錦繡屏風；慶德便扶著這宮女，去繡墩上說著話兒，便覺得十分溫暖。

這宮女細細的告訴他：「自己原是官家小姐，小名兒喚作鳳君，父親現任范陽太守；自幼兒養在膝下，和哥哥同在書房伴讀，父母十分寵愛。只因前年父親在公事上，惱犯了西安節度使，他便要題本參奏，把我父親問成充軍之罪；我父親急切間無可解救，恰巧來了一位黃門官，奉旨到范陽地方來採選美女。我父親為要解脫自己的罪名要緊，便狠一狠心腸，把他的親生女兒獻給黃門官，斷送到這江都行宮裏來。

我當時離別了親生的父母、親愛的哥哥，千里跋涉，到這清靜孤苦的深宮裏來；又聽得說，當今萬歲是一位多情的天子，凡是宮女略長得平頭整臉些的，都要得萬歲的臨幸。以我這粗姿陋質，如何禁得起萬歲的寵幸；我一進宮來，便和同伴姊妹商量，要設法保全自己的貞節，又把自己所有的釵環銀錢搜

刮起來，統統去孝敬了那管事的宮監。

虧得那宮監看我可憐，又受了我的孝敬，便替我設法，派我在這冷宮裏充當宮女；這宮裏全養的是失寵年老的妃子，萬歲爺從不曾來臨幸過，因此我也免得這個災禍。」

宇文慶德又問她：「每夜燒著香，禱告些什麼？」這鳳君說道：「我第一支香，禱告父母安康；第二支香，禱告哥哥早得功名；第三支香，卻禱告我自己。」說著，她覺得礙口，便停住不說了。

慶德聽了，便替她接下去道：「禱告自己早得貴婿！」說著，便情不自禁的湊近臉去，低低的問說：「我替美人說得可是嗎？」連連的問著，把鳳君問得含著羞，低下脖子去。

後來被慶德問急了，鳳君忍不住噗哧一笑，伸一個纖指，在慶德的眉心裡擢了一下，說道：「將軍真是一個鬼靈精。」

慶德趁勢撲上去，擁住鳳君的纖腰，嘴裏不住的央告著，道：「好美人兒，好心上人兒，我便做妳一個貴婿吧！妳須知道，我平日是一個何等高傲的人，我父母幾次替我做主，有許多富貴小姐，還有萬歲家裏的公主，都願給我做妻小；只因我生平立誓，非得一個絕色的女子，便甘一生孤獨。如今遇到了美人，一來是妳的面貌，實在長得美麗動人；二來也是天緣湊合，不知怎的，自從我一見了美人以後，睡裏夢裏也想著妳，我這魂靈兒全交給妳了。妳倘然不答應我這親事，我也做不得人了。」說著伏在鳳君的酥胸上，忍不住灑下幾點英雄淚來！

鳳君聽他絮絮滔滔的說了一大套，又見他低著頭落下淚來；男兒的眼淚是很有力量的，鳳君的心不覺軟了下來，拿纖手去扶起他的頭來。宇文慶德一縱身，站起來，捧住鳳君的粉腮兒，正要親她的櫻唇；那鳳君急避過臉去，如驚鴻一瞥般逃下龍椅來，躲在繡屏後面，只探出一個臉兒來，向慶德抿著嘴笑。

這時月光正照進殿來，鳳君的粉腮兒映在月光下面，愈覺得嬌艷動人；慶德要上去捉她，鳳君忙搖著手，說道：「你我相愛，原不在這輕狂樣兒，將軍如今愛上婢子，要婢子嫁與將軍做妻小，那婢子也是願意的。只是婢子也不是一個尋常女子，生平也曾立誓，非得一位極貴的夫婿，我是也甘做一世老處女的。如今將軍娶婢子，試問將軍有怎麼的富貴？」

那宇文慶德聽了，便拍著自己的胸口，說道：「我如今二十多歲的年紀，做到殿前少尉，如何不貴？家中現有父親傳下來的百萬家財，如何不富？」

誰知那鳳君聽了他的話，只是搖著頭；慶德又說道：「我父親現做到屯衛將軍，真在一人之下，萬人之上，如何的不貴？」

鳳君聽了，又搖了一搖頭；慶德又接著說道：「將來我父親高陞了，我怕不也是一位現現成成的屯衛將軍了。」慶德不住嘴的誇張著，那鳳君卻也不住的搖著頭。

宇文慶德把話也說窮了，便呆呆的看著鳳君的臉兒，轉問著她說：「依美人說來，要如何富貴，才滿得美人的心意？」

只見她不慌不忙的走近龍床去，把手在龍床上一拍，說道：「將軍他日能坐得這龍床，才滿婢子的意呢。」

宇文慶德聽了，好似耳邊起了一個焦雷，把身體連退了三步，怔怔的說不出一句話來；那鳳君卻依舊滿臉堆笑，扭轉了腰肢，站在前面。宇文慶德看她這嬌媚的神韻，實在捨她不下，又把一股勇氣從丹田裏直衝上來，急急的說道：「美人敢是打謊嗎？」

那鳳君指著天上的月兒，說道：「明月在上，實共鑒之。」宇文慶德忙搶上前，拉住鳳君的纖手，走出庭心去，雙雙跪倒。

鳳君低低的向月兒禱告著，道：「將軍成功之日，所不如將軍願者，有如此釵。」說著，便把雲髻上的玉搔頭拔下來，在石桌上一磕，磕成兩半，兩人各拿著半段。

這裏，宇文慶德也侃侃的說道：「所不如美人所願者，有如此袍。」說著，一手揭起袍角，一手拔下佩刀，颼的一聲，把嶄新的一隻袍角割下來，交與鳳君，一手把鳳君扶起，順勢把鳳君抱在懷裏，又要湊上去親她的珠唇。

鳳君笑著把袍角隔開，說道：「留此一點，為將軍他日成功之賀禮。」一轉身脫出懷去，如煙雲似的走上臺階；慶德追上去，鳳君轉過身來，只說了一句：「將軍努力為之，待成功之日，再行相見。」說著，一縷煙似的進角門去了。

這裏宇文慶德獨立蒼苔，抬頭向著天，出了一回神；忽然把腳一頓，自言自語的說道：「拚我的性命做去吧！」說著大踏步的走到前殿去，領著一隊御林軍，悄悄的出宮去了。

從這一夜起，宇文慶德便立定主意，要推翻隋室的江山，奪煬帝的寶座。他雖每夜一樣的帶領御林軍，進衍慶宮去巡查；但每夜走到後院去守候一回，卻不見鳳君出來。從此室邇人遠，慶德要見她心上人的心思愈濃，他要造反的心思也便愈急；他白天便在文武各官員家中亂跑，藉此探聽各人的口氣，又隨處留心著起事的機會。

宇文慶德原是和司馬德堪、裴虔通、元禮幾位郎將，平素最是莫逆；他三個都是關中人，此次隨駕到江都地方來，原是心中不願意的。只想皇上來幸江都，少則百日，多則半年，便回關中去的；不想如今一住三年，也從不曾聽煬帝提起說要回鑾。

他們都有家小住在關中的，久不回家，如何不要思念？如今又聽說四處反亂，那關中也陷落在寇盜手中，自己又各有皇事在身，眼看著家鄉烽火連天，不能插翅歸去，叫他們如何不想，如何不怨？每到怨恨的時候，便邀集幾個平素知心的官員，在深房密院裏商量一回；這宇文慶德也常常被他們邀去商議大事。

在六個月以前，煬帝下旨，著封德彝到丹陽去建造宮殿，又捉住數十萬人伕，開掘從丹陽到餘杭八百里新河，預備他日遷都丹陽，並遊幸永嘉龍舟航行之路；如今到了限期，封德彝居然一律完工，前來繳旨。那煬帝此時正因在江都住得厭了，聽說丹陽宮殿完工，便心中大喜，一面下旨嘉獎封德彝的功勞，又賞他金銀綵絹；一面下旨各有司並侍衛衙門，限一個月內，俱要整頓車駕軍馬，隨駕遷都丹陽宮，如有遷延不遵者，立即斬首。

這旨意一下，別的官員且不打緊，卻觸惱了元禮、司馬德堪、裴虔通一班郎將；再加宇文慶德從中鼓煽著，大家便約在黃昏時候，在禁營中商議。

司馬德堪說道：「我等離別家鄉，已有數年，誰不日夜想念父母家小？近來聽說劉武周佔據了汾陽宮，又聽說李淵攻破關中；眼見得家中父母妻子，都要遭他的茶毒，思想起來，寸心苦不可言！如今詔書下來，又要遷都永嘉，這一去南北阻隔，是再無還鄉之期了。諸位大人，有何妙計，可挽回主上遷都之意？」

元禮聽了，接著說道：「永嘉地方必不可去，不如會齊禁兵，將此苦情奏明主上，求免渡北。」

裴虔通忙搖著頭，說道：「此非計也，主上荒淫無道，只圖杯酒婦人快樂，江山社稷尚且不顧，豈肯念及我等苦情；以下官愚見，不如瞞了主上，私自逃回西京，與父母妻子相見，豈不乾淨？」

司馬德堪和元禮一班人聽了，都齊聲道：「此言甚善！」當下各自散去，打點作逃歸之計。

不想路上說話，草裏有人，早被一個宮人在屏後聽去，忙報與煬帝知道；誰知煬帝聽了，反把這宮人痛恨，大喝道：「朕已有旨在前，不許人妄談國事和兩京消息，妳這賤人如何敢來瀆奏！況那郎將直閣，全是朕識拔親信的人，豈有逃遁之理，不殺汝，何以禁別人的讒言？」說著，便喝令左右拉出殺了。

可憐這宮人一片好心，無由分說，白白被亂棍打死；煬帝既打死了這宮人以後，眾內相雖再有聽見，也不敢管閒事了。其中有一位郎將，姓趙名行樞；聞知此事，心甚不安，遂私自拜訪一人去商量。

第十九回　帝王末日

宇文慶德自從愛上了宮女鳳君以後，便蓄意謀反；他見近日滿朝文武，都因煬帝要遷都丹陽，人心浮動，便在各處官員跟前煽惑，勸他們趁機起事。其中慶德的叔父宇文智及，現任少監，執掌禁兵；雖是煬帝的親信侍衛，平素卻最恨煬帝的荒淫無道，慶德又常在他叔父跟前下說辭，智及也很聽信姪兒的話。

這一天，他叔姪兩人又在後書房中密議，忽門官報稱，外面有郎將趙行樞大人拜訪；宇文智及和趙郎將原是知交，便立即迎入。趙行樞劈頭便問道：「將軍知眾將士近日之事乎？」智及原早已知道的，聽了這話，便故意說不知道；趙行樞便說道：「眾軍士不肯隨駕渡江，紛紛商議，俱欲逃歸；我也很思念家鄉，特來請教，如何處置？」

宇文智及拍案說道：「若依此計，性命俱不保矣！」

趙行樞問：「為何性命不保？」

智及道：「主上雖是無道，然威令尚行；若私自逃走，不過單身一人，又不能隨帶兵士，朝廷遣兵追捉，卻如何是好？豈不是白白的丟了這條性命？」

趙行樞被這幾句話說得躊躇起來；宇文智及趁勢說道：「今煬帝無道，天下英雄並起，四海盜賊蜂生；我二人所掌禁兵已有數萬，依吾之見，莫若因眾人有思歸之念，就中圖計。或挾天子以令諸侯，或誅無道以就有道，皆可成萬世之業；何必作亡命之徒耶？」

趙行樞聽了大喜，道：「多承明教，真好似撥雲霧而見青天！」

宇文智及道：「雖說如此，但恐人力不齊；尚須得二三同心，共勷大事，方可萬全。」

趙行樞道：「司馬德堪與元禮、裴虔通，既欲逃歸，定有異志；何不邀來共謀？倘肯預聞，人力便齊矣。」

智及便差人去請，不多時，三人請到；相見畢，趙行樞忍不住先開口道：「主上不日遊幸永嘉，諸公行李打點得如何？」

司馬德堪詫異道：「逃歸之議，人人皆知，公猶問幸永嘉行李，何相欺也？」

趙行樞哈哈笑道：「非欺公也，聊相戲耳！」

裴虔通道：「既稱同官知己，何必戲言？主上欽限嚴緊，若要逃歸，須急急收拾行李；倘遲延落後，恐生他變。」

智及說道：「逃歸雖好，但路途遙遠，非一鞠可到；主上遣兵追捕，卻往何處躲避？」

三人聽了，皆面面相覷，一時說不出來。元禮跌足道：「我等實不曾思量及此，卻將奈何！」

趙行樞說道：「諸公勿憂，宇文將軍已有妙計在此，但恐諸公心力不齊，不肯相從耳。」

司馬德堪說道：「我等皆關中人，日夜思歸，寸心俱斷；既有妙計，安敢不從？如有異心，不得其死！」

趙行樞大喜道：「諸公如此，復何憂也！」遂將宇文智及之言，細細對他三人說了。

三人俱大喜道：「將軍等既圖大事，吾三人願助一臂之力。」

宇文智及道：「列位將軍若肯同心戮力，不患大事不成矣！」

司馬德堪說道：「校尉令狐行達馬文舉，皆吾心腹之人，邀來皆可助用。」

趙行樞道：「既然是心腹，多一人便得一人之力，便可請來。」

司馬德堪便起身，親自去請來；趙行樞又把前議實說了一遍，二人齊聲說道：「列位將軍之命，敢不聽從。」

宇文智及大喜道：「眾人志向既同，吾事濟矣！但禁軍數萬，非可輕舉妄動，必須立一人為盟主，大家聽其約束，方有規模。」

說到這裏，那宇文慶德站在一旁，暗暗的伸手，去拉著司馬德堪的袖子；司馬德堪站起來說道：「吾舉一人可為盟主。」

趙行樞忙問：「是誰？」

司馬德堪道：「吾遍觀眾人，雖各有才智，然皆威不足以壓眾；惟宇文將軍令兄化及，是當今英雄，若得他主持，方可為也。」

裴虔通與眾人聽了，也齊聲說道：「非此人不可，司馬將軍之言是也。但事不宜遲，便可速行。」便一齊到宇文化及私宅中來請見。

宇文化及原是一個色厲內荏、奸貪多慾的人，當日聞眾人來見，慌忙接入問道：「諸公垂顧，不知有何事故？」

趙行樞首先說道：「今主上荒淫酒色，遊佚無度，棄兩京不顧，又欲再幸江東；今各營禁軍思鄉甚切，日望西歸，皆不願從。我等眾人意欲就軍心有變，於中圖事，誅殺無道以就有道，此帝王之業也；但必須立一盟主，統率其事。眾議皆以將軍位尊望重，可為盟主，故特來奉請。」

宇文化及聞言，大驚失色，慌得汗流浹背；忙說道：「此滅族之禍也，諸公何議及此！」

司馬德堪道：「各營禁軍皆我等執掌，況今人心搖動，又兼天下盜賊並起，外無勤王之師，內無心腹之臣；主上勢已孤立，誰能滅我等族？」

宇文化及道：「話雖如此，滿朝臣子，豈真無一二忠義智勇之士？倘倡義報仇，卻將奈何？諸公不可不慮。」

裴虔通道：「吾觀在廷臣子，皆諂諛之人，不過貪圖祿位而已；誰肯傾心吐膽，為朝廷出力？即間有一二人忠心者，未必有才，有才者未必忠心；只一楊義臣，忠勇素著，近又削職去矣。將軍試思，眼下誰能與我等為仇？將軍可請放心為之，萬無一失也。」

宇文化及聽了，又沉吟半晌道：「公言固是，但主上駐駕在玄武門，驍健官奴，尚有數百人；縱欲為亂，何由得入？倘先把事機敗露，我們難免十族之誅矣。」

眾人聞言，一時答應不出，俱面面相覷；宇文智及看看眾人有畏縮的樣子，便奮然作色道：「此事何難？官奴皆司宮魏氏所掌，魏氏最得主上親信，今只須多將金銀賄結魏氏，託她說主上驅放官奴；主上在昏聵之時，必然聽從。官奴一放，再無慮矣。」

眾人皆大喜道：「此等謀算，不減漢朝張子房，何憂大事不成耶？」

宇文化及說道：「既蒙諸公見推，下官不得不從命，禍福聽諸天罷了。」

眾人大喜道：「得將軍提攜，我們富貴便在眼前了！」

裴虔通說道：「大計已定，事不宜遲，須先賄結魏氏，請放官奴。」

宇文化及道：「誰人可往？」

令狐行達便說道：「某不才，願去說魏氏。」便領了許多金銀幣帛，悄悄的去送給魏氏。

原來魏氏是一個婦人，專掌管宮司之職，管領著一班驍勇官奴，守衛玄武門，以備不虞；這一天，得了眾官員許多賄賂，便進宮去奏明煬帝道：「玄武門守禦官奴，日日侍衛，再無休息之期，甚覺勞苦；伏乞聖恩，放出一半，令其輪班替換，分值上下，則勞者得逸，逸者不勞，實朝廷休息軍士之洪恩也。」

煬帝道：「這些官奴日日守禦，亦殊太勞，又且無用，便依汝所奏，放出一半，其餘分值上下，以見朕體恤軍士之意。」

魏氏忙叩頭謝恩道：「萬歲爺洪恩，真天高地厚矣！」領了旨出宮來，便將官奴放出一半，令其輪班更換；眾官奴見煬帝如此優待，便都懈怠躲避，不來守禦。

司馬德堪等見其計已行，都暗暗歡喜，便邀同裴虔通密召禁軍，在自己府中會齊；對大眾曉諭道：「今主上不恤群下，流連忘返，縱慾無度，今兩京殘破，不思恢復，又欲東幸永嘉；我們若跟著昏君出去巡遊，便都要客死在他鄉，父母妻子，今生不能見了。如今許國公宇文將軍，可憐爾等欲倡大義，指揮爾等復返長安，使爾等息其勞苦；不知爾等眾人，心下肯聽從出力否？」

眾兵士齊聲說：「某等離家數載，日夜思歸，況主上荒淫不已，我等勞苦無休；將軍若倡大義，提挈還鄉，我等唯命是從。」司馬德堪聽了大喜，便當場約定在四月中旬舉火為號，內外響應，共圖大事。

外面鬧得天翻地覆，煬帝在宮中卻如何得知；每日只催逼著宮人打點行李，預備徙都丹陽宮，又欲臨幸永嘉，以圖歡樂。這一天與蕭皇后同遊十六院，多飲了幾杯酒，一時困倦起來，便在第十院中的龍榻上，倒身而睡；才朦朧睡去，恍惚之中，忽見越國公楊素青衣小帽走來，奏道：「陛下好受用，整整一十三年，今日才來，教臣等得好苦。」

煬帝猛抬頭看見，吃了一驚，忙問道：「與卿久別，為何這等模樣？不知見朕有何話說？」

楊素道：「陛下還不知，當時遣張衡入侍寢宮，與假詔殺太子，二事俱發矣！今日單候陛下來三曹對案，看是何人之罪。」

煬帝道：「此皆卿設謀不善，朕有何罪？」

楊素道：「謀雖是臣設，然皇帝是誰做？主意誰出的？陛下如何推得這等乾淨？」

煬帝道：「是卿也罷，是朕也罷，此乃往事，今日為何提起？」

楊素道：「陛下快活日子多，往事想都忘懷了；臣也不願與陛下細辯，只同去，自有人問陛下的。」

煬帝初猶延挨著不肯去，只因楊素催逼不過，不得已，隨楊素來到一處，彷彿是西京仁壽宮的模樣；走到階前，往上一看，只見正中間端端正正坐著一人，頭戴衝天冠，身穿蟠龍絳袍，十分嚴肅。煬帝心中暗想，如何又有一個皇帝在此？忙定睛一看，卻認得是先皇文帝，陡然吃了一驚，轉身往外便走；腳才移動，只聽得文帝大叫道：「楊廣那裏去！」

煬帝嚇得魂魄俱散，手足失措；只得走進殿來，俯伏在地，說道：「兒久違膝下，時深孺慕；不期今日復睹慈顏。」

文帝怒罵道：「你這弒父畜生，已到今日，尚敢花言巧語欺誰？」

煬帝道：「篡逆之謀，皆楊素張衡二人所設，與兒無干。」

楊素在一旁忙說道：「謀雖臣設，臣設謀卻為何人？這且不說，難道姦蒸父妃，也是老臣設謀？」一句話說得煬帝滿面通紅，無言回答。

文帝罵道：「你這畜生！罪惡滔天，不容於死；今日相逢，焉能饒你？」遂向近侍手中取了一口寶劍，親自起身斬煬帝；煬帝汗流浹背，魂不附體。正無可奈何，忽屏風後面轉出一人，仗劍奔來；煬帝看時，原來是太子楊勇。

煬帝急拔腿逃下殿去，那楊勇在背後大步趕來，口中喊道：「楊廣那裏走，快還我命來！」

煬帝嚇得魂魄全無，正待上前分剖，楊勇怒氣沖沖，不管好歹，舉起鋼刀，照頂梁骨砍來；煬帝一時躲閃不及，吆喝一聲，道：「不好了，吾死也！」忽然驚醒，嚇得滿身上下，冷汗如雨。

蕭皇后伴坐在一旁，看見煬帝神情怪異，忙斟了一杯參湯奉上，問道：「陛下為何驚悸，想是有甚夢兆？」

煬帝定了一回神，說道：「朕得一夢，大是不祥。」

蕭皇后道：「有何不祥？」煬帝便將夢中所遇，一一細說了一遍。

蕭皇后說道：「夢寐原是精神所積，此皆陛下注重兩京，追思先帝，故有此夢。」說著，天色已晚，院中掌上燈來，院妃呂夫人又排上宴來，大家依然又飲；飲不多時，忽聽得宮門外喊聲震地，好似軍馬廝殺一般。煬帝慌忙丟下酒杯，拉著蕭皇后，走出院去看時，見東南之上一派火光燭天，照耀得滿天通紅。

煬帝失驚道：「此是為何？」隨叫眾太監去探望，眾太監領著旨，正要跑到宮外去看；才走到宮門口，只見直閣中裴虔通，領了許多軍士攔住宮門，問道：「列位要往何處去？」

眾太監道：「奉旨看是何處火起，為何有許多人聲吶喊？」

裴虔通道：「乃城東草房中失火，外面軍民救火，故如此喧嚷，列位不必去看，便拿這話去回旨便了。」

眾太監樂得偷懶，把此話信以為真，便一齊退回院去，報與煬帝；煬帝道：「原來是草房中失火。」便不拿它放在心上；依舊和蕭皇后、眾夫人回席去飲酒；大家飲得迷迷糊糊，蕭皇后才把煬帝扶回正宮睡去。

一覺醒來，天還未明，只聽得一派喊聲，殺入宮來；煬帝心中驚慌，忙打發人去看。原來司馬德堪與趙行樞、裴虔通約定日期，內外舉火為號，各領禁軍，團團將皇城圍住，各要害之處均著兵把守；見天色微明，便領了數百騎一齊殺入宮來。

此時，騎勇官奴俱被魏氏放出，無一人在宮；各殿中守禦將士，皆為裴虔通等預先勸散了，只有屯衛將軍獨孤盛，與千牛備身獨孤開遠二人，這一夜正守宿內殿。聽得外面兵馬喧嚷，情知有變；獨孤盛忙率了千餘守宿兵士，出來迎敵。

剛遇著司馬德堪殺將入來；獨孤盛忙攔住，大罵道：「背君逆賊，休得無禮！有吾在此！」

司馬德堪道：「識時務者，呼為俊傑；今主上荒淫無度，遊佚虐民，我等倡大義無道，汝何不反戈相助，富貴共之。」

獨孤盛大怒道：「你這反賊，不要走，吃吾一刀去！」便舉刀劈頭砍來。

司馬德堪挺槍相迎，二人戰未數合，忽裴虔通從左掖門殺來，獨孤盛猝不及防，被裴虔通斜刺一刀，將頭砍下；眾軍看見主將被殺，如何有心戀戰，又無處躲避，都一齊叫喊起來。司馬德堪與裴虔通趁勢亂殺，鬧得宮中猶如鼎沸一般；獨孤開遠聽得獨孤盛被殺，再引兵來戰，又慮眾寡不敵，只得轉進宮來，要請煬帝親出督戰，藉此彈壓軍心。

此時煬帝已知道是兵變，驚得手足無措，忙傳旨將閤門緊緊閉上；獨孤開遠趕到閤門下面，只見雙門緊閉，事起倉猝，也顧不得君臣禮節，便令眾兵隔著門，齊聲喊奏道：「賊兵變亂入宮，軍心懼怯，請萬歲天威親臨督戰，則眾賊必然震懾；臣等效一死戰，則禍亂可頃刻定也。」

接著聽得閉門上面，有人傳旨道：「萬歲爺龍心驚怖，不能臨戰，著將軍等盡力破賊，當有重賞。」

獨孤開遠稱道：「萬歲不出，則賊眾我寡，臣等雖肝腦塗地，亦無用也。請聖駕速出，猶可禦變；若再延遲，賊兵一到，便玉石俱焚，悔之不及矣！」

門上又傳旨下來道：「聖駕安肯親臨不測，且暫避內宮，著將軍努力死守。」

獨孤開遠奏道：「此時掖庭已為戰場，賊兵一到，豈分內外？萬歲往何處可避？若不肯出臨，則君臣生命與社稷俱不能保矣！」說罷，首觸閣門，嚎啕痛哭。

近侍忙報與煬帝，煬帝驚慌得目瞪口呆，聽得獨孤開遠竭力苦請，便要出去；蕭皇后忙攔住道：「來兵既已為亂，豈分君臣；陛下這一出去，倘戰而不利，便如之奈何！莫如暫避宮中，俟天色明亮，百官知道了，少不得有勤王之兵，那時卻再行區處。」

煬帝道：「說得有理。」慌慌張張，便要拉著蕭皇后去躲避；此時大家也無暇梳洗，蓬著頭，和三五個心愛的美人，躲入宮內一座西閣中去。

獨孤開遠在閣門外哭叫了一會，聽聽閣門內杳無消息，他知道煬帝不肯出來，大勢已定，只有拚一拚性命的了；便回顧左右，大叫道：「眾人有忠義能殺賊者，隨我快來！」眾兵見煬帝不出，料想是敵不住賊兵的，便無一人敢答應，皆漸漸散去。

獨孤開遠正無法奈何，只見喊聲動地，司馬德堪、裴虔通、令狐行達一班人，如潮湧一般，殺奔閣門而來；獨孤開遠挺槍大罵道：「逆賊終年食朝廷厚祿，今日乃敢反耶？」

裴虔通亦應聲罵道：「我等殺無道以就有道，乃義舉也；爾等不識天命，徒自取死。」說著，便舉刀砍去。

司馬德堪與令狐行達俱一齊動手，大家混殺一場；獨孤開遠縱然生的驍勇，當不得賊兵人多勢大，叫他如何抵擋得住？不多時，已被亂兵殺死；他手下的兵丁，逃得一個影子也不留。司馬德堪領著眾兵，直湧到閣門下，見雙門緊閉，大家動手，乒乒乓乓一陣打開，竟衝殺到內宮去；嚇得宮女和太監們魂膽俱無，這邊宮女躲死，那邊內相逃生，亂竄做一堆。

司馬德堪殺入寢宮，見走了煬帝，便領兵各處尋覓；無奈宮廷深遠，左一座院落，右一處樓閣，如何找尋得到？不期尋到永巷中，忽撞見一個美人，她懷中抱了許多寶物，要往冷宮躲去，被裴虔通上去一把拉住，問道：「主上今在何處？若不實說。便一刀砍你成兩段！」

那美人起初還推說不知，見裴虔通真的舉刀要殺，來勢十分兇惡；料想違拗不過，只得哀求道：「望將軍饒命！萬歲實是躲往西閣中去的。」裴虔通聽知是實，便把美人放走，帶領眾人一齊趕到西閣中去。

到了閣下，聽得上面有人聲，知是煬帝在上面了；令狐行達拔刀先登，眾人相繼一湧而上，打進門去。只見煬帝與蕭皇后相對垂淚，煬帝見了眾人，便說道：「汝等皆朕之臣下，朕終年厚祿重爵給養汝等；有何虧負之處，卻行此篡逆之事，苦苦相逼？」

眾人聽了面面相覷，一時說不出話來；獨裴虔通大聲說道：「陛下只圖一人快樂，並不體惜臣下，故有今日之變。」

煬帝見眾臣下聲勢洶洶，氣得一句話也說不出來；只見煬帝背後轉出一個朱貴兒來，用手指定眾人，說道：「聖恩浩蕩，汝等是何心肝，行此昧心之事？且不論終年厚祿，只是三日前因慮汝等侍衛春寒，詔宮人與汝等裝裹絮袍絮褲，以賜汝等；萬歲身臨視催督，數千件袍褲，只兩日便已完工，前日頒發給汝等，汝等豈忘了麼？聖恩如此，還說並不體恤，是無心人也。」

煬帝接著說道：「朕不負汝等，何汝等負朕也？」

司馬德堪搶著說道：「臣等實負陛下，但今天下已叛，兩京皆為賊據，陛下歸已無門，臣等生亦無路；且今日已虧臣節，雖欲改悔，豈可得乎？」

煬帝大怒道：「汝口中一派胡言，今汝等來此，意欲何為？」

司馬德堪忽把臉色改變，大聲喝道：「今來欲得陛下之首，以謝天下！」

朱貴兒聽了，大罵道：「逆賊焉敢口出狂言！萬歲縱然不德，乃天下至尊，為一朝君父，冠履之分，凜凜在天地間；汝等不過侍衛小臣，何敢逼脅乘輿，妄圖富貴，以受萬世亂臣賊子之罵名？趁早改

心滌慮，萬歲降旨赦汝等無罪。」

裴虔通道：「如今勢成騎虎，萬難放手；汝是掖庭賤婢，何敢放肆？」

朱貴兒大罵道：「背君逆賊！汝倚兵權在手，輒敢在禁廷橫行；今日縱然不能殺汝，然隋家恩澤自在天下，天下豈無一二忠臣義士，為君父報仇？勤王之師一集，那時將汝等碎屍萬段，悔之晚矣！」

令狐行達大怒道：「淫亂賤婢平日以狐媚蠱惑君心，以致天下敗亡；今日乃敢以巧言毀辱義士，不殺汝賤婢，何以謝天下？」便喝令亂兵一齊動手。

朱貴兒大罵道：「人誰無死，我今日死萬歲之難，留香萬世，不似汝等逆賊，明日碎屍萬段，不免遺臭千載！」罵聲未絕，亂兵刀劍早已齊上；可憐朱貴兒玉骨香魂，都化做一腔熱血，只聽得一聲慘號，早已倒臥在血泊裏死了。

令狐行達見殺了朱貴兒，便一手執劍，一手竟來扯煬帝下閣去；煬帝見殺了朱貴兒，早已驚得魂不附體，又見來扯他，便慌得大聲叫道：「扯朕有何事，卻如此相逼！」

令狐行達卻冷冷的說道：「吾不知有何事，汝只去見了許公便知分曉。」

煬帝道：「今日之事，誰為首？」

司馬德堪道：「普天同怨，何止一人？」

煬帝卻只是延挨著不肯下閣去，被眾兵一齊上前，推擁而行；煬帝原不曾梳洗的，被眾人推來攘

去，弄得蓬頭跣足，十分狼狽。

蕭皇后看見如此形狀，趕上前去雙手抱住，放聲痛哭道：「陛下做了半生天子，何等富貴；不期今日反落在賊人之手，狼狽得這般模樣，妾看了心痛萬分！」

煬帝亦大哭道：「今日之事，料不能復活矣！只此便與御妻永別了！」

蕭皇后哭道：「陛下先行，妾尚不知畢命在何時，料亦不能久活矣！」

第二十回　蕭后媚行

煬帝被令狐行達揪住，要拉他下閣去見宇文將軍；他知道自己性命難保，便和蕭皇后兩人抱頭痛哭。

令狐行達在一旁候得不耐煩了，大聲叱道：「許公有命，便可速行，哭亦無益了！」煬帝和蕭皇后猶抱持不捨，被眾兵拉開蕭皇后，擁著煬帝，下閣往前殿而去；司馬德堪吩咐，把煬帝暫時拘禁在一間便殿裏，一面卻親自帶領甲兵，迎請宇文化及入朝為政。

此時天色初明，宇文化及得知令狐行達逼宮的消息，嚇得他抖衣而戰，半晌不能言語；裴虔通道：「將軍不必遲疑，大事已成，請速速入朝理政。」

宇文化及見事已至此，料想推辭不得，只得內裏穿了暗甲，外面蟒袍玉帶，打扮得齊齊整整；宛如漢平帝時候的王莽，桓靈三帝時候的董卓、曹操一般，滿臉上都是要篡位的模樣，帶領眾人齊入朝來。

到得殿上，一班同黨的官員都搶著來見；宇文化及說道：「今日之事，須先集文武百官，令知改革大義，方能鎮定人心。」

司馬德堪道：「將軍之議有理，可速發號令，曉諭百官。」

宇文化及便傳令下去，道：「大小文武官員，限即刻齊赴朝堂議事，如有一人不至者，定按軍法斬首。」

文武百官聽了這號令，嚇得魂魄齊飛；欲想會眾討賊，一時又苦無兵將，又見禁軍重重圍住皇宮，料已有定計，反抗也無用；欲思逃出城去，又見各門俱有人把守不放。欲思躲在家裏不出來，又恐逆了宇文化及的軍令，倘真的差人來捉，性命便要不保；欲思入朝降賊，又不知煬帝消息如何，恐事不成，反得了反叛的罪名。

大家我推你，你推我，你打聽我的舉止，我打聽你的行動；延挨了好一會，早有幾個只顧眼前，不顧身後，看勢使風的官員，穿了吉服入朝來賀喜。一個走動，便是兩個；兩個來了，接著三個四個，上朝的絡繹不絕，不消半個時辰，這些文武百官早來了十分之九。

眾官到了朝中，只見宇文化及滿臉殺氣，端端正正坐在殿上；司馬德堪、裴虔通、趙行樞一班賊黨，都是戎裝披掛、手執利刃，排列兩旁。各營軍士刀斧森嚴，分作三四層圍繞階下，望去殺氣騰騰，好不怕人；眾官看了，個個嚇得膽戰心驚，瞠目向視，誰敢輕發一語。

宇文化及說道：「主上荒淫酒色，重困萬民；兩京危亡，不思恢復，又要徙都丹陽，再幸永嘉。此誠昏愚獨夫，不可以君天下，軍心有變，皆不願從；吾故倡大義以誅無道，舉行伊尹、霍光之事，汝等當協力相從，以保富貴。」眾官俱面面相覷，不敢答應。

正延挨著，只見人叢中先閃出二人，齊向朝上打一恭，說道：「主上虐民無道，神人共怒；將軍之舉，誠合天心人望，某等敢不聽命。」

眾人看時，原來一人是禮部侍郎裴矩，一人便是內史封德彝；眾官員看了，心中暗暗的驚詫道：「主上所為荒淫奢侈之事，一大半皆此二賊在中間引誘攛掇，今日見勢頭不好，便轉過臉來，爭先獻媚，誠無恥之小人也。」

當時宇文化及坐在上面，聽封德彝、裴矩二人說得湊趣，滿心歡喜道：「汝等既知天意，便不愁不富貴矣。」話猶未了，只聽得宮後一派人聲，喧嚷啼哭而來，湧到殿前；眾人看時，只見煬帝蓬頭跣足，被令狐行達與許多軍士推推擁擁，十分狼狽，早已不像個帝王模樣了。

宇文化及遠遠望見，頓覺跼蹴不安；恐怕到了面見不好打發，又恐怕百官見了，感動了忠君之念，便站起來揮手止住，道：「何必持此物來，快快領去！」

令狐行達聽了，便不敢上前，依舊把煬帝簇擁著回寢宮去；司馬德堪恐宇文化及要留活煬帝，忙上前說道：「如此昏君，如何放得？」

封德彝也接著說道：「此等昏君，留之何益，可急急下手！」

宇文化及便在殿上大喝，道：「速與我結果了這昏君！」

司馬德堪得了令，忙回到寢宮去，對煬帝說道：「許公有令，臣等不能復盡節矣！」說著，拔出劍來，怒目向視。

煬帝嘆了一口氣，說道：「我得何罪，遂至於此？」

賊黨馬文舉說道：「陛下安得無罪，陛下拋棄宗廟，巡遊不息；外則縱慾黷武，內則縱慾逞淫，土木之工，四時不絕。車輪馬跡，天下幾遍，致使壯丁盡死鋒刃之下，幼弱皆填溝洫之中；四民失業，盜賊蜂生，專任諛佞之臣，一味飾非拒諫，罪大惡極，數不勝數。何謂無罪？」

煬帝道：「朕好遊佚，實負百姓；至於汝等高位厚祿，終年榮寵，從未相負，今日何相逼之甚也？」

馬文舉道：「眾心已變，事至今日，不能論一人之恩仇矣！」

煬帝正要說話，忽抬頭，只見封德彝慌慌張張走進宮來，你道為何？原來宇文化及知道封德彝乃煬帝心腹佞臣，今日第一個又是他先投降，心中疑他有詐，便心生一計，對封德彝說道：「昏君過惡，猶不自知，汝可到後宮去當面數說他的罪惡，使昏君死而無怨，便是你的功勞。」

封德彝欲待推辭，因見宇文化及甲兵圍繞，倘然一怒，性命難保；欲進宮去面數煬帝的罪惡，卻又無顏相見。但事到如今，寧可做面皮不著，性命要緊，便應道：「將軍之言是也，某願往說。」

煬帝被司馬德堪正逼得危急的時候，見封德彝慌慌張張的跑來，自以為平日待他極厚，只道是他好意前來解救，連聲喚道：「快來救朕的性命！快來救朕的性命！」

封德彝卻假裝做不曾聽得，舉手指著煬帝的臉兒，大聲說道：「陛下窮奢極欲，不恤下情，故致軍心變亂，人懷異心；今事已至此，即死謝天下，須是不足。臣一人之力，如何救得陛下？」

煬帝見封德彝也說出這話來，心中不勝忿恨，便大叱道：「侍衛武夫，不知君臣名分，敢於篡逆，猶可說也；汝一士人，讀詩書，識禮義，今日也來助賊欺君。況朕待汝不薄，乃敢如此忘恩負義，真禽獸之不如也！」

封德彝被煬帝痛罵一頓，羞得滿面通紅，無言可答，只得默默而退。

此時宮女內相們逃的逃，躲的躲，各尋生路，不知去向；煬帝跟前，惟世子趙王楊舉一人。這楊舉是呂后所生，年才一十二歲，當時見父親受臣下欺侮，他便號哭著，跟定在左右不離；見煬帝蓬頭跣足的被眾人牽來拽去，便扯住煬帝的衣角，痛哭不止！

裴虔通在一旁催道：「左右是死，哭殺也不能生，何不早早動手！」便搶步上前，扯過趙王來，往頸子一劍，可憐金枝玉葉的一個王子，竟死在逆臣之手！趙王的頭顱落地，一腔熱血，直濺煬帝一身，嚇得煬帝心膽俱碎；可憐他站在一旁，哭也不敢哭，逃也不敢逃。

裴虔通此時趁勢提劍，直奔煬帝；煬帝見來勢兇惡，便慌忙大叫道：「休得動手，天子自有死法，汝豈不聞諸侯之血入地，天下大旱；諸侯如此，況朕巍巍天子乎？快放下劍，速將鴆酒來。」

馬文舉道：「鴆酒不如鋒刃之速，何可得也？」

煬帝大哭道：「朕為天子一場，乞全屍而死！」

令狐行達便取出一疋白絹來，拋在煬帝手裏；煬帝接絹，大哭道：「昔日院妃慶兒，夢朕白龍繞頸，今日驗矣。」

司馬德堪又催逼道：「陛下請速速自裁，許公在殿上立等繳令的。」

煬帝猶自延挨不捨，令狐行達便喝令眾武士一齊動手，將煬帝擁了進去，竟拿白絹生生縊死；這時煬帝年紀只有三十九歲，後人有詩弔曰：

千株楊柳拂隋堤，今古繁華誰與齊；想到傷心何處是，雷塘煙雨夕陽低。

司馬德堪見煬帝已死，便去報知宇文化及；宇文化及道：「斬草不留根！」便下令著裴虔通等，勒兵殺戮宗戚蜀王楊秀、齊王楊暕，以及各親王，無老無少，皆被誅戮。惟秦王楊浩，素與宇文智及往來甚密，得智及一力救免。

宇文化及既殺了各王，隨自帶甲兵，直入宮來，要誅滅后妃，以絕其根；不期剛走到正宮，只見一個婦人，同了許多宮女簇擁在一處，抱頭痛哭！宇文化及便上去喝問道：「汝是何人，卻敢在此啼哭？」

那婦人慌忙跪倒在地，說道：「妾身便是帝后蕭氏，望將軍饒命！」說著，低下脖子去拭著淚。那一頭雲髻，耀在宇文將軍眼前，禁不住便伸手去扶起她臉兒來看時，真是月貌花容，嫵媚動人；心中十分迷惑，便不忍得殺她，因說道：「主上無道，虐害百姓，有功不賞，眾故殺之；與娘娘無干，娘娘請勿驚慌。我手中雖有兵權，只為的是除暴救民，實無異心；倘娘娘有心，保與娘娘共保富貴。」說著，不覺哈哈大笑。

此時蕭皇后已在九死一生之時，得宇文將軍一見留情，便含淚說道：「主上無道，體宜受罪，妾之生死，全賴將軍！」

宇文化及伸手把蕭皇后扶起，說道：「但請放心！此事在我為之，料不失富貴也。」蕭皇后趁勢說宇文化及道：「將軍既然如此，何不立隋家後代，以彰大義？」宇文化及道：「臣亦欲如此，如今且與娘娘進內宮去，商議國家大事要緊。」說著，他不顧君臣體統，也不顧宮門前許多甲士，竟擁著蕭皇后進內寢宮去。那班甲士在宮門外守候著，直守過兩個時辰，只見宇文將軍臉上喜形於色，從內宮中大踏步出來，只帶著隨身親兵，到別宮查抄去；吩咐甲士留下看守正宮，不許放人進去騷擾。

他一處一處的去查宮；煬帝宮中，原最多美貌婦人，宇文化及這時深入脂粉堆裏，看看都是天姿國

色，真是見一個愛一個。他揀那最是年輕貌美的，吩咐親信兵士，送去正宮安置；看看查到衍慶宮中，這原是冷宮，裏面住的全是年老色衰、貶落下來的妃嬪，所以走進宮去，裏面靜悄悄的。

誰知一腳跨進正殿，那龍座上卻有一對男女擁抱坐著；那男子見有人進來，忙把女子推開，拔下佩劍相侍。宇文將軍一看，這男子不是別人，卻便是他最寵愛的小兒子宇文慶德！那宇文慶德見到父親，把手中的劍也丟了，只是低著頭，把臉羞得通紅；宇文將軍再看那龍椅上的女子時，真是長得搓脂摘粉一般嬌嫩，秋水芙蓉一般艷麗。

宇文化及上去拍著慶德的肩頭，笑說道：「怪道我在各處找尋，不見我兒，原來在這裏享艷福。這女孩兒，我見猶憐，我兒眼力到底不差！這宮裏既有我兒在，我也放心；我兒你不必驚慌，好好的在這裏玩吧。」說著便丟下慶德，退出衍慶宮去。

原來慶德為了鳳君一句話，便連日處心積慮，把這煬帝的皇位推翻了，大隊禁兵殺進宮來；他原是禁兵的少尉，也帶了一隊甲士，混在眾人裏面。攻打閣門的時候，卻是他殺得最是奮勇，提刀直入，大呼大喊；待到一殺進閣門去以後，便已不見他的影蹤。

在司馬德堪一班人心中，只顧捉殺皇帝要緊，卻也不去留心他；慶德撇下了眾人，卻轉彎抹角的找到衍慶宮去。慶德近來常常在宮中值宿，所以這宮裏的路徑，他非常熟悉；那衍慶宮的一班妃嬪，忽見他手仗著白晃晃的寶劍，又帶領了幾十個勇糾糾的甲士，女流之輩，如何見過這陣仗兒，早嚇得她們燕泣鶯啼，縮成一堆！

其中，鳳君見是宇文慶德，知道大事已成；反笑吟吟的迎出院子來，拿手攔住慶德說道：「這裏都是一班可憐的女人，將軍休得嚇壞了她們。」宇文慶德原只要這個鳳君，他見了鳳君，便也無心去搜查宮院了；當時便吩咐甲士，在院子裏看守著。他卻和鳳君手攙手兒，走到那前日夜深私語的正殿上去；依舊把鳳君捧上龍椅去坐著，兩人你戀我愛，唧唧噥噥的，只管說著恩情話頭。

說到情濃之處，便並肩兒在龍椅上坐著，臉貼臉兒互相擁抱著；慶德禁不住要在她朱唇兒上親一個吻，那鳳君卻提著朱唇，把她粉臉兒閃來閃去，只是躲避。正在得趣的當兒，猛不防，被那宇文化及一腳走進殿來衝破了；幸而他父子們都是憐香惜玉的，宇文化及這時已搜得了許多美人，心滿意足，見兒子也得了一個，便也讓他快活去，退出殿去了。

慶德見他父親去了，這是走了明路的了，便去把鳳君抱在懷裏，美人寶貝的喚著；又說：「妳看，不是我父親已成了大事嗎？將來我父親做了皇帝，我不是穩穩的做了太子？妳不是穩穩的做了妃子嗎？往後去，我又坐了這把龍椅，做了皇帝，妳便也陞做皇后，這不是依了妳的話？」說著捧過鳳君的粉臉來，不住的在她朱唇上接著吻，趁勢把鳳君按倒在龍椅上，竟要無禮起來。

鳳君推住慶德的身體，低低的說道：「將軍放穩重些，天下豈有苟合的皇后。」

慶德原是一個多情種子，一句話把他的慾火按住了，便放了手；兩人又密密切切的談了一會，退出宮去了；趕到正殿上，看他父親正傳下令來：「說奉皇后懿旨，立秦皇楊浩為帝，自立為大丞相；又封弟宇文智及和裴矩為左僕射，封異母弟宇文士及為右僕射，慶德陞任屯衛將軍，長子承基、次子承址，俱令執掌兵權。」

此外心腹之人，都各重重封賞；又殺牛宰馬，大宴群臣。酒到數巡，宇文化及對大眾說道：「吾本無壓眾之心，君等謬推我為主，我自諒德薄，不足以當大位，故承立新君，以表我無篡奪之心。」百官聽了，齊聲應道：「丞相之命，誰敢不尊！」宇文化及大喜，又命進酒，大家盡歡方散。

第二天，丞相又傳出令來，說道：「主上無道之事，全是奸臣虞世基、裴蘊，來護兒等數十人所為，今日昏君既誅，奸人豈容在側，可收戮於市，以儆後人。」

司馬德堪與裴虔通得了令，遂領甲兵，挨家去搜捉，將數十個助桀為虐的奸臣，一齊拿至市中去行刑；虞世基的弟弟虞世南聞知這事，慌忙跑到市中，抱住世基嚎啕痛哭，請以自身代死。左右報知宇文化及，宇文化及傳令道：「昏君之惡，皆此賊積成，豈可留之；且吾倡大義，只除奸佞，安可殃及好人。」竟不聽。可憐眾奸臣平日獻諛獻媚，不知費了多少心力，方得了高官厚祿，能享用得幾日，便一旦同被誅戮，身首異處，好不苦惱！

宇文化及既殺了眾奸臣，又傳旨細查在廷中臣僚，昨日有幾人不到；趙行樞查了回覆，道：「大小官員俱至，惟僕射蘇威與給事郎許善心二人不到。」

宇文化及道：「二人素有重名，可恕其一次，再差人去召；如仍執迷不來，即當斬首示眾。」

原來，蘇威因諫煬帝選美女與修築長城，被煬帝削職罷歸，後來雖又起官，然終有些侃直之名；當日聞煬帝被弒，竟閉戶不出。次日見有人來召，自思逆他不得，遂出往見；宇文化及大喜，遂加其官為光祿大夫。

還有那許善心，字務本，乃高陽新城人，仕隋為禮部侍郎；因屢諫逆旨，便降官為給事郎，聞宇文化及之變，便閉門痛哭，不肯入朝。次日化及差人來召，許善心決不肯往，其侄許宏仁勸之，說道：「天子已崩，宇文丞相總攝大政，此亦天道人事代終之常；何預叔事，乃固執如此，徒自苦耳。」

許善心說道：「食君之祿，當死君之難，雖不能死，焉肯屈膝而拜逆賊乎？」

早有人報知宇文化及，宇文化及大怒道：「許善心乃敢倔強如此！」遂差軍士拿捉入朝；眾人得令，遂蜂擁而去，不多時，即將許善心綁縛入朝來。

宇文化及大怒道：「吾舉大義，誅殺無道，乃救民也，滿朝臣子莫不聽從；汝是何等樣人，乃敢與吾相抗？」

許善心道：「人各有志，何必問也。」

宇文化及怒氣不息，虧得眾臣幫著勸道：「昔武王伐紂，不誅伯夷叔齊；今許善心雖違號令，然情有可原，望丞相恕之！令其謝罪改過。」

宇文化及道：「既是諸公相勸，且饒其死。」遂喚左右解其縛。許善心站起來，抖一抖衣冠，也不拜謝，也不開言，竟自轉身昂昂然走出朝去；宇文化及看了大怒道：「吾好意放他，焉敢如此不遜？」復喝令拿回來。眾人又上來勸；宇文化及道：「此人太負氣，今不殺之，後必為禍。」竟不聽眾人勸說，命左右牽出斬首。

信息報到許善心家裏，他母親范氏，年已九十二歲，臨喪不哭；人問她，為何不傷心？范氏說道：「彼能死國難，吾有子矣！復何哭為？」便也絕食而死。

宇文化及殺了許善心以後，威權一天重似一天；他知眾人畏服，便十分恣意，竟將少帝楊浩遷入別宮，派兵在宮外團團圍住。凡有一切政令，俱自己議定了，只令少帝用印頒發而已；自己竟搬進迷樓去住下，佔據六宮，天天和蕭皇后及十六院夫人淫亂為樂，另打落在冷宮裏的吳絳仙、袁寶兒一班美人，皆隨時召幸，自己享用，宛如煬帝時候一般。

放蕩了一個多月，那班禁軍時時想念家鄉；便是衍慶宮中的鳳君，她也是關中人，她原和慶德說定的，只須把她送回家去，和父母說知，再由慶德依禮迎娶，方肯和他成夫婦；若要在宮中苟且成事，她抵死也不肯。慶德但求鳳君願嫁他，便也百依百順；因此他也天天在父親跟前，催著要回關中去。

宇文化及見眾人都有思鄉之念，便逼勒少帝，並擁了六宮的妃嬪，帶著皇帝的傳國璽，拔隊西行；

一路上竟用煬帝的玉輦儀仗，其餘宮人珍寶、金銀緞帛，盡用騾馬車輛裝載，不足用的，便沿路搶劫，軍士的車甲行李，俱著自負而行。宇文化及在路上，和蕭皇后及眾美人調笑放蕩，毫不避人耳目；也不知道愛惜兵士，大家都起了怨心。

看看走到彭城地方，趙行樞悄悄對司馬德堪說道：「當日隋主不仁，天下離亂，民不聊生，我等出此非常之舉，原想轉禍為福，改辱為榮；今不料所推的宇文化及，卻是一個暴戾之人，立之為主，今日暴虐愈甚，反致六宮蒙羞，不久諸侯起兵除暴，此賊必死，我等從人為賊，如何得免，若不早圖脫禍，將來死無葬身之地了。」

司馬德堪說道：「諸公勿憂，眾既懷怨，明早入朝，只須袖藏利刃刺之，有何難處。」

眾人計議已定，不期事機不密，早有人報知宇文化及；宇文化及大怒，便和親信商議，將計就計，埋伏武士於帳下。

次日趙行樞、司馬德堪、裴虔通、元禮、令狐行達、馬文舉，一班賊黨，俱袖藏利刃，魚貫著進帳來，準備行刺；他們才跨進帳門，宇文化及早大聲呼武士拿下，在各人身旁都搜得利器，謀刺真情一齊顯露。宇文化及喝令押付市曹，將二十餘人一齊斬首；從此宇文化及目中無人，越發橫暴起來。

看看走到聊城地方，鳳君便和宇文慶德說知，她家便住在聊城東坊；宇文慶德便去和他父親說知，又說明把鳳君娶作妻子。宇文化及說道：「我兒婚姻大事，原是要鄭重的。」便撥了五百名甲士，又派

兩名親信大臣護送前去，算是替宇文慶德說媒去的；那宇文慶德也捨不得放鳳君一人回去，便自己也跨著馬，跟在鳳君車兒後面，一同前去。

第二十一回　美人干戈

鳳君坐在七寶香車裏，後面五百名甲士簇擁著；又有宇文慶德和兩位大臣跨馬護送，一路上何等榮耀。看看到了東坊，前面一座高大門樓，鳳君在車中吩咐一聲說到了，那車馬一齊停住；這屋子外面來了許多兵馬，把屋子裏的人嚇得個個向門外探頭兒。其中有一個老婆婆，她卻認識車子裏坐著的是嬌娜小姐，忙嘴裏嚷著小姐，一顛一蹶的趕出門來，拉住鳳君的手。

原來這鳳君並不是別人，便是那第一回書上表過的，范陽太守朱承禮的女兒嬌娜小姐，那鳳君是她選進宮去以後改的名兒；這高大門樓，也並不是什麼嬌娜小姐的家，竟是她表兄申厚卿的家。

這申厚卿和嬌娜小姐，上回書上不是表明過，很有一段纏綿悱惻的私情嗎？而且嬌娜小姐的身體，早已給厚卿破了，厚卿住在他舅父家裏，和嬌娜暗去明來，偷情也不知道偷過幾次了；在他兩人以為，終身之事可以千妥萬當的了，誰知自從厚卿和嬌娜小姐分別過以後，他們的終身大事，便大大的變起卦來。

厚卿也曾和他父母說知，幾次打發人去向朱承禮求親說媒；誰知這朱太守心眼兒十分勢利，任那媒人如何說法，他總絕口回覆，說我家女兒的親事，早已配定的了。其實全沒有這一回事，他眼中因瞧不起申家，知道女兒長得十分美貌；如今天子好色，他儘可以靠著女兒的顏色，謀些高官厚祿。

他自從那日去迎接總管太監許廷輔回家以後，便早已打定了這個主意；他見儘多有紳富人家，把親生的女兒送進宮裏去，得了皇帝的寵愛，全家父兄封侯的封侯，拜相的拜相，朱承禮看得眼熱了，所以見申家來求親，他便絕口不允。誰知他夫人榮氏，是十分愛這外甥兒厚卿的；照榮氏的意思，這頭親事是千肯萬肯的了。

還有那嬌娜小姐，自從厚卿去了以後，便好似掉落了魂靈，天天伸長了粉頸兒，盼望申家有人來說媒；好不容易盼望得媒人來了，誰知這無情無義的父親，竟把這頭親事絕口回覆了。當時不但是嬌娜小姐心中懊喪，便是榮氏心中也很覺可惜，連那大姨娘飛紅也鬱鬱不樂起來。

飛紅幾次在她老爺跟前勸說：「把我家小姐配給申家的外甥哥兒，真是門當戶對，一雙璧人！咱們原是舊親，又可以親上加親。」飛紅的一張嘴，原是伶牙利齒的，又是朱太守言聽計從的；誰知只有這件親事，朱太守卻一句話也不肯聽，榮氏的話更是不願聽了，為了嬌娜小姐的親事，他老夫妻兩人幾乎反目。

後來許廷輔第二次來採訪美女的時候，朱承禮究竟拿他親生的女兒，獻了上去；可憐嬌娜小姐和她父母分別的時候，哭得何等悽慘！朱承禮心中也覺得不忍，但為前途的功名富貴起見，也只得狠一狠心腸，和他女兒今生今世永別的了。可憐嬌娜小姐臨走的時候，既捨不下父母，又掛念那厚卿哥哥；她一陣子傷心，早已是倒在車兒裏。待得清醒過來，離家已是遠了，她便拭去眼淚，從此不哭了。

她一路上打定兩個主意，第一個主意，進得宮去，決計不和皇帝見面；一來替厚卿守著清潔的身子，二來不得皇帝的寵幸，她父親決計得不到好處，也叫父親冷了這條富貴之念。第二個主意，她在宮中靜心守著，得有機緣，便把這淫亂的皇帝刺死；她在家裏常常聽厚卿說起，這隋煬帝如何淫亂暴虐，她原痛恨在心，如今又因供皇帝的淫樂，打破了和表兄的一段好姻緣，又把自己的終身，埋沒在這暗無天日的深宮裏，因此她把個隋煬帝越發恨入骨髓。

她在宮裏，每到夜靜更深的時候，便悄悄的出來，當天燒三炷香；第一炷香是願皇上保佑她厚卿哥哥，長壽安康；第二炷香是願天公幫助她，早早報了這昏君的仇恨；第三炷香願天保佑她，保住貞潔而死。這三句話，嬌娜小姐在睡裏夢裏也念著不忘的；那夜給宇文慶德撞破了，說什麼願天保佑她早得富貴夫婿的話，原是哄著慶德的。

誰知慶德竟認做是真的，便依著嬌娜小姐的話，拚命的幹起來；居然那煬帝的一條命，就被嬌娜小姐一句話，輕輕的弄丟了。嬌娜小姐看這宇文慶德的癡情，真是癡得厲害，倘然沒有申厚卿的一段恩情在前，這宇文慶德的人才，也中得嬌娜小姐的意了；無奈她立願在前，替申厚卿守一世貞節的了，便任你宇文慶德瓊姿玉貌、厚愛深情，她都不在心上。

但她知道，此生若離不了宇文慶德，依舊不免要給他糟蹋了身子；因此心生一計，只推說父母家住在聊城地方，把宇文慶德引到這東坊地方來。這東坊人家，原不是什麼嬌娜小姐的家裏，竟是那申厚卿的家裏；申厚卿這時父親已死，只有母親朱氏在家。

厚卿自從朱家的親事不成，他也立志終身不娶，也無意功名，只伴著母親住在家裏；忽然聽得門外馬嘶人喧，家裏上下的人都湧出去看。過了一會，那老婆婆扶著嬌娜小姐走進院子來，後面跟著一個雄赳赳、氣昂昂的少年英雄；這老婆婆原是從前在朱家伺候榮氏的，所以認得嬌娜小姐。

當時申厚卿見了嬌娜小姐，好似半天裏落下來的一般，忙搶上前去拉住嬌娜的手；嬌娜急甩脫手，說道：「哥哥請站遠些，如今我的身子，被別的男人擁抱過，已不是乾淨的身子了；我的手被別的男子把握過，已不是乾淨的手了；我的嘴被別的男子親接過，已不是乾淨的嘴了。但是哥哥也須可憐我，原諒我；我原是要報仇，出於不得已。」說著，止不住嗚嗚咽咽的痛哭起來。

那朱氏見自己娘家的姪女兒來了，十分歡喜，親自出來攙扶她；誰知嬌娜小姐「噗」的跪倒在地上，把自己在宮裏做的事情，一五一十的說了。又回過身來，向厚卿拜了幾拜，說道：「哥哥！如今妹子的身體污穢了，今生今世不能再侍奉哥哥的了。哥哥千萬不要以妹子為念，好好看奉姑母，娶一房賢淑的妻子，團圓了一家骨肉，妹子便是死在九泉之下，也是瞑目的了。」

說著，看她袖中拔出一柄雪亮的尖刀來，向粉頸子上直刺；那申厚卿和宇文慶德見了，同時搶上前去奪時，早已來不及了，一朵嬌花倒身在血泊裏。宇文慶德和申厚卿兩人，你看著我，我看著你，怔怔的看了半天；宇文慶德才嘆了一口氣，伸手在厚卿肩上拍了一下，說道：「美人兒是你的，終是你的！」說著一甩手，轉身大踏步而去。

他一走出門，也不招呼自己手下的甲士，也不上馬，只是落荒而走；在山腳下找到了一座小廟，竟自落髮做了和尚。任他父親宇文化及再三來勸說，他終是不肯回去；宇文化及沒奈何，便留下一隊甲士，駐紮在廟裏保護他。

宇文化及和大隊人馬，依舊向前進行，看看到了魏縣；宇文化及見少帝在一路上走著，君臣的名分終覺有些顧忌，便想道：「千日為臣，不如一日為君。」當夜到了客店息下，竟將鴆酒把少帝藥殺了。魏縣原也有一座行宮，第二天宇文化及進了行宮，便自即皇帝之位，國號改稱許；把年份改做至道元年，發下許多詔書，上面蓋著傳國璽的印，頒佈四方。

這個消息傳到魏公李密耳中，先屯兵在鞏水、洛水一帶，攔住化及的兵馬；那吳興太守沈法興，得了宇文化及的詔書，十分憤怒，便趁勢佔得江表十餘座城池，聲稱討伐宇文化及。那梁王蕭銑見煬帝已死，居然自稱大皇帝，徙都在江陵地方。

那李淵手下的許多謀臣得了探報，各自謀自己的富貴，便連日連夜的勸李淵也自立稱帝；李淵遲疑不決，便把建成、世民兩人喚回長安來，把眾人的意思和他兄弟二人商量。誰知他兄弟二人比別人還高興，便不由分說，立刻帶劍進宮去，逼著代王侑，要他禪讓帝位。

代王是一個庸懦小兒，如何經得起這個威嚇，見他兄弟二人前來逼迫，只得唯唯從命；一班攀龍附鳳的臣子，便天天替代王擬詔，今日加唐王九錫，明日許唐王戴十二冕旒，建天子旌旗，出警入蹕，延挨到五月戊午日，真的宣告禪位。那詔書上說道：

> 天禍隋國，大行太上皇遇盜江都，酷甚望夷，釁深驪北；憫予小子，奄造丕愆，哀號永感！心情糜潰。仰維荼毒，讎復靡申；形影相弔，罔知啟處。相國唐王，膺期命世，扶危拯溺，自北徂南，東征西怨；致九合於諸侯，決百勝於千里；糾率夷夏，大庇甿黎，保乂朕躬，繄王是賴；德侔造化！功極蒼旻！兆庶歸心，歷數斯在；屈為人臣，載違天命。在昔虞夏，揖讓相推？苟非重華，誰堪命禹。今九服崩離，三靈改卜，大運去矣，請避賢路。予本代王，及予而代；天之所廢，豈其如是；庶憑稽古之聖，以誅四凶；幸值維新之恩，預充三格。雪冤恥於皇祖，守禋祀為孝孫，朝聞夕隕，及泉無恨！今遵故事，遜於舊邸；庶官群辟，改事唐朝；宜依前典，趣上尊號；若釋重負，感泰兼懷；假手真人，俾除醜逆；濟濟多士，明知朕意。

代王發下這道禪位詔書，便打發刑部尚書兼太保蕭造、司農少卿兼少尉裴之隱，捧了皇帝傳國的璽綬，到李淵府中。

當時自有李淵手下的眾官員，在府中大堂上築起一座受禪臺來；詔書一到，便把唐王請出來。李淵到了臺上，蕭造和裴之隱把詔書捧上去；李淵再三推讓，揖三回，讓三回，才行拜受。當時用全副帝王的儀仗，把唐王迎接進宮去，把大興殿改稱太極殿，定在甲子日登基；到了這一日辰刻，先派蕭造祭告南郊，再行即位的典禮。

這時李淵年已五十二歲，鬚髮花白，推算五運是土德；朝服都用黃色，戴黃冕，穿黃袍，由侍衛簇擁著，登上帝座。殿下一班宗戚大臣，趨蹌上殿，排班朝賀一齊跪伏在丹墀下面，三呼萬歲，這便是唐朝第一代的高祖皇帝；下詔改義寧二年，為唐武德元年，大赦天下，官員各賜爵一級，義兵過處，豁免三年賦稅，廢郡改州，改太守為刺史。退朝後，在便殿上賜百官筵宴，賞資金帛。

第二日，又下詔授世民為尚書令，從子瑗為刑部侍郎、裴寂為右僕射、劉文靜為納言、蕭瑀、竇威為內史令、李綱為禮部尚書、竇璡為戶部尚書、屈突通為兵部尚書、獨孤懷恩為工部尚書；自殷開山以下，各加給官爵。

又在都城裏建立四親廟，追尊高祖熙為宣簡王，曾祖天錫為懿王，祖虎為景皇帝，廟號太祖；父昺為元皇帝，廟號世祖；祖妣和母后，俱稱后，追封妃竇氏，為太穆皇后，追封皇子玄霸為衛王，立世子建成為太子，封世民為秦王，元吉為齊王，又降故隋帝侑為酅國公，撥一座邸第在京師住著。追封太上皇為煬皇帝。

江都太守陳稜見宇文化及去了，便備了天子的儀仗，改葬煬帝在江都宮西面，吳宮臺下；所有當時被宇文化及殺死的煬帝弟蜀王秀、煬帝子齊王陳、長孫燕王倓，以及宗室外戚，又有殉難的大臣虞世基、裴蘊、來護兒、蕭鉅、許善心，一班十多個人，都挨次分葬在煬帝墓旁。這一位風流天子，只落得這樣慘淡的結果！

如今我再說江都宮中，有一位老太監名秦真的，他原是服侍文帝的；煬帝即位，他便也在煬帝駕前侍衛，心中十分忠實。眼見煬帝如此淫亂，原知道不是好事；只以自己是下賤的人，不敢勸諫。他歷來也積蓄得一份家產，這時他先將家財散去，結識了守苑太監鄭理，與各門宿衛、宇文將軍手下的將士十分親密，打聽得司馬德堪一班人定期起事，便悄悄的打發他母親姜氏，帶一個丫鬟，坐了車，往宮苑中來。

這姜氏苑中是常來的，也無人去攔阻她；到了苑中，下得車來，逕投寶林院中。只見清修院的秦夫人、文安苑的狄夫人、綺陰院的夏夫人、儀鳳院的李夫人；四位夫人和袁紫煙、沙夫人，還有那沙夫人的兒子趙王，六七個人在那裏圍坐著，看夏夫人和狄夫人圍棋。

姜氏一見，說道：「外邊事情不好了！虧眾夫人，還有這閒心下棋。」

眾夫人忙問何事？姜氏便把司馬德堪預備逼宮的危險情形說了；眾夫人聽了，只有哭泣的份兒。

沙夫人勸著說道：「你們盡哭是無益的，咱姊妹們快想一個脫身之計要緊；若說到我自己，倘沒有這個趙王，便一死殉了國難，也是該當的。如今有了這個趙王，他究竟也是萬歲爺的一條命脈；如今只得求姥姥救我母子兩個了！」說著，便向姜氏跪下去。

姜氏忙把沙夫人扶起來，說道：「今日老身原是救諸位夫人來的，如今請眾夫人快快歸院，去收拾細軟。」一句話點醒了眾人，忙飛也似的各歸院去。

正忙亂時候，只見薛冶兒直搶進院來，說道：「朱貴兒叫我拜上沙夫人，外邊信息緊急，今生料不能相見矣！只是趙王是聖上的親骨血，務必帶去，一同逃生。」

沙夫人見了薛冶兒，便也不放她去，兩人計議如何脫身的法兒；薛冶兒說道：「這卻不妨，貴妃與妹子已安排停當。」說著袖中取出一道聖旨來，說這是前日要差人往福建採辦建蘭的旨意，雖早已寫就，只因萬歲爺連日病酒，逕擱著不曾發出；貴姐姐因要保全趙王，悄悄的去偷來，送與夫人應用。

正說時，只見四位夫人都帶著隨身衣服到來，大家看了聖旨，聽袁紫煙說道：「依妹子的意見，該分兩起出宮去才是。」

姜氏又想得了一個計較，說道：「快把趙王改了女妝，將跟我來丫鬟的衣服，脫與趙王穿了，混出宮門去；再將丫鬟改作小宮監模樣。老身帶著趙王先出宮去，眾夫人也都改扮了內相模樣，慢慢的混出宮門，由丫鬟領著，到老身家裏；再和我兒子秦真從長計議，豈不是神不知，鬼不覺的麼？」

眾夫人聽了，說道：「計雖是好計，只是急切間，那裏去取得七八副宮監衣帽？」

姜氏說道：「不勞眾位夫人費心，老身早已攜帶得在此。」當下便從衣包中，搬出十來套新舊內監的衣服鞋帽來；這原是秦真的衣服，如今與眾夫人穿戴上去，恰恰正好。

姜氏見趙王改扮已完，日色已暮，便帶了趙王，慢慢的走出苑來；原來秦真見姜氏進院去了，便如飛的來尋守苑太監鄭理，邀他在自己家裏，灌了他八九分酒。放他回宮來時，鄭理帶醉的站在院門口，看小太監翻觔斗耍子；見姜氏的車兒出宮來，便道：「姥姥回府去了，剛才咱家在姥姥府上，叨擾得好酒好菜。」

姜氏笑說：「公公有空兒請常來坐坐，我家還釀得上好的甕頭春呢。」說著，車兒早混出苑去了；不過里許，已到家中。

秦真看見趙王，叫母親不要改趙王的裝束，藏在密室中；接著又有七八個太監，由丫鬟領著，大模大樣走進門來，大家會意。秦真也不敢停留，忙忙收拾，和眾夫人上路；各城門上，都是秦真平日錢財結識的相知，誰也不去攔阻他。待到半夜時分，宇文化及領兵進宮去，秦真領著趙王和眾夫人出城，已遠走了二三十里。

那眾夫人平日在深宮裏，都是嬌生慣養的，早個個走得一顛一蹶，狼狽不堪，秦真便去借一民戶人家歇了；一夜之中，只聽得城中炮聲火光，響亮不已，來往之人信息傳來，都說城中大變。

袁紫煙說道：「我夜觀天象，主上怕已被難，我們雖脫離樊籠，不知投往何處去才好？」秦真思索了半天，說道：「別處都走不得，只有一個所在，可以逃生。」眾夫人忙問何處？秦真說道：「太僕楊義臣，當年主上聽信讒言，把他收了兵權，退歸鄉里；他知隋家氣數已盡，便變姓埋名，隱於雷夏澤中。此人是個智忠雙全，忠君愛國的人；我們找上他門去，他見了幼主，自然有個方略出來。」

袁紫煙一聽，便喜道：「楊義臣是我的母舅，必投此處方妥。」一行人商議既定，便買舟逕向濮州進發。

這楊義臣自從大業七年，納還印綬，休官回家，猶怕惹禍，便改變姓名，隱居在雷夏澤中，早晚與漁樵作伴；那天偶從樵夫那裏，打聽得城中人傳說宇文化及在江都逼宮弒帝，不禁心中十分憤恨，道：「化及庸儒匹夫，何敢猖狂至此；他弟弟士及卻和我八拜之交，將來天下合兵討賊，吾安忍見他遭這滅族之禍。」略一思索，便得了一計，可以指導他全身遠害，便打發家人楊芳送一瓦罐，親筆封寄，逕投黎陽來。

那士及接了瓦罐，打開封皮來一看，只見裏面封著兩枚棗子，和一隻糖製成的烏龜；士及看了，一時卻摸不著頭腦，他一面打發楊芳退去，把這瓦罐拿到書房裏去，細細推敲。正納悶的時候，忽畫屏後轉出一個美人來；正是士及的親妹子，名喚淑姑的，年才十七歲，尚未字人。

這女孩兒不獨姿容絕世，更兼聰明過人，見士及對著瓦罐發怔，便問道：「哥哥！這瓦罐是誰人送來的，卻勞哥哥如此躊躇？」

士及便說道：「這瓦罐是我好友，隋太僕楊義臣送來的，這楊義臣深通兵法，頗明天文，只因忤了當今，削去兵權，退隱在家；如今他忽送這瓦罐來，罐中藏此二物，這個啞謎，著實叫人難猜。」

淑姑對瓦罐端詳了一回，便道：「這謎兒有什麼難猜，這二物明明包含著『早歸唐』三字。」一句話說得士及恍然大悟，道：「原來楊義臣怕我哥哥做了弒逆之事，性命被他拖累，是勸我投降唐王，避免災禍的意思；妹妹到底是聰明人，想得出，但我如今也不便寫書，也得用一件器物去報答他，使他明白我的意思才好。」

淑姑說道：「但不知哥哥主意可曾拿定？若主意定了，妹子卻想得了一個回答的法子。」

士及說道：「愚兄也正思避禍之計。」

淑姑便轉身回到內室，去了半晌，捧出一個漆盒子來；揭開盒子，裏面藏著一隻紙鵝兒，頸上掛一個小小的魚網，網上卻豎著一個算命先生的招牌，緊緊的綁在鵝頸子上。

士及看了十分詫異，說道：「這是何用？」

淑姑便附在他哥哥耳邊低低的說了幾句，士及聽了，連聲說妙；便將漆盒封固付與楊芳，拿回去覆命。

到了第二日，士及去見了化及，便說：「近聞得秦王世民領兵前來，臣意欲帶領一二家僮，假裝著避難人模樣，前去探聽虛實，回來報與陛下知道。」

化及見自己的親弟弟願去做探子，這是再好也沒有，便一口答應；士及領命下來，便叫妻子和淑姑，扮做家僮模樣，連晚混出長安，投奔唐王這裏來。拿他的妹子做了一封上好的贄見禮，進與唐帝，做了昭儀；唐帝見淑姑聰明美麗，十分歡喜，便拜士及為上儀，同管三司軍士。

再說那楊芳帶著漆盒，回家來交與主人；楊義臣打開盒兒一看，便知道他是回答「謹遵命」三字的意思。第二天，楊義臣獨自一人拄著拐杖，到門口堤河邊去眺望；這時天色尚早，河面上靜悄悄的，忽然斜刺裏咿啞咿啞的，搖過一隻小船來。

第二十二回　群雄逐鹿

楊義臣正在家門口閒望，見門前小河的上流頭，搖過一隻船來，恰恰搖到楊家門口停住；船艙裏一個老人走上岸來，東張西望的，正找尋得忙。

楊義臣雖說是老眼昏花，但這秦真老太監，他在朝時候朝夕見面的，因此也還認得；便上前去把那老人的手拉住，秦真也認識是楊太僕，忙跪下地去給他叩頭。楊義臣一把拉起，秦真止不住眼淚直滾；義臣邀秦真屋裏坐地。

秦真附楊義臣的耳說道：「且慢，還有小主人和夫人們在舟上。」楊義臣聽見，忙說道：「快請上岸。」一說著自己進去穿了巾服，命小僮開了正門，自己站在門首，看一行人走進門來；楊義臣不敢抬頭，只在一旁打恭迎接著。忽然一個少年男子，上前來扶住楊義臣，口稱母舅；楊義臣抬眼看時，卻不認識。

那男子去了方巾，露出一頭雲髻來，才知道是女子改扮的，又細細的向她眉目間一認，才認出是自己的外甥女兒袁紫煙；當下袁紫煙扶著舅父，回進草堂，見了趙王，重行君臣之禮，又一一見過眾位夫

人，廚房裏煮些粗菜淡飯，勸趙王和眾夫人胡亂吃些。

楊義臣依舊執著臣禮，站立在一旁；飯罷，沙夫人便和義臣商量，安插趙王的事。義臣說道：「此地草舍茅廬，牆卑室淺，不是潛龍之所；一有疏虞，叫老臣何以對先帝於地下。」

沙夫人道：「只是如今投奔何處去好？」

楊義臣道：「眼下去處甚多，李密父子兩人都是隋臣，如今擁兵二三十萬，屯紮金墉城；東都地方，越王侗令左僕射楊世充，將兵數萬，駐守洛倉地方；聞說西京李淵，也立代王侑為帝，大興征伐。但這些多不過是假借名義，事成則去名而自立；事敗則同遭滅亡，終不是萬全之處。

依老臣愚見，只有兩個地方可以去得；一處是幽州總管那裏，他姓羅名藝，雖是年老之人，卻是忠勇素者。先帝委他坐鎮幽州，手下強兵勇將甚多，四方盜賊不敢小覷了他；若殿下和夫人們前去，他必能接待，或可自成一家。

只可恨路上有竇建德這賊子，十分狂獗，梗住去路，如之奈何？若要安身立命，只有義成公主處。他雖是夷蠻之國，那駙馬啟民可汗，還算誠實忠厚，比不得我們中國人心地險惡；他和殿下又是郎舅至親，先帝在日，曾同公主前來朝覲，先帝看待他也十分優異，殿下若肯去，公主必以優禮相待，平安無慮。」

眾夫人聽得楊義臣說了這一番話，都點頭稱善，都說：「老將軍金石之論，足見忠貞；但水遠山遙，不知如何的去法？」

楊義臣道：「若殿下主意定了，臣自有一個計較；但此去千山萬水，不能人多，只好秦真伴著殿下，和夫人同去。聞說薛貴嬪弓馬嫻熟，亦可去得；此外四位夫人，卻未便同去。」

那四位夫人聽了，俱落下淚來，道：「妾等姊妹四人，願同生死；老將軍莫謂忠臣義士盡屬男子，認我女流盡是隨波逐浪之人。況朱貴兒、袁貴人，一樣是女子，都能罵賊而死；我等雖不能一齊殉難，但繁華好景，蒙先帝深恩，已曾嘗過。將軍若不放我等前去，卻將我們安插到什麼地方去？老將軍如疑心我們有別的念頭，我們若不明心跡，何以見我等的志氣。」說著，忙向裙帶上取下佩刀來，各向粉臉上左右亂劃。

慌得沙夫人和姜氏，忙上前一個個抱住。這時夏夫人臉上，早已割了兩道刀痕，血流滿面；楊義臣忙出位向上拜著，連連磕頭道：「這是老臣失言，罪該萬死！無奈此去啟明可汗那裏，實在路途遙遠，四位夫人貴體嬌弱，萬不能去；但夫人們既有此決心，老臣卻有一個計較。

此去一二里，有一個斷崖村，村上不過數十人家，全是樸實小民；村北有一座女貞庵，庵中有一老尼，即高開道之母，原是滄洲人氏，只因少年時夫亡守節，故遷到南方來，建造此庵，以終餘年。那地方是個車馬罕見，人跡不到之處；若四位夫人在內焚修，可保半生安康，至於日用盤費，老臣在一日，自當供奉一日。」

說著，趙王上前去把楊義臣扶起，當夜暫把眾夫人和趙王，安插在草堂裏住下；次日便把四位夫人，送到女貞庵去住下，又留下袁紫煙作伴。過了幾天，又打聽得有登萊海船到來，便悄悄的把趙王和沙夫人、秦真、姜氏四人送上船去，向遼陽進發去了。

再說這時天下，自隋室滅亡以後，四方起義的豪傑愈聚愈多；其中有幾個勢力浩大的，都各自稱帝稱王。有一個竇建德，他也起義了多年，佔據了許多地方，手下兵精糧足；在河北地方，可稱一霸，早已自稱長樂王。他打發祭酒凌敬，說河間郡丞王琮，舉城來降；建德封王琮為河間郡刺史，河北郡縣聞知，咸來歸附。

這一年冬天，有一隻大鳥停在樂壽城樓上，有數萬小鳥，在大鳥四周飛繞著，停了一日一夜才去；那樂壽地方的百姓，都說是鳳凰來儀，國家的祥瑞。又有宗城人張亨，在山上採樵，得一玄圭，私地裏去獻與建德；因此建德便立意稱帝，在樂壽城中即皇帝位，改元稱五鳳元年，國號大夏，立曹氏為皇后。

建德手下統帶一萬多兵，意欲併吞李密，聽說宇文化及弒帝稱尊，竟和自己做了敵體，十分憤怒，便欲分兵討之；只苦於自己兵少將寡，又無足智參謀的大將，心下正自躊躇。那祭酒凌敬便推薦楊義臣，說他胸藏韜略、腹隱機謀，足能勝任；建成便備了一份厚禮，打發凌敬到雷夏澤中，去把楊義臣請到。

那義臣因宇文化及弒了煬帝，急欲報君父之仇，便肯替夏王出力；但他有三條約言在先，一不願稱臣於夏，二不願顯自己姓氏，三，一俟擒住了宇文化及，報了先帝之仇，便當放歸田里。這三條，建德一一依從。楊義臣又替他招降了曹濮山的強盜范願，他手下兄弟們數千，極其驍勇；楊義臣又替他招募了數萬人馬，日日操練，這夏國的威勢，便頓時強盛起來。

正預備出兵，忽報唐朝秦王李世民，差納言官劉文靜送書來，建德打開書看時，原來是約同會兵黎陽，征討化及；便對劉文靜說道：「此賊吾已有心討之久矣，正在預備出動，煩納言回上秦王，不必遠勞大駕，只消遣一副將領兵前來，與孤同誅逆賊，以謝天下。」

文靜道：「臣奉使出來時，秦王兵已離長安矣，望貴國速速出師。」

建德送別了劉文靜以後，便拜楊義臣為軍師，劉黑闥為大將軍，掛元帥印，范願為先鋒，高雅賢為前軍，孫安祖、齊善行為後軍，曹且為參軍；納言裴矩、宋正本為運糧，建德的女兒線娘為監軍正使，凌敬和孔德紹留守在樂壽，與曹后監國。

如今說起線娘，卻有段豔史。竇建德生這女兒，自幼兒卻十分寵愛，原是建德髮妻秦氏所生；那秦氏亡故已久，因常常想起前妻，便格外寵愛這個女兒。自己做了大夏國王以後，便把女兒封做勇安公主；這勇安公主慣使一口方天畫戟，有神出鬼沒之能，又練成一手好金彈丸，百發百中。

這時年紀只有十九歲，長得苗條身材、秀麗姿容，那四方來求婚的少年公子，也不知有多少；有幾個年貌、門第相當的，建德便要與她做主許婚。誰知這位線娘小姐卻眼格甚高，必要才貌武藝和自己相等的，才肯以終身相託；因此把這婚姻之事直耽擱到如今，勇安公主卻自己練一支女軍，共有三百多人。

建德每逢出師，便派公主領一軍為後隊，把這三百餘名娘子軍，卻環列在這花容月貌的公主的左右；這公主對待軍士，比起她父親更加紀律嚴明，號令威肅。又因她容貌美麗動人，每到打仗的時候，只須她嬌聲一呼，那將士都肯替她去打拚命仗；因此這勇安公主的威名，一天大似一天。

建德那時未得楊義臣幫助以前，兵力很是單薄，那北方總管羅藝，又常常出兵去騷擾他的後方；竇建德這時要去征討宇文化及，又考慮羅藝截他的後路，他女兒便勸父親，須先打退了羅藝，才可放心前進。建德又怕自己兵力敵他不過，勇安公主卻倒豎柳眉，連拍酥胸，說小小羅藝包在孩兒身上，馬到擒來；建德聽了女兒的說話，不覺膽子也放大了，便立刻點起兵馬，向北方進發。

說出那羅藝，原是一員宿將，年已六十四歲，精神卻十分高強，與老夫人秦氏齊眉共守；他手下原有精兵一二萬，被隋主東調西撥，提散了一萬多人馬，只留下七八千人，只靠他兒子羅成，是一個少年英雄，有萬夫不當之勇。

羅藝傳授他一條羅家槍，舞弄得出神入化，講他的面貌，又是眉清目秀，齒白唇紅；這樣一個玉人，凡是家中有女兒的，誰不願招他去做女婿？無奈這羅成生來也有些任性，父親要替他做主定了親事，羅成總說，若不是他親眼看過的絕色美人，他是願終身不娶妻子；因此把他婚姻之事耽擱下來了。

這些閒話，且不去說他；只因當時建德父女兩人，帶了人馬去犯羅藝的地界，哨馬直報與羅藝知道，羅成正陪坐在一旁，聽了直跳起來，說道：「請父親點交孩兒五千精兵，趁他未立營寨以前，迎殺上去，痛痛的打一仗，挫挫他的銳氣，叫他知我們厲害，便可不戰而退。」

羅藝聽了不許，卻齊集眾將，傳發號令；第一路，差標下左營總帥張公謹，領精兵一千，埋伏城外高山之左，聽城中子母砲起，殺出敵住建德前軍；第二路差右營總帥史大奈，領精兵一千，埋伏城外高山之右，聽城中子母砲起，殺出敵住建德中軍；第三路便差兒子羅成，著他領精兵一千，離城三十里獨龍崗下埋伏，如見建德敗下陣去，便衝散他的後隊，截取他的輜重，自己便留薛萬徹、薛萬均二人，在城中守護。這三路人馬，各自領命前去。

那邊竇建德帶領大兵，直抵州城；先鋒劉黑闥安了營寨，見城門緊閉，不肯出戰，只得令兵士們在城外辱罵。後面建德領大隊人馬到來，看看攻城不下，便架起雲梯上城攻打；不料城中火箭齊飛，雲梯被火燒斷，夏兵只得退下。劉黑闥又安排數百輛衝車，鼓噪而進；城內把鐵鎖鐵槌飛打出來，衝車又一齊打折。

兩軍相持數日，建德手下的兵都覺怠惰起來；一夜三更時分，羅藝密傳將令，三軍飽餐戰飯畢，人各含枚，殺出城來，趕到夏營。那夏兵正在好睡時候，只聽得一聲炮響，金鼓大振，如山崩海沸一般；建德在睡夢中驚醒過來，忙披甲上馬，親隨鄧文信緊緊隨後，恰遇薛萬徹殺入中軍，把文信一刀斬於門旗下。

建德轉過身來，敵住薛萬徹，高雅賢敵住薛萬均，劉黑闥敵住羅藝，六人正在軍中酣戰之際，只聽得子母砲三聲響亮，左右山腳下伏兵齊起；建德知中了敵計，便棄了營盤，如飛逃走。直奔了二三十里，眾軍士喘息未定，忽聽得山崗下一棒鑼響，一員少年勇將衝殺出來；先鋒高雅賢欺他年輕，把大刀直砍過去。

那少年將軍，便是羅成，只見他那時不慌不忙，把手中槍一逼，那高雅賢左腿上早中了一槍；高雅賢痛徹心肝，幾乎跌下馬來，虧得劉黑闥接住，戰了數十回合，當不起羅成這條槍，如游龍取水一般，直搠進來。建德只怕黑闥有失，前來助戰，羅成力戰三將，愈覺精神抖擻；只見他向劉黑闥臉上虛照一槍，大喝一聲，斜刺裏，卻把槍尖向竇建德當胸點來，建德吃了一驚，即便敗將下去。

羅成直殺到天明，只見陣後轉出一隊女兵來，中間擁出一員女將；看她頭上盤龍裹額，額間翠鳳含珠，身穿錦繡紅綾戰襖，手持方天畫戟，坐下青驄馬，卻顯出滿臉嫵媚，竟體風流。羅成只覺一陣眼花，早把手中槍停住了；誰知那邊女將見了這俊秀兒郎，只把手中畫戟擱在鞍橋上，流過眼波去，孜孜的看著，那手下的女兵齊聲喊說：「公主莫只是看他，快拿彈丸打下這賊人來。」

那羅成看了多時，心下轉著道：「我聞得竇建德之女，是一個兒女英雄，今日相看，竟是一個絕色女子，我也不捨得殺她；待我羞辱她兩句，使她退去也罷了。」便欠身向前道：「我想妳父親也是一個草澤英雄，難道手下再無敢戰之士，卻叫妳女孩出來獻醜。」

那線娘聽了，也不動怒，只嬌聲喝道：「我也在這裏想，你父親也是一員宿將，難道城中再無敢死之士，卻趕你這隻小犬出來咬人。」說著自己也忍不住，把一方羅帕按住櫻唇，嫣然微笑；惹得眾女兵狂笑起來。

羅成起初聽他罵小犬，心中不覺動怒，及抬頭看見線娘的笑容，真覺嫵媚動人，便也忍不住哈哈大笑起來；說女孩兒好利嘴，莫多說話，反要妳知道小犬的厲害。說著，掉起手中槍，直向線娘粉臉上刺來；那線娘卻也不弱，擎起手中方天畫戟架住，一槍一戟，一往一來，在陣前戰了三四十回合。

線娘看看羅成槍尖如雨點似下來，有些招架不住，撥轉馬頭便走；那羅成如何肯捨，便在後面緊緊跟定，流星趕月似的，直趕了四五里地。羅成看看趕上前面一叢樹林，那線娘拍馬向林中一攢；那羅成的馬也直搶進林中來，馬尾和馬頭相啣。羅成正要擎槍刺去，忽一陣風過處，夾著脂粉香，直撲進鼻管來；羅成心中一動，不覺把手中槍停住，連坐下的馬也停住了。

前面線娘見羅成不趕了，便轉過腰肢來，在錦囊內取一丸金彈子來，搭上弓弦，「颼」的一聲，那粒彈子直向羅成的面門打來；只聽得「噗」的一聲，羅成的頭盔落地。羅成在後面看線娘的背影，雙肩削玉，一搦柳腰；正出神的時候，猛不防那金彈丸打來，他叫一聲哎喲，捧著腦袋，轉過馬頭便逃。

這勇安公主的弓彈，不是上面說過，百發百中的麼？為何今天這一彈，卻偏偏不能命中呢？只因線娘在拉弓的時候，原打算覷準羅成眉心打去的，一看羅成長著這一副姣好的面目、高強的本領，這一彈打過去，好好的一個少年，豈不白白的結束了性命；因此一念憐才，心中動了一動，那手中的彈弓，也略偏了一偏，不曾打中。

這時線娘見羅成敗出林子去，便也勒轉馬頭，追出林子；羅成一時心慌，也不回大路，只揀那荒僻小路走去，彎彎曲曲，直走到一座削壁下面，真是前無去路，後有追兵。羅成發一發狠，大喝一聲，掉過槍尖，撲轉身，直向線娘的坐騎刺去；接著那馬一聲狂嘶，左眼上早著了一槍，滿嘴噴出血來，倒地而死。跟著線娘也跌下馬去，一支畫戟，丟在一旁；羅成也跳下馬來，且不上去捉拿，候線娘從地上爬起身來，拾了那支畫戟，兩人站在平地上，又一來一往的廝打起來。

那線娘到底是一個女孩兒家，方才從馬上摔下來的時候，又跌壞了筋骨，手中提著一支畫戟，便覺轉運不靈；經不起羅成那桿槍兒如靈蛇生龍一般逼來，線娘沒奈何，只得且戰且退，猛不防被腳後一塊山石一絆，便如花搖柳拽一般，倒下地去。那羅成一縱身，壓住在線娘身上，舉起槍，便要向線娘粉臉兒上刺去；線娘這時仰天倒著，緊鎖著柳眉，閉上雙目，只有聽死的份兒。

羅成到了此時，看了線娘這可憐的樣子，實在心中不忍，便一丟下槍，扶著線娘起來；又從地上拾起那畫戟，遞在線娘手中，說道：「小姐！我欺侮妳了，妳恨我嗎？小姐心中若有惱恨之意，便請小姐把我一戟刺死，我閉上眼站在此地，決不躲閃，也決不回手。」說著，他真的遠遠的站在當地，反剪著兩手，一動也不動，等勇安公主去刺他。

你想，這樣一個俊秀的少年站在面前，叫線娘如何下得這毒手？這時，線娘忽想到自己的終身上去，她想：難得遇到這個美貌少年，性格又溫存，說話又柔順；我竇線娘的終身，不寄在此人身上，怕此生再沒有可寄託的人了。

那邊羅成閉上眼，候了半天，卻不見畫戟刺來；睜眼看時，只見那線娘低著脖子，望著地下，在那裏出神。羅成趁勢跑上前去，兜頭作了一個揖，說道：「我不忍殺小姐，小姐也不忍殺我，我們兩家講了和吧？」

線娘因父親打了敗仗，自己也打了敗仗，明知道這場虧吃得不小，原指望兩家說了和；聽羅成這樣說了，便接著說道：「我父親此番前來，原打算和尊大人講和，連結成一氣，去打宇文化及的。」

羅成也說：「我父親原也有征討宇文化及之意，待我回營和父親說去。」說著，便轉身走去。

待走了幾步，忽又回轉身來，把自己騎的馬，拉在線娘跟前；說道：「小姐想來十分辛苦了，快騎

我的馬回去吧？」說著，便去把線娘扶上馬鞍，親自替她拉著馬韁，慢慢的走去。一邊走著，一邊問道：「小姐青春為何？」

起初線娘還不肯說，經不住羅成連連的問著，那線娘才說了一句：「十九歲。」接著羅成又說道：「明天我向尊大人求婚去，小姐可願意嗎？」

線娘在戰場上和男子對打對殺，卻不害羞，如今被羅成一句話，說得她羞答答不肯抬頭。

那羅成手下的兵丁，和線娘手下的女將，見男女兩主將直追殺到樹林中去，半晌不見他們出來，便一齊擁進樹林中找尋去；只見羅成替線娘拉著馬，自己步行著，從山腳下出來。眾兵士看了這情形，十分詫異；彼此也不打仗了，只是你看著我，我看著你。

看看那羅成把線娘拉進州城去，到了衙前，扶線娘下了馬，雙雙去見了羅藝，便把這講和的話對羅藝說了；又把要向竇建德求婚的事情，對他父親說了。羅藝膝下只有此子，十分寵愛，百依百順的；如今見羅成同這勇安公主和了，又看他們雙雙對對站在面前，真好似一對璧人一般，便也十分歡喜！

羅成又立逼著他父親，一塊兒到建德營中去說定這頭親事；那羅藝看兒子面上，便帶了羅成、線娘二人出門上馬，一直跑到建德營中來。建德這時打了敗仗，見又走失了愛女，心中正是悔恨；忽見羅藝笑容滿面的走進帳來，心中萬分驚疑。

那線娘一見了父親，便縱身上前，投在父親懷裏，把在戰場上的情形和講和的情形，細細的說了；

接著羅藝又把羅成求婚的話說了，一天殺氣都化作喜氣。接著，竇建德便在營中擺上筵席，請羅家父子入席，一場杯酒，把和也講定了，把喜事也說定了；從此羅成在營中，和線娘兩人同出同進，言笑追隨，建德便把羅成帶回樂壽去住下。

這時楊義臣招降了范願，聲勢頓時浩大起來；他一方會合了唐王的軍隊，一方會合了羅成的兵士，三路兵馬，殺奔宇文化及的許國裏來。那宇文化及打聽得三路兵馬，來鋒甚銳，便將府庫珍寶、金珠緞疋，用來招募海賊，以拒諸侯之兵。

這時唐王派李靖、李神通、徐懋功一班人，帶二萬人前去助戰；那徐懋功探知化及募兵，密使心腹大將王簿，帶領三千人馬，暗藏毒藥三百餘斤，授了密計，假名殷大用，投入化及城中。化及大喜，封為前殿都虞侯。淮安王李神通進兵去討化及，離城四十里下寨；化及欺神通無謀，忙統眾出城迎敵。

第二十三回　李靖鏖兵

三路兵進攻宇文化及，李靖的兵去得十分神速，他欺化及的兵馬初到未曾安營，卻令劉宏基領一軍，斜刺裏飛騎出去，直取化及；那邊杜榮、馬華，各提一支畫戟，如飛追來敵住。劉宏基一口刀，向左右一揮，兩戟齊斷；杜榮、馬華只擎著兩支戟桿，向宏基馬頭上亂打。正廝拚時候，那李靖卻遠遠的搭上箭，向杜榮心窩射去，杜榮應弦落馬，許兵大敗；宇文化及守不住魏縣，連夜帶了蕭皇后逃至聊城。

這一夜，李靖和神通回營計議明日戰略，李靖怕洩漏軍機，便附耳向神通說了幾句，神通點頭稱善；便傳令屈突通，帶領能打獵的五百人，各帶兵器網羅之類，遊行郊外。只看聊城內飛出禽鳥，便上去捕捉，捉得活的，照數給賞；屈突通命自去。

那邊竇建德帶領人馬，也到了聊城地界，便問楊義臣破兵之計；義臣說道：「初臨敵境，不知虛實，且命范願領三千人馬前往挑戰，探賊動靜，然後定計。」建德聽了他話，便傳令范願領兵挑戰，但令汝敗，不令汝勝。

范願到了聊城，化及令長子宇文丞基出戰；兩人戰不到二十回合，范願便詐敗，退後二十餘里，丞基亦不追來，各自鳴金收軍；消息傳到李靖營中，知道楊義臣用誘敵之計，便將屈突通所捕捉的鳥雀燕鴿等類，共有數千頭，將胡桃李杏之核打開去仁，俱把艾火裝在裏面，用線拴住飛禽之尾，叫軍士齊放入聊城。

那邊宇文丞基殺退了范願以後，以為夏兵無用；第二日，化及傳大將楊士覽、鄭善果、司馬雄、寧虎一班戰將授計，各自領兵，伏埋四方。太子丞基為前軍，智及為中軍，化及自領後軍，俱至聊城六十里外紮營，以號炮為信；留殷大用和丞祉守城保駕。分派已定，當夜各將士俱領兵出城；獨有化及因迷戀蕭皇后，尚未動身。

到夜深時候，他兩人正擁抱酣眠，忽報滿城火發，化及忙出宮巡視；只見煙沖霄漢，烈焰沖天，瞬息之間，燒得城內一派通紅，倉庫殿閣俱燒成一片赤地。那殷大用和唐朝通了聲氣，便假救火為名，叫軍士汲存三日之水，將毒藥分投滿城井內；化及見軍士焦頭爛額之後，忽然又上吐下瀉，一齊病倒，便放聲大哭，以為天降災殃來奪朕命，日夜驚惶不安。

夏兵細作報與夏主，義臣知是李靖用計，便傳令范願領步兵一萬，作扮許兵，各備記號，趁夜偷過智及大營二十里外，埋伏停當；又命劉黑闥、曹旦、王琮，引兵五萬，與智及對壘。另撥精兵二萬，由義臣統帶著，親自去劫奪智及營盤；高雅賢、孫安祖、宋正本領兵四萬，埋伏路中，以截丞基兵隊；留兵二萬，與裴矩留守大營，勇安公主護駕。

分派已定，軍士們飽食戰飯，大砲三聲，夏主領兵直逼聊城；唐魏二營探知夏主攻城，也放砲助威，向四門攻打。化及催督將士，用殷大用出城拒敵；夏主認得化及，便不打話，忙提偃月刀直砍進來。化及挺槍來戰，戰了二十餘回合，指望殷大用來接戰，豈知大用反退進城去，將城門大開；化及知中了計，忙轉身向智及營中跑去，且戰且退。

只見楊義臣劫了智及大營，縱馬前來，挺槍直刺化及；兩個只戰了二三回合，勇安公主在後面押陣，怕義臣有失，忙向錦囊內取彈丸來，拽滿雕弓，一彈打去，正中化及眉心。一群女將手持團牌砍來，直滾到馬前，亂砍化及的馬足；楊義臣也趕上奮力一槍，直把化及刺下馬來。

義臣喝令綑了，推上囚車，只見曹旦已斬了楊士覽，劉黑闥與諸將尚與智及三四敵將一堆兒戀戰；楊義臣分開眾兵，將化及囚車推出軍前，大聲向敵將說道：「汝等是隋國軍民，為逆賊所逼，汝等家屬盡在關中，今賊已被擒，汝等可速回家鄉。願投降夏國的，俱給官陞爵；若猶執迷不悟，頑抗不降，吾當盡坑之。」

許兵聞言，一齊丟去兵器，卸下甲冑，伏地求降；智及見哥哥已入陷車心，心膽俱碎，又見眾軍倒戈棄甲，忙撇了眾人，轉身欲逃入丞基營中去。不意孫安祖一騎飛來，一槍正中腰間，直跌下馬來；眾兵士一齊上，也把智及綁了，打入囚車，麾兵又去攻打丞基營盤。

那竇建德見手下將士打了勝仗，便領兵直衝到聊城外；只見城門大開，一將手提一顆首級，向建德馬前投來。說道：「臣乃魏公部下，左翊衛大將軍徐世勣首將王簿，奉主將之令，改名殷大用，領兵三千，假扮做海賊，投入化及城中，化及用為都虞侯；前日拿毒藥投在井中，今日開城迎接大王，便是末將所為。」說著，又獻上首級，說是化及次子丞址的首級；說罷便要辭去。

建德因他有破城之功，如何肯放他去；無奈王簿再三說是徐將軍的令，不敢逗留，建德只得放他出城去。一面擁兵入城，到得宮中，請蕭皇后出御正殿；建德行臣禮朝見，立煬帝少主神位，令百官一齊穿著素服發喪。

這時，勇安公主帶領諸將陸續進宮，便將宇文化及、宇文智及弟兄二人推到面前；曹旦提了楊士覽首級，范願提了宇文丞基的首級，劉黑闥、孫安祖一班人，綁獲許多敵將上來報功。建德吩咐武士，拿化及、智及兩人，綁在殿柱子上，拿快刀細細碎剮，祭祀煬帝；又將許將排列著跪在靈座前，願降的赦他一死，不願降的便立即殺死，一面收拾國寶圖籍，排宴在飛龍殿，慶賞功臣。

大小將領，正在一堂歡飲的時候，忽見留守大營打發一個小將來，送上稟帖，原來是楊義臣的；建德打開稟帖一看，上面說：「賊臣化及已擒，臣志已完，惟望大王實踐前言，放臣即歸田里。」

建德看了，說道：「義臣一去，朕失股肱矣！」

劉黑闥、曹旦欲領兵追趕，建德說道：「孤前曾許之，今若去追，是背約也，孤當成其名。」

於是便將隋宮留下來的珍寶，悉分賞給各功臣；國寶圖籍卻付與勇安公主收藏。因問蕭皇后：「今欲何歸？」

蕭皇后道：「妾已國亡家破，今日生死榮辱，悉聽大王之命！」

建德聽了，只笑而不言；勇安公主在旁，怕父親也受了蕭皇后的迷惑，忙接口道：「既如此，何不將娘娘交與孩兒伴著，先到樂壽去？一則可慰母親繫念，二則也免得娘娘在此多受驚恐。」當時建德深以為然，一宿無話。

第二日一清早，曹旦點兵二萬，伺候蕭皇后；蕭皇后帶了韓俊峨、雅娘、羅羅、小喜兒四個得意的宮人，上了寶輦，勇安公主也帶了她的娘子軍，一同起行。不一日到了樂壽，哨馬報知曹后，說公主回朝；曹后聽說女兒回來了，十分歡喜，忙差凌敬出城去迎接。

這凌敬到得城外，便請蕭皇后暫在行館中住下；勇安公主隨著她舅父曹旦進城，朝見過曹后，便將隋氏國寶圖籍、奇珍異寶呈上，曹后大喜。勇安公主又奏稱：「蕭皇后現在客館中，請母親懿旨定奪。」

曹后聽了，冷笑道：「什麼蕭皇后，此老狐狸把隋家整個江山斷送了；亡國淫婦，要她來做什麼！」

凌敬勸說道：「蕭皇后既到這裏，她是個客，我們是個主，娘娘還當以禮待之；一俟主公回來，再商量個安置之處。」

曹后聽凌敬的話，也很有理，便說道：「既如此，便吩咐擺宴宮中；只說我足疾，不便迎接。」

凌敬領了懿旨，便到行館，把蕭皇后請上鑾輿，迤邐向宮門走來；蕭皇后坐在寶輦上，想起初隨著煬帝在各處遊幸時，扈從如雲，笙歌觸耳；與如今的冷淡情景，兩兩相較，不覺傷心淚下。

不一時，到了宮門，勇安公主出來迎接進宮；蕭皇后一眼望見曹后鳳冠龍髻，鶴佩霞裳，端莊凝重，絲毫不露窈窕輕盈之態，四個宮女扶著下階來，迎接蕭皇后進殿。曹后請蕭皇后上坐朝拜，蕭皇后如何肯坐，推讓再三，只得依賓主之禮相見；禮畢，大家齊進龍安宮來。

只見正屋中擺著兩桌盛筵，兩位皇后分賓主坐下；曹后即舉杯對蕭皇后說道：「草創茅茨，殊非鑾鳳駐蹕之地，暫爾屈駕，實是褻尊。」

蕭皇后笑道：「流離瑣尾之人，蒙上國提攜，已屬萬幸，又荷盛情，實深赧顏！」

大家坐定，酒過三巡，曹后問蕭皇后道：「東京與西京是何處優勝？」

蕭皇后答道：「西京只是規模宏大，無甚景致；東京不但創造得宮室富麗，兼之西苑湖海山林，十六院幽房曲室，四時有無限佳景。」

曹后道：「聽說那時賦歌題句，剪綵成花，想娘娘必多佳題？」

蕭皇后道：「全是十六院夫人做來呈覽，妾與先皇不過評閱而已。」

曹后道：「又聞月下長堤，宮人試馬，這真是千古帝王未有的風流樂事。」

韓俊娥站在後面代答，道：「那夜因娘娘有興，故萬歲爺選了許多御馬進苑，以作清夜勝遊。」

曹后問蕭皇后道：「她居何職？」

蕭皇后指點著，說道：「她名韓俊娥，她名雅娘，此二人原是先帝在日承幸的美人；此羅羅、小喜兩人，是從幼在我身旁伺候的。」

曹后便問韓俊娥道：「妳們當初共有多少美人？」

韓俊娥答道：「朱貴兒、薛冶兒、杳娘、妥娘、賤妾，與雅娘；後又添上吳絳仙、月賓一班人。」

曹后說道：「杳娘是拆字死的，朱袁二美人，是罵賊死的；那妥娘是如何一個結局？」

雅娘答道：「是宇文智及要逼她，她跳入池中溺死。」

曹后笑道：「那人與朱袁兩美人，好不癡呆！她不想人生一世，草生一秋，何不學妳們兩個，隨著娘娘到處快活，何苦枉自輕生！」蕭皇后還以為曹后也是與自己同調的，不曾介意。

勇安公主在一旁接著問道：「聽說有一個能舞劍的能人，如今到何處去了？」

韓俊娥道：「那人名叫薛冶兒，她隨著五位夫人，與趙王是先一日逃出宮去的，不知去向。」

曹后點點頭道：「她們畢竟是有見識的。」又問蕭皇后道：「當時煬帝在苑中，雖與十六院綢繆，聽說卻夜夜回正宮去的，這也可見得夫妻的深情了。」

蕭皇后道：「一月之內，原也有四五夜住在苑中的。」

曹后又說：「如今我宮中卻有一個宮女，據說她原是當年娘娘身旁的宮女，待我喚她出來。」說著，便吩咐傳青琴。

只見一個十五六歲的宮女，出來叩見蕭皇后；蕭皇后仔細看去，認是袁紫煙的宮女青琴，便道：「我以為妳是隨袁夫人去了，卻不道落在此地？」

勇安公主道：「她原是南方人，被我遊騎查見，知是隋宮侍女，便收留她在此。」

曹后又笑指著蕭皇后身後的羅羅，道：「聽說昔年煬帝要臨幸她，被她再三推卻，難得她極守法度；又聽說煬帝曾贈她佳句，娘娘可還記得麼？」

蕭皇后道：「妾記得。」便吟著道：「個人無賴是橫波，黛染隆顱簇小娥；今日叫儂伴入夢，不留儂住意如何！」

曹后聽了，嘆道：「好一個多情的皇帝！」

勇安公主問道：「聽說吳絳仙秀色可餐，如今這人卻在何處？」

韓俊娥答道：「她聽說先帝被難，便和月賓縊死在月觀中了。」

勇安公主又問：「十六院夫人去了五位，那其餘幾位還在麼？」

雅娘答道：「花夫人、姜夫人、謝夫人，是縊死的了；梁夫人與薛夫人，因不從化及，也被殺死。」

知明院江夫人、迎暉院羅夫人、降陽院賈夫人，亂後也不知去向；如今只剩積珍院樊夫人、明霞院楊夫人、晨光院周夫人三位，還在聊城中。」

曹后喟然長嘆道：「錦繡江山，卻為幾個妮子弄壞了！幸喜也有幾個死節殉難的，捐軀報恩，稍可慰先靈於地下！」又問：「這三位夫人還在聊城中，何不陪伴娘娘到樂壽來？」

蕭皇后不及回答，勇安公主卻說道：「既已別抱琵琶，何妨一彈三唱！」

此時蕭皇后被她母女二人，冷一句熱一句，譏笑得實在難當；只得老著臉強辯道：「此中苦情，娘娘有所不知。妾原也不是貪生怕死之人，只因那夜諸逆入宮，變起倉卒，尸首血污遍地，先帝屍橫枕席；若非妾主持，將沉香雕床改了棺槨，先殮了先帝，後再把那殉節美人逐一收殮，安放停當，不然，那些屍首必至腐爛，不知作何結局呢！」

曹后聽了，卻忍不住說道：「前此苦心，原也難怪；但不知後眾賊臣既立秦王浩為帝，為何不久便將他毒殺了？這時娘娘正與賊臣情濃意密，竟不發一言解救，是什麼道理？」

蕭皇后答道：「當時未亡人一命懸於賊手，雖說了也無濟於事。」

曹后卻冷笑著說道：「未亡人三字可以免稱，不知娘娘今日是隋氏的未亡人乎，抑為宇文氏之未亡人乎？」一句話說得蕭皇后無地自容，只得掩面悲啼。

正下不得臺的時候，只見宮人進來報道：「主公已到，請娘娘快去接駕。」曹后一面起身，一面吩

咐把蕭皇后送到凌大夫宅中去暫住。

夏王竇建德此次回宮來，帶得隋宮中遺留下來的綵帛綾羅，以及宮娥彩女，不計其數；提出十分之二，分賞給了功臣戰士，餘下的全數收進宮去。曹后卻笑著對夏王說道：「如今卻還有一個活寶在此，不知陛下將置之何地！」

夏王道：「御妻休認做我也是好色之徒，只因怕蕭皇后留在中原，又被別人姦污，於先朝面子上太不好看，所以著女兒先把她帶回宮來的。如今御妻既有疑朕之意，莫如立刻把蕭皇后送到突厥啟民可汗那裏去；那義成公主和她有母女之分，想來決沒有推卻之理。」

他二人商量已定，過了幾天，便僱了一條海船，著凌敬送蕭后飄海去了；從此便交待了隋宮的下場。

如今再說那唐主的次子秦王世民，他見夏國殺死了宇文化及，得了頭功，便也班師回長安來，朝見唐主；父子二人談起國事，說劉武周和蕭銑二人，佔在西北地方，其勢十分猖獗，我們須設法滅去此二人，方可高枕無憂。

世民道：「要用兵攻打劉蕭二人，必先結好王世充，免得瞻前顧後。」唐主聽了，也連聲稱善；即由世民修書一通，著楊通、張千二人，到洛陽王世充那裏去投遞。誰知王世充看了來信，拍案大怒，竟將楊通斬於階下，張千再三哀求，被他割去兩耳，只得抱頭鼠竄，逃回長安來，哭訴一番；那唐主聽了大怒，自欲提兵去勦滅世充。

秦王勸道：「父皇不必動怒，臣兒自有滅世充之計。」當下差李靖為行軍大元帥，領兵十萬，去扼住劉武周；世民自己統帶一支兵馬，前往洛陽進發。命殷開山為先鋒，史岳、王常為左右護衛，劉弘基為中軍正使，段志玄、白顯道為左右護衛，自領一軍居後；長孫無忌、馬三保等保衛船騎，水陸並進，來到洛陽地方。

王世充探知，亦領軍睢水列陣；秦王屯兵於睢水以北，兩軍無日不交戰。當不起唐家兵精將勇，殺得世充大敗，逃進城去，閉門不出。唐營中得了勝仗，便大排筵宴，犒賞三軍；秦王趁著酒興，騎馬到北邙山去遊玩。

這北邙山離城十里以外，周圍有一百里地面；帝王陵寢、忠臣墳墓，全佈滿在山上。當時世民便帶了一個馬三保，和十餘騎親兵，直奔山腳下打獵去。秦王看見高山上的華表墓碑和石人石馬，不覺嘆道：「此固一代雄主，只落得墓門宿草，狐兔縱橫；想我唐家天下，將來也難免這下場頭，豈不可嘆！」

正說話時候，忽見一頭白鹿從樹林中直衝出來；世民急扣滿弓，一箭射去，正中鹿背。那頭鹿帶箭向西逃去，秦王縱馬追趕，跑過數里地面，轉過山頭，卻不見鹿的影跡；秦王卻不肯捨，放馬四下追尋，不覺跑到一方大平原上來，遠遠望見那壁廂旌旗耀日，干戈如林，一座城門日光照著，射出「全墉城」三個字來。

世民猛想起這是李密的城池，馬三保跟在身後，也勸說道：「此是魏主李密的地界，殿下請速回；若被他知道，便不得脫身了。」

不提防那方守城兵士早已看見，忙來報知魏主；李密聽了，心下還有幾分疑惑，以為是唐兵誘敵之計。程知節聽了，卻忍耐不住，踴躍向前道：「主公此時不擒，更待何時？」說著，也不候軍令，手提大斧，跨馬出城去了；秦叔寶在一旁看了，恐知節有失，隨即趕出城去。

這時秦王聽了馬三保的話，正欲回馬；只見一人飛馬趕來，大叫道：「李世民休走。」

世民橫槍立長，問道：「你是何人？」

知節道：「我便是程咬金，特來捉你。」

世民大笑道：「諒你這賊人，有多少本領！」

知節也不聽話，舉起雙斧，直砍秦王；秦王挺槍相迎。兩人鬥了三十餘合，因馬三保被秦叔寶接住，世民只得撥轉馬頭逃去；三保抵敵不住，也保住秦王逃去。秦王回過頭來，看敵人追得很緊，便搭上箭，拽滿弓，「颼」的一聲，正射中知節盔纓；世民見射不中，心中著慌，縱馬加鞭逃走。

看看當前一座古廟，牌上書「老君堂」三字，秦王此時也顧不得三保了，忙躲進廟門，把門關上；搬過一條大石板來頂住了門，把馬拴在廟廊下，踏進殿去，向神像作一個揖，道：「神聖在上，若能救得我李世民脫去此難，當重修廟宇，再塑金身。」說罷，急向神座內一躲。

此時程知節也趕到廟門口，上去把廟門亂推了一陣，卻不見動靜；正要回馬，那秦叔寶也隨後趕到，兩人去抬了一塊大石來，撞開了廟門。走到殿前，只見廊柱上拴著一匹馬，他們認得是李世民的坐騎，便一擁進了殿；瞥見神臺上簾帷搖晃，原來秦王見有人進殿來，便在簾帷中輕輕拔出劍來。

知節眼快，搶步上前，把簾帷揭起，喝道：「賊子，躲著的不是好漢！」舉起大斧，向秦王頭上砍來；世民急用劍擋住，隨即逃下神座來。斧來劍往，狠鬥起來；夾著又是秦叔寶的雙鐧直壓下來，世民一個措手不及，把手中的劍打脫了。

叔寶喝叫手下兵士，上去把世民綁了，扶出廟門，推上了馬；由程知節、秦叔寶兩人押著，直送進金墉城來。到了府前，魏公李密陞座，程知節把秦王推至階下；李密在堂上喝道：「你這個猾賊，卻自來送死！汝父鎮守長安，坐承大統，吾居金墉，管理萬民，原是各不相干；如今你們卻不知足，前已明取河南，今又暗襲金墉，是何道理？」

世民只得分辯道：「叔父請息虎威，姪兒此來，並非窺覷金墉；只因洛陽王世充殺我使臣，故姪領兵征討，打敗了他的三軍。世充閉門不出，姪故退兵千秋嶺下；偶因趁醉出獵，不覺來到叔父的地界上，不意叔反疑姪兒有窺覷之意。」

李密怒道：「你父子早晚覬覦我的地土，還講什麼交情？你既沒有這個叔父，我也沒有你這個姪兒。此番明明是來探吾虛實，如今被我捉住，還敢強辯麼？」喝令武士推出斬之。

此時一旁閃出一個魏徵來，勸道：「此人殺不得。他父子兩人坐承大統，兵精糧足，手下戰將如雲，謀臣如雨；我若殺其愛子，他父親李淵必要起傾國之兵，前來報仇。」

李密聽了這幾句話，不覺把怒氣減了幾分，便問道：「依你意見如何？」

魏徵道：「莫若將他永遠監禁在此；李淵怕傷了他愛子，便終身不敢來侵犯了。」李密聽了，點頭稱是；便吩咐獄卒，將李世民打入南牢。

唐主在長安，馬三保回去報告此信，李淵急得坐立不安，親自要提兵去討李密；轉心又想到，劉文靜和李密有郎舅之親，便親自修下書信，交文靜帶去交與李密。不料李密不但不肯放世民，反和文靜變臉，要拿他斬首；虧得徐世勣在一旁勸解，便也打入南牢，拘禁起來。

恰巧這時開州凱公校尉殺了刺史傅鈔，奪了印綬，會合參軍徐雲，結連寧陵刺史顧守雍造反，大起人馬，殺奔李密地界來；接連又見流星馬報到說：「凱公計誘了洪州何定刺史，獻了城池，合兵攻打偃師孟津一帶地方，甚是緊急。」

李密聞報大驚，便親率大軍前去抵敵；傳令命程知節為先鋒，單雄信、王伯當為左右護衛，留徐世勣、魏徵、秦瓊三人總理朝政。分派停當，立刻拔隊往開州進發；這裏徐魏秦三人，照常每日管理朝政，不敢稍有怠慢。

第二十四回　捉放世民

那秦叔寶是個重義氣、愛結交朋友的人，他雖親自去捉了李世民來，卻暗暗的留神，知道世民確是一個英雄豪傑，他頗有結納之意；當時礙著程知節的耳目，只得把世民捉來，關在監中。如今程知節隨魏主出征去了，秦瓊便常到南牢裏來探望世民、文靜兩人，又時時餽送食物，買囑禁卒，不叫他受苦。

那南牢的獄官徐扶義，是一個仁心仗義的人，更兼他見高識廣，眼力極精；他一見了世民，便知他不是尋常人物，便處處從優款待。南牢裏的犯人吃的是粗惡囚糧，徐扶義卻每日備些精美酒菜，送進獄中去，給劉文靜、李世民兩人吃著。

徐扶義妻子早死，只留下一個女兒，名喚蕙英；年已及笄，尚未適人。只因自幼生成絕色，性格十分聰明，又知孝順父母，她父親自然格外疼愛她些；請一位老儒在家，教蕙英誦讀詩書。聰明女兒，原是和書本兒有緣的；她一得了書中滋味，不論在梳粧的時候，或是在刺繡的時候，總是手不釋卷的。不到十四歲，早已讀得滿腹詩書，又繡得一手好秀媚的字；無事的時候，常常吟詩作賦，描龍繡鳳。

那時，魏王冊立正宮王娘娘的時候，廣選天下繡女，進宮去替王娘娘繡袍；獨有蕙英刺繡的本領，高人一等，繡來鮮艷奪目。王娘娘看了十分歡喜，當時便把蕙英傳進宮去，試過她的文字，兩人說話又十分投機，從此和王娘娘做了閨房知友；王娘娘每有為難事情，或憂悶的時候，必要把蕙英小姐宣進宮去，盤桓幾天。因此把她父親徐扶義陞做了南牢獄官；這南牢獄官並不是等閒的缺分，專管的是軍國要犯，獄官每日可以朝見魏王。

在徐扶義的意思，王娘娘既是如此寵愛蕙英，索性拿她獻給魏王，做一位妃子，豈不是父女都得了富貴；誰知道這位蕙英小姐，卻是有大志氣的，她早看到魏王無天子之量，決不能久有天下，因此一任她父親如何勸說，她總是推說：「孩兒只願嫁得如意郎君，卻不貪圖富貴。」徐扶義是寵愛女兒的，便也不忍去勉強她。

此番提得李世民關入南牢，徐扶義回家的時候，對女兒說起，如今南牢中因著一個唐王的世子，品貌如何俊偉，人才如何出眾，不覺打動了她一寸芳心；便和父親說妥，在夜靜更深，獄中無人的時候，扶義帶著他女兒，悄悄的走進南牢去，在窗外窺探。

這時李世民和劉文靜二人，對坐在室中談論天下大事；看世民臉上飛眉色舞，卻一點沒有憂戚的神氣。蕙英小姐在窗外看出了神，不覺只說了一句：「真英雄也！」扶義忙拉著蕙英走出南牢。從此，蕙英小姐一心在李世民身上，每日親自烹調幾色精美的餚饌，送進南牢去給世民享用；又怕世民在牢中用的被褥不清潔，便把自己貼身蓋用的一條繡花被兒，送進南牢去，給世民蓋臥。

這綢被兒上繡的是鴛鴦戲荷，那一對鴛鴦的毛色，是荷花的顏色，都繡得活潑鮮艷；李世民雖是蓋世英雄，見了這嬌艷的繡被，又從被中領略得一陣一陣的幽香，不禁引得他雄心跳動起來。又常聽得徐扶義說起他女兒如何美貌，如何有才學，他便一心嚮往，時時掛念著；只因自己是鐵錚錚的男子，這兒女私情，不好意思出得口。

那徐扶義見女兒的神色舉動，知道她情有所寄，便格外把世民和文靜兩人好看好待；再加秦叔寶、魏文成、徐懋公這一班人，都是心向著唐王的，便也常常私地裏到獄中來探望世民，用好言勸慰。

玄成私地裏對秦叔寶說道：「秦王龍珠鳳眼，真是英雄；如今趁他在災難之中，先和他結交，日後相逢，也好做一番事業。」

秦叔寶原是和唐王有舊的，聽了玄成的話，便說道：「我兄弟既有此意，不如趁主公不在朝中，大家備一席酒，到獄中去和他二人敘一敘交情。」當下便整治了一席盛筵，悄悄抬進南牢去；玄成、懋功和叔寶三人進獄去，邀獄官徐扶義四人，伴著李世民、劉文靜二人，在監獄中淺斟低酌起來。

這時魏王帶領人馬，出去攻打開州凱公，朝廷大事由徐世勛、魏徵、秦叔寶三人主持；他們在南牢中公宴李世民，有誰敢透漏消息。六人一邊飲酒，一邊商議日後大事。秦叔寶有心要放走李世民，便和徐扶義商議，如何使李世民得脫身之計。

正計議的時候，忽見一個家人匆匆走來，在徐扶義耳邊低低的說了幾句，轉身去了；秦叔寶問時，徐扶義說道：「方才家人來報，說王娘娘生了太子，傳著懿旨出來，喚小女進宮去陪伴；小女特打發這家人來，喚老漢回家去商議要事。如今老漢失陪了。」說著，便站起來，第一個退出南牢去。那徐魏秦三人，聽說王娘娘產了太子，各人衙中有事，便也和李世民告辭，一齊出來。

第二天，這個喜信傳遍了金墉城，百姓聽說魏王添了太子，便家家掛燈慶祝起來；當日王娘娘懿旨下來，大赦囚犯，只有南牢重囚不赦。秦叔寶看了這道赦旨，正在發愁；忽報徐扶義進府來，兩人見了面，便談起不赦南牢的事情。徐扶義說道：「將軍不必憂慮，下官已有釋放李世民之計，特來邀請將軍，今晚到舍下去共同計議。」

秦叔寶捱到夜裏，便悄悄的跑到徐扶義家裏來；家人領進內書房，一看，那徐魏二公早已在座。過了一會，徐扶義卻領著四個家人從內房出來；秦叔寶眼快，認得那前面兩個家人，是李世民、劉文靜二人改扮的，忙上去相見。又看後面站著兩個家人，卻十分年輕，面貌又十分俊美；秦叔寶問：「是何人？」

徐扶義卻笑說道：「一個是小女蕙英，一個便是小女身旁的丫鬟秋雲。」說著，便喚蕙英過去，拜見了徐魏秦三位；轉身過來，又拜見過了李世民、劉文靜二人。

蕙英小姐被她父親說破了，羞得她紅暈滿面，拜見過後，急急低著頭，拉著她丫鬟，避進後房去了。這裏李世民原也不留意的，如今聽說蕙英小姐改男裝，急留神看時，果然長得俊美萬分；直看到蕙英小姐躲進後房去，他兀自把兩道眼光注定在房門上出神。

原來這全是蕙英小姐預先定下的計謀，她進宮去見了王娘娘，便替她父親徐扶義，討了一個到開封魏王行營裏，報生太子喜訊的差使；卻把獄官辭去，把李世民和劉文靜二人，改扮成家人的模樣，從南牢裏混出來，藏在自己家裏。又知道自己這一去，決沒有回家的日子，蕙英小姐是他心愛的，如何肯丟她在家裏吃苦，便也把女兒和丫鬟兩人裝成了男子，混充是差官的四個家人。

這事須做得迅速，一到天明，南牢中便要發覺。當下，他六人說了一番交情上的話；看看到了四更時分，院子裏原備下五匹馬，李世民依舊跨上自己的追風馬，徐扶義父女二人和劉文靜，有徐世勣當初從宇文化及那裏奪來的駿馬三頭，一行人騎上馬。臨走的時候，徐魏秦三人又說了無數依戀的話，兩方各各灑淚分別；六頭快馬，二十四隻鐵蹄，著地捲起一陣泥土，飛向城門口去。

蕙英小姐早已在宮中盜得了兵符，那守城兵官驗明了兵符，開城放他們出去；徐扶義在馬上不敢停留，快馬加鞭的趕了一程，約莫走了三十里路，迎面一座高山，聽得村雞亂鳴，眼見東方發白。蕙英小姐是一向在深閨中嬌生慣養的，如今跟著跑了這許多路，早已跑得腰酸腿軟，在馬上嬌聲呻吟起來。

李世民自從在徐扶義家中，和蕙英小姐一見以後，便十分鍾情；如今見她嬌喘細細，香汗涔涔，越是動了憐惜之念。忙吩咐住了馬，親自上前去，把蕙英小姐扶下馬來，扶她去坐在山石子上休息一會；待蕙英小姐慢慢的回過力來，一行人再上馬，慢慢的走上嶺去。

這是一條有名的惡嶺，山路崎嶇，虎狼出沒；李世民騎的是一匹追風馬，不但來去神速，騎在馬背上，跑山越嶺，如展平地。五騎馬在嶺頭慢慢的走著，獨有世民的馬，忽然跑在前面領路，忽然又跑下嶺來押隊，又時時跟在蕙英小姐的前後照看著。

正走著，忽聽得蕙英小姐嬌聲驚喊起來；李世民帶轉馬頭，回頭看時，只見一隻大狼，如人一般站起來，正向蕙英小姐踏鐙上撲去。幸而徐扶義弓箭在手，一箭射去，正中那大狼的頸子；那大狼負著痛，向森林中竄去。蕙英小姐驚魂略定，低頭一看，才知道左腳上一隻靴兒，被那大狼啣去了。

蕙英小姐原是三吋長的小腳兒，只因要改扮男裝，便在小腳兒外面，寬寬的套上一雙男靴；如今一隻靴兒失了，不免要露出女孩兒的原形來。李世民見了，忙勒轉馬頭，向森林中趕去；飛也似的越過幾座林子，從草地上拾得那隻靴子，恭恭敬敬的捧著回來。

只見蕙英小姐坐在馬上，露出那隻如春筍似的小腳兒，世民情不自禁走上前去，要親自替蕙英小姐穿靴；把個蕙英小姐羞得，忙把袍角兒遮住了小腳，一面徐扶義上來，說：「不敢褻瀆公子。」把世民手上的靴子接了過去，遞給蕙英小姐，背過身去穿上。

這一條嶺煞是難走，山壁又陡，山路又窄；世民下馬，親自替蕙英小姐拉住轡頭，慢慢的走過嶺去。蕙英小姐騎在馬上，沿路和世民指點些風景，講究些地勢；到得嶺下，已是暮色蒼茫。徐扶義四處投奔，苦得找不到宿處；沒奈何，只得在一處山野人家借住一宵，只有一間屋，一張匠，六個人便睡在一個匠上。蕙英小姐沿路走來，已和世民厮混熟了；這時他二人同宿一匠，便有說有笑，十分親愛，雖沒有顛鸞倒鳳之事，卻也有偎暖依香之樂。

第二天才得黎明，徐扶義從夢中醒來，只聽得匠頭蕙英和世民二人的聲音，唧唧噥噥的說著話；又偷眼看時，見蕙英小姐伸著一隻腳，擱在世民的膝上，世民屈一膝蹲在地下，捧住蕙英的小腳兒，在那裏替她穿靴兒。一個揚著臉，一個低著脖子，四道眼光緊射著，看得正是出神；扶義心知自己女兒的終身，總結果在世民身上的了，便也一任他們親熱去。

一行人起來，依舊趕路；看看到了霸陵川頭，忽聽得身後喊聲動地，塵土蔽天，一隊人馬趕來；世民知是魏國追兵，急吩咐徐扶義保護蕙英小姐，自己回身勒馬，擎槍候著。看看敵兵愈迫愈近，足有五六百人馬；自己獨有單槍獨馬，如何抵敵。但事到其間，也說不得了，只得拚一個你死我活。

看看來將趕到面前，他也不打話，奮勇上前，刀槍齊舉；劉文靜自己是不慣厮殺的，只站在一旁乾急。看看世民和敵將鬥到五十餘合，漸漸有些支持不住了，便把槍虛晃一晃，落荒而走；敵將如何肯放，便也撥馬直追。

蕙英小姐最是關心，見世民敗了，只急得她嬌聲連呼：「哎喲！」正在危急時候，猛不防趕上一隊

兵士來，把他四人團團圍住；拿過繩索來，一個個拖下馬來綁住。蕙英小姐到這時候，自己的生命早已置之度外，她只伸長了粉頸，向世民逃去的一條路上望著，只恐世民被敵將追捉住了。不知世民騎的卻是一匹追風馬，那敵將騎的一頭平常戰馬，如何追趕得上？

徐扶義正仰首呼天，無可奈何的時候；一眼見上流塵頭起處，趕來一隊人馬，打著大唐旗號；到跟前看時，劉文靜認得是袁天罡、李淳風、李靖三人。他們殺退魏兵，解了繩索，劉文靜又訴說世民落荒逃走；李靖聽了，便囑咐李淳風保護徐扶義、劉文靜一班人，自己卻和袁天罡二人，帶領本部人馬，前去追殺敵將。

劉文靜立馬在高地上觀望，只聽前面樹林中喊殺之聲不絕，一騎敵將前面逃著，李世民和李靖、袁天罡三人，一齊從林中追殺出來；看看追到跟前，徐扶義抽弓搭箭，「颼」的一聲射去，正中敵將面門，應弦而倒。李靖手下兵卒上前去，割下首級來，獻在世民馬前；那魏兵見死了主將，早已四散奔逃，走得一個不留。

世民吩咐整隊回國，進了潼關，望見城樓，那蕙英小姐卻不肯進城去；世民正在情濃的時候，如何割捨得下，便再三勸說，要她同進宮去。扶義也在一旁攛掇著；蕙英小姐說道：「我是一個寒賤女子，隨公子進宮去，算是何等樣人？」

世民聽了她的話，明白了她的意思，便吩咐差官，把她父女二人寄頓在客館裏；自己帶了劉文靜、李靖一班人，進宮去朝見父皇。說起李密不念兩家交情，唐皇便萬分憤怒；世民說：「父皇不須動怒，孩兒必有一天報了此仇。」

劉文靜又奏稱，南牢管獄官徐扶義如何有恩，如何私放秦王；唐皇便打發人，從客館裏把徐扶義傳上殿來，親自撫慰了幾句。第二天傳諭下來，便拜他做上大夫；他女兒蕙英小姐，便配與秦王為妃，加封一品夫人。

立妃的這一天，秦王府中十分熱鬧，唐皇也親自到王府來吃一杯喜酒；侍女們給蕙英小姐全身披掛了，扶著出來，拜見唐皇。因新妃子有救秦王性命之恩，便賞她一對白玉如意；從此這新妃在府中，十分得秦王寵幸，這且不在話下。

唐皇在這時勢力極大，土地很廣，差不多隋朝的天下，已有大半入唐皇之手；李靖和劉文靜一班元老大臣，便商量上表，勸主公接皇帝位。李淵當時因突厥未平，魏王的勢力也很強大，意欲待天下統一以後，再登皇帝寶位；無奈臣下勸諫的人十分忠誠，秦王世民又自己願意去討平突厥，王世充又一力擔任去討平李密。唐皇推辭不得，便下諭選定吉日，登皇帝位；臣下奉上尊號，稱神堯大聖大光孝皇帝。

這位皇帝半生廝殺，到這時得安享富貴，他便參酌周官，在皇后下面，立貴妃、淑妃、德妃、賢妃四位妃子；立昭儀、昭容、昭媛、修儀、修容、修媛、充儀、充容、充媛九人稱做九嬪。此外又有婕好、美人、才人，每種九人；再下又有寶林、御女、采女，也是每種九人，共八十一人。

管宮的還有尚宮，管禮的還有尚儀，管衣服的還有尚服，管車馬的還有尚輿，共稱六尚；六尚以外，又採納了二千名宮女，搜集了四千多工匠，建造起一座太和宮來。三年造成，卻是殿閣崇宏，樓臺曲折；把一班妃嬪宮女養在宮裏，頓時覺得花柳掩映，鶯燕翩躚。唐皇朝罷遊賞，十分快樂。

他從前在晉陽宮私幸的張尹兩位宮女，只因竇皇后早已去世，便很得唐皇寵幸；到這時候，張氏已封了貴妃，尹氏已封了淑妃，在宮廷間頗有權威。此外得皇帝不時召幸的，在昭容、昭儀、婕妤、才人中，卻也有二十多人；唐皇年已垂老，也不十分留心政事，終日便與這班美人說笑擁抱。

獨有秦王世民和王世充、李靖一班大臣，卻十分忠心；看看突厥兵勢一天強似一天，漸漸的侵犯唐朝疆土，唐皇下旨，派并州行軍總管張瑾，統帶五萬人馬，在太谷地方大戰十日。張瑾大敗逃歸，那鄆州都督張德政也陣亡了；行軍長史溫彥博，卻被突厥兵活活的捉去。接二連三的敗信傳到太和宮中，把個唐皇氣得咆哮如雷；秦王世民便自請出馬去，征服突厥。

唐皇下諭，派大將軍李靖統率十萬大兵，出師靈州；又派任城郡王道宗，帶五萬人馬為後應。秦王世民屯兵蒲州，監督兵馬，三面夾攻，才把這突厥兵馬打敗；突厥王打發他大臣屈列真，前來唐營求和。這時唐皇在周氏陂一帶地方打圍獵，李靖便伴送屈列真到行宮去，面訂和約；誰知唐朝氣運十分旺順，這邊既打敗了突厥，那邊又收服了李密。

原來魏王李密，他自以為兵精糧足、地廣人多，便四處討伐，爭城奪地；他新打敗了開州凱公，得勝回來，越發不把唐朝放在眼裏，一心準備班師回國，把南牢裏的李世民拉出來，砍了腦袋，和唐朝挑戰。誰知在半路上，接到王娘娘的密報，說南牢獄官私放李世民、劉文靜二要犯，一同脫逃了；李密聽了不覺大怒，便也不班師了，隨帶原來人馬，直奔向洛陽殺來。

在李密的意思，唐朝正和王世充交兵，又有突厥為患；如今自己出其不意，攔腰痛擊，怕不給他一個腹背受敵，眼見唐朝立刻滅亡。不料唐皇用兵如神，他這時早已打退了突厥，收服了王世充；這王世充在唐皇跟前，自己擔承討伐魏王，便早已領了一支勁旅，在偃師邙山一帶地方候著。

李密留王伯當把守金墉城，自引精兵，也從邙山一帶地方進發；猛不防王世充伏兵齊起，殺得魏兵轍亂旗靡。這一仗，李密只帶得三百騎脫逃，手下的大將裴仁基、祖君彥，俱被世充活提了去；那洛口地方的守將鄭頲，聽說魏王大敗，忙起兵來接應。

誰知他手下的兵將，早已變了心，待鄭頲一出得城，城內便大亂起來；五千兵士衝進將軍府去，把鄭頲的妻小殺了，獻了城池，投降了唐朝。鄭頲在路上得知了這個信息，便拔劍自刎而死，手下的兵丁也各四散逃命；王世充不費一箭一卒之勞，便垂手得了洛口城。

消息傳到金墉城，那王伯當看看守不住了，便棄了金墉，退保河陽；李密帶了敗殘兵馬，從武牢間道奔回河陽。見了王伯當，便說道：「敗了敗了！諸位辛苦了！我如今便請一死謝諸位吧！」說著，便拔下佩刀來要自刎。伯當急搶上前去，抱住了李密的身體，兩人同聲大哭；手下的兵丁都陪著淌眼淚。

正在徬徨的時候，忽然傳進唐皇的招降書來；王伯當便竭力勸李密入關投唐，府掾柳爽也說道：「明公與唐主同族，兼有舊情；雖未曾陪從起義，但出兵東都，斷隋歸路，使唐主不戰而據京師，此亦公之功也。」

眾人都說：「柳大夫的話有理。」王伯當便檢點兵馬，尚有六千餘人；便一面修送降表，一面整隊起程。那唐皇便打發使臣，在半路上迎接，李密見唐主待他不薄，心中也十分喜悅；誰知一到得京師，住在客館裏，一連半個月不見唐主召見，那使臣招待也漸漸疏薄起來，竟向李密開口要他一千緞疋，才許他朝見。

新大唐二十皇朝（一）英雄歲月

作者：許嘯天
發行人：陳曉林
出版所：風雲時代出版股份有限公司
地址：10576台北市民生東路五段178號7樓之3
電話：(02) 2756-0949
傳真：(02) 2765-3799
執行主編：朱墨菲
美術設計：吳宗潔
業務總監：張瑋鳳

新版一刷：2024年8月
ISBN：978-626-7464-22-9

風雲書網：http://www.eastbooks.com.tw
官方部落格：http://eastbooks.pixnet.net/blog
Facebook：http://www.facebook.com/h7560949
E-mail：h7560949@ms15.hinet.net
劃撥帳號：12043291
戶名：風雲時代出版股份有限公司

風雲發行所：33373桃園市龜山區公西村2鄰復興街304巷96號
電話：(03) 318-1378
傳真：(03) 318-1378
法律顧問：永然法律事務所 李永然律師
北辰著作權事務所 蕭雄淋律師

行政院新聞局局版台業字第3595號 營利事業統一編號22759935

定價：380元

國家圖書館出版品預行編目資料

新大唐二十皇朝 / 許嘯天著. -- 初版. -- 臺北市：風雲時代出版股份有限公司, 2024.07　面；　公分

ISBN 978-626-7464-22-9 (第1冊：平裝). --

857.4541　　113006786